Historia fácil

Para la E.S.O.

Colección Chuletas E.S.O.

Historia fácil

Para la E.S.O.

Colección Chuletas E.S.O.

Guillermo Mirecki

ESPASA

Realización de mapas: Aurelia Sanz
Diseño de cubierta: Paso de Zebra

Segunda edición (primera en esta presentación): abril, 2008

Depósito legal: M. 138-2008
I.S.B.N.: 978-84-670-2781-5

Espasa, en su deseo de mejorar sus publicaciones, agradecerá cualquier sugerencia que los lectores hagan al departamento editorial por correo electrónico: sugerencias@espasa.es

Impreso en España/Printed in Spain
Impresión: Rotapapel, S. L.

Editorial Espasa Calpe, S. A.
Complejo Ática-Edificio 4
Vía de las Dos Castillas, 33
28224 Pozuelo de Alarcón (Madrid)

ÍNDICE

HISTORIA ANTIGUA

LA ALTA EDAD MEDIA

LA PLENITUD MEDIEVAL

El tránsito a la modernidad

Fundamentos del mundo moderno

LA CONQUISTA Y COLONIZACIÓN DE AMÉRICA

EL SIGLO DE LAS LUCES

TRÁNSITO AL MUNDO CONTEMPORÁNEO

LA EUROPA LIBERAL REVOLUCIONARIA

ESPAÑA DESDE LA INDEPENDENCIA HASTA 1931

LA PRIMERA GUERRA MUNDIAL Y EL PERIODO DE ENTREGUERRAS

DEL IMPERIALISMO A LA DESCOLONIZACIÓN

España desde la Segunda República

Las potencias asiáticas hasta 1990

La ONU y la Unión Europea

El mundo actual

APÉNDICE. LA ESPAÑA DE LAS AUTONOMÍAS

PRÓLOGO

El propósito de la presente obra es presentar una serie de esquemas, cuadros y mapas que sirvan a los estudiantes de Enseñanza Secundaria Obligatoria a repasar y completar sus conocimientos de **Historia.** Esta intención determina en gran medida la información recopilada y esquematizada, ya que la presente obra se centra en cubrir los decretos de mínimos del Ministerio de Educación y los de las diversas Comunidades Autónomas.

La atención a la diversidad del alumnado es atendida tanto por su formato —sencillo, evitando las tablas al optar por una presentación esquemática—, como por la ampliación de ciertos contenidos obviados en los citados decretos y que resultan imprescindibles para un conocimiento más completo del desarrollo de la Humanidad.

Además, la Historia de España se ha convertido en un hacha de guerra entre los distintos grupos ideológicos y políticos, por lo que se ha procurado, siempre que la comprensibilidad lo permitía, la inclusión de nuestro pasado junto al resto de países que forman nuestro entorno: Europa, el Mediterráneo y las naciones hermanas americanas, africanas y asiáticas. Esto causa, hasta cierto punto, la desaparición de la historia local como tal, salvo en la Edad Contemporánea, en aras de una mejor comprensión de la Historia, tanto de España, como de Europa y del Mundo.

Finalmente, en la medida de lo posible, se intenta presentar sólo acontecimientos y explicaciones sobre su desarrollo, sin entrar en valoraciones o juicios, propios del historiador, pero que son exclusivos del profesorado que imparte la asignatura, a quien, en ningún momento, se pretende sustituir.

EL AUTOR

¿QUÉ ES LA HISTORIA?

☞ La **Historia** es la ciencia que estudia el desarrollo de las sociedades humanas y la vida de los individuos a través del tiempo.

- ⇨ En **sentido laxo** se llama Historia al periodo histórico que transcurre desde la aparición de la escritura hasta la actualidad o al pasado mismo en general: así se habla de una **historia natural** que trata de la existencia de toda las cosas y en la que la humanidad no estaba siempre presente.
  - → Esta equivalencia entre Historia y cambio en el tiempo la contrapone al concepto filosofía, equivalente a esencia o permanencia.
- ⇨ En los estudios históricos se diferencian:
  - → La **Historiografía:** conjunto de técnicas y métodos propuestos para describir los hechos históricos acontecidos y registrados.
  - → La **Historiología** o «Teoría de la Historia»: conjunto de explicaciones, métodos y teorías sobre cómo, por qué y en qué medida se dan cierto tipo de hechos históricos y tendencias sociopolíticas en determinados lugares y no en otros.
  - → La **Historia** propiamente dicha: conjunto de hechos realmente acontecidos, de alcance geográfico y social lo suficientemente amplios como para servir de base a la comprensión de hechos posteriores.

EL CAMPO HISTÓRICO

Hay dos concepciones diferentes del campo de estudio de la historia:

- ⇨ **Enfoque clásico:** la historia es el período desde la aparición de la escritura hasta la actualidad. Así definida puede decirse que numerosos pueblos de la Tierra no tienen historia.

⇨ **Enfoque multiculturalista:** la historia es el periodo dentro del cual es posible obtener o reconstruir un relato fiable de los acontecimientos que afectan a un grupo humano.

PERIODIZACIÓN CLÁSICA DE LA HISTORIA

Según el enfoque clásico, la Historia se divide en los siguientes periodos, partiendo del pasado común de Occidente:

⇨ **Prehistoria:** desde la aparición del ser humano sobre la Tierra hasta la aparición de la escritura (hacia 3.200 a. C.).

⇨ **Edad antigua:** desde la aparición de la escritura hasta la deposición del último emperador romano de Occidente, en 476 d. C.

⇨ **Edad medieval:** se considera que comienza en el 476 d. C. y para su final se dan tres fechas diferentes:
- → 1453: la caída de Constantinopla en manos de los turcos otomanos.
- → 1492: el descubrimiento de América.
- → 1517: inicio de la Reforma.
- → En España también se usa como ficha final el año 1510, cuando Navarra se incorpora a la Corona de Castilla.

⇨ **Edad moderna:** desde mediados o finales del siglo XV hasta:
- → 1776: la independencia de los Estados Unidos.
- → 1789: la Revolución francesa.
- → 1808: guerra de Independencia de España e inicio de las independencias hispanoamericanas.

⇨ **Edad contemporánea:** desde fin del siglo XVIII hasta nuestros días. Muchos historiadores fijan su fin en 1990, año de la caída del Muro de Berlín y del cese de la Guerra Fría.

⇨ **Mundo actual:** es el periodo desde 1990 hasta la actualidad.

LAS CIENCIAS Y TÉCNICAS HISTORIOGRÁFICAS

☞ Son aquellas disciplinas que ofrecen fuentes documentales al historiador. Pueden clasificarse, según su origen, en:

⇨ Ciencias **autónomas** por sí mismas: la Filología, la Química, la Botánica o la Zoología.
⇨ Ciencias nacidas para el **estudio de realidades específicas** que varían con el tiempo, por lo que son ayudas imprescindibles para la datación y análisis de las fuentes, como es el caso de la Paleografía, la Cronología, la Diplomática, etc.
⇨ Ciencias nacidas **en función de los materiales** o **ámbitos** que el historiador puede analizar, como la Historia del Derecho, la Historia del Arte, etc.

LA PREHISTORIA

☞ Se define como **Prehistoria** a los tiempos de cada cultura antes de que recogieran sus pensamientos por escrito. Esto implica que su inicio esté claro —el origen del hombre—, pero su fin depende de la incorporación de los diversos pueblos a la cultura escrita. Así podemos afirmar que algunos pueblos existentes en la actualidad se encuentran en la «prehistoria».

☞ También se llama **Prehistoria** a la ciencia que utiliza procedimientos científicos para el estudio del mundo en esa época.

CIENCIAS AUXILIARES DE LA PREHISTORIA

Los prehistoriadores se valen de varias ciencias auxiliares para sus estudios:

- ⇨ **Arqueología**: técnica que sirve para extraer datos (trabajo de campo) que son utilizados por la prehistoria, mediante un análisis de los datos, para establecer teorías.
  - → **Corrientes arqueológicas:** arqueología prehistórica tradicional, marxista y estructural.
- ⇨ **Antropología:** ciencia del ser humano. Dos ramas:
  - → **Biológica:** estudia el desarrollo biológico del ser humano.
  - → **Cultural:** estudia la cultura producida por el ser humano.
- ⇨ **Antropología histórica:** estudio del ser humano fusionando los conocimientos de la arqueología con los de la antropología cultural.
- ⇨ **Paleontología:** estudio de los seres antiguos (fauna y flora principalmente). Características: estudio estadístico por medio de porcentajes que aporta información climática y cronológica.

⇨ **Estratigrafía:** ciencia que estudia y clasifica los estratos o capas de tierra de un yacimiento arqueológico mediante diversas técnicas y que permite una clasificación y datación de los hallazgos.

DIVISIÓN CRONOLÓGICA DE LA PREHISTORIA

☞ **Edad de Piedra:** caracterizada por el uso de herramientas de piedra tallada o pulimentada.

- ⇨ **Paleolítico:** cazadores recolectores. Aparece con los primeros objetos tallados de piedra hace dos millones de años en Sudán, Kenia y Angola.
  - → **Paleolítico inferior:** periodo más antiguo y largo. Terminó hace 100.000 años.
  - → **Paleolítico medio:** unos 40.000 años. Aparece el hombre del Neandertal.
  - → **Paleolítico superior:** unos 25.000 años. Aparece el hombre del Cromagnon, el arte (Altamira y Suráfrica) y se entierra a los muertos.
- ⇨ **Epipaleolítico:** etapa de transición hacia el Neolítico. Aumento de la población, sobre todo en las costas: 9000-6000 a. C. (en la península Ibérica).
- ⇨ **Neolítico:** productores de alimentos y uso de la piedra pulimentada. Aparición de la agricultura, la ganadería y la cerámica Hacia el 8000-7000 a. C. aparecen varios focos de Neolítico: Mesopotamia, Próximo Oriente, China (este foco es posterior, hacia el 4000 a. C.) Tailandia, Camboya, África oriental, América (sur de México, Yucatán).

☞ **Edad de los metales:** caracterizada por la aparición de tecnología metalúrgica. Se mejoran las condiciones de vida; estratificación de la sociedad; y aparición del Estado (consejo sacerdotal o militar).

- ⇨ **Edad del Bronce:** en Mesopotamia hacia el 3000 a. C. y en Europa hacia el 2000 a. C.
- ⇨ **Edad del Hierro:** aparece hacia el 1100 a. C.

PROCESO DE HOMINIZACIÓN

☞ **Hominización:** proceso por el cual los primeros homínidos se transformaron en hombres. Los homínidos se caracterizan por dos rasgos: bipedismo y amplio desarrollo cerebral.

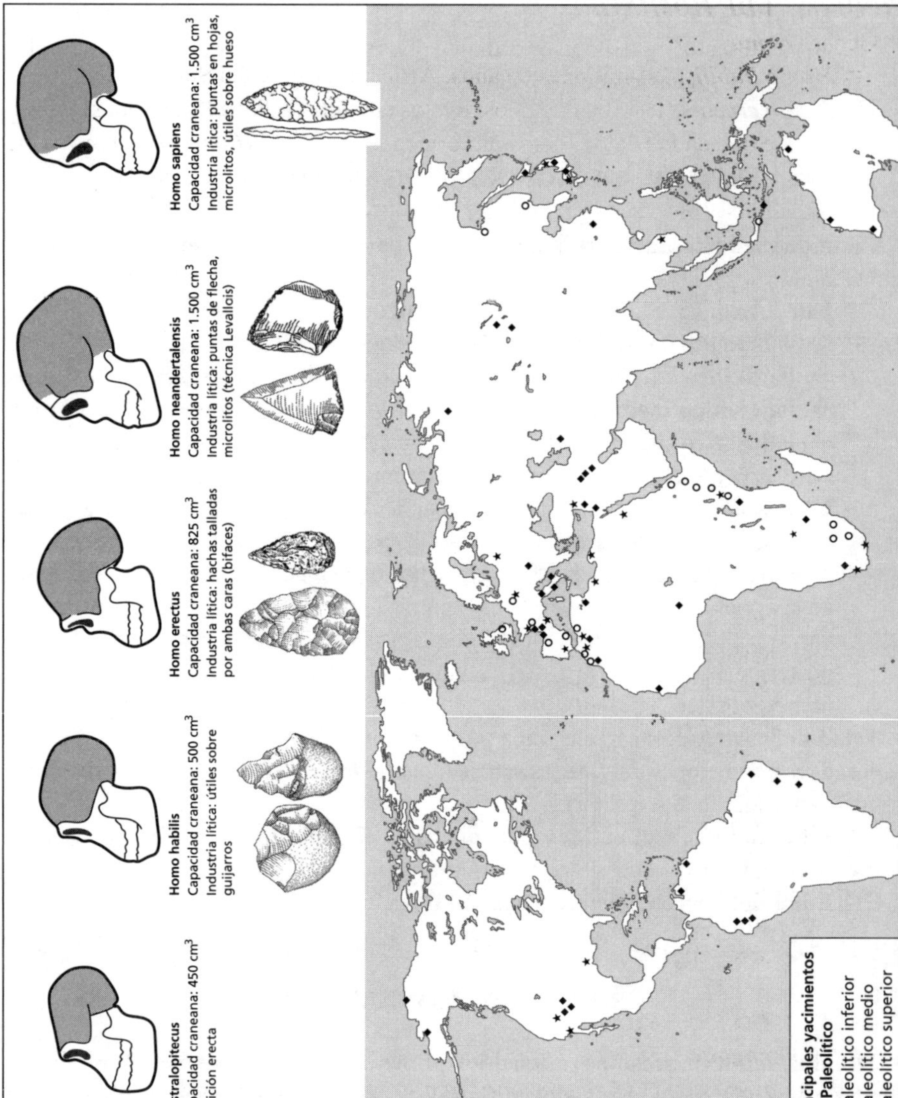
Australopitecus
Capacidad craneana: 450 cm^3
Posición erecta
Homo habilis
Capacidad craneana: 500 cm^3
Industria lítica: útiles sobre guijarros
Homo erectus
Capacidad craneana: 825 cm^3
Industria lítica: hachas talladas por ambas caras (bifaces)
Homo neandertalensis
Capacidad craneana: 1.500 cm^3
Industria lítica: puntas de flecha, microlitos (técnica Levallois)
Homo sapiens
Capacidad craneana: 1.500 cm^3
Industria lítica: puntas en hojas, microlitos, útiles sobre hueso
Principales yacimientos del Paleolítico
o Paleolítico inferior
★ Paleolítico medio
◆ Paleolítico superior

TIPOLOGÍA DE HOMÍNIDOS

☞ Género ***homo***

- ⇨ ***Homo habilis:*** 2,1 millones de años. África del Este y del Sur.
- ⇨ ***Homo erectus:*** 1,8-300.000 años. Restos en África, China (Sinatropus) y Java. Parece que en la isla de Flores dio origen al diminuto ***Homo floresiensis,*** que despareció hace unos 20.000 años.
- ⇨ ***Homo heidelbergensis:*** Euroasia, 300.000-200.000 años. De él derivan:
  - → ***Homo neandertalensis:*** en Europa y Oriente Medio, 200.000-35.000 años.
- ⇨ ***Homo sapiens*** (hombre actual, aparecido en África hace 200.000 años).

TEORÍAS SOBRE EL ORIGEN DEL HOMBRE

- ⇨ **Evolucionismo:** explica el origen del hombre desde el punto de vista científico, incluyéndolo dentro del normal desarrollo evolutivo de la vida regido por la **herencia genética** y las leyes de la **adaptación** y la **selección natural.**
  - → La Genética ha localizado un ADN mitocondrial —transmitido sólo por la madre— común a todos los humanos (la **Eva mitocondrial** datada 200.000 años a. p.) y una serie común en el cromosoma Y de todos los varones humanos (el **Adán cromosómico,** datado 70.000 años a. p.).
- ⇨ **Creacionismo:** explica el origen del hombre mediante la intervención de un elemento sobrenatural, desde las leyendas autóctonas hasta los relatos religiosos; incluso algunas teorías, como la del Diseño Inteligente, son presentadas en ocasiones como «científicas».

LA CULTURA MATERIAL DEL PALEOLÍTICO

☞ **Cultura:** adaptación extrasomática (psíquica) al medio. Implica:

- ⇨ Aparición de la tecnología.
- ⇨ Relaciones entre los individuos (de parentesco e ideológicas).

PALEOLÍTICO INFERIOR

- ⇨ ***Homo habilis:*** industria de cantos rodados y lascas; arquitectura rudimentaria.
- ⇨ ***Homo erectus:*** cultura achelense: industria ósea y de Levallois; bifaces (hachas de mano); cazadores. Antropofagia y canibalismo.

PALEOLÍTICO MEDIO

⇨ ***Homo heidelbergensis:*** cultura premusteriense: industria ósea y de Levallois; bifaces (hachas de mano); cazadores. Antropofagia y canibalismo.

⇨ **Hombre del Neandertal**: cultura musteriense: técnica Levallois (talla de lascas, raederas, puntas recortadas); cabañas de huesos (techo de pieles) transportables; completo control del fuego. Enterramientos con ofrendas y manipulación del cráneo *post-mortem;* canibalismo.

PALEOLÍTICO SUPERIOR

☞ ***Homo sapiens*** en todas sus variedades. Cultura auriñaciense y gravetiense: desarrollo de las estructuras del hábitat; material óseo en forma de armas, utillaje, objetos de adorno. Primeras obras de arte figurativas.

⇨ **Inicios del paleolítico superior:** características: musteriense-levalloiense evolucionado: puntas y raederas talladas y denticuladas sobre lascas de talla levalloiense; talla laminar acentuada.

⇨ **Auriñaciense** (30.000-25.000 a. C.): gran difusión. En Occidente señala la presencia de los primeros testimonios conocidos de *homo sapiens* y la primera aparición del arte figurativo.

⇨ **Final del paleolítico superior:** periodo entre los 13.000 y los 8.000. Magdaleniense. Características del sector atlántico (España y Francia): retoque laminar auriñaciense; rebajado y talla de las hojas, las hojitas retocadas o de borde rebajado. Especialización en la caza y pesca; recolección de frutos.

→ **Arte:** primeras expresiones objetivas; plasmación de la ideología del grupo (prácticas mágicas o propiciatorias para la caza).

EL NEOLÍTICO

☞ **Neolítico:** piedra pulimentada. «Revolución neolítica» (Gordon Childe): paso de economía depredadora a productora, basada en la agricultura y la ganadería.

⇨ **Desarrollo:** 9000-1000 a. C. Economía productora; formación de sociedades urbanas.

⇨ **Características:** sedentarización, agricultura, ganadería y cerámica.

SEDENTARIZACIÓN

⇨ **Desarrollo:** hecho social y cultural consecuencia de las transformaciones que llevaron de la recolección a la producción.

⇨ **Consecuencias:** reunión de animales y selección de vegetales. Primeras casas, circulares y con superestructura de madera.

GANADERÍA Y AGRICULTURA

⇨ Orígenes de la ganadería. Periodo: 9000 a. C. en el Próximo Oriente.

⇨ Inicios de la agricultura. Periodo: a partir del 8000 a. C.

→ Cultivo de trigo y las leguminosas (lenteja en Oriente y garbanzo en Occidente). Uso de aperos de labranza como azadones y hoces primitivos.

INVENCIÓN DE LA CERÁMICA

⇨ Inicios de la Cerámica. Periodo: 8000-7700 a. C. en *Tell Mureybet;* a partir del 6000 en el área mediterránea.

⇨ Desarrollo: las primeras cerámicas fueron moldeadas a mano con pasta formada por arcilla y materiales desengrasantes (cuarzo, caliza, huesos machacados, arenas).

TECNOLOGÍA NEOLÍTICA

⇨ Difusión de instrumentos de piedra pulimentada; actividades artesanales (telar, cestería).

⇨ Primeras navegaciones mediterráneas a partir del 8000 a. C. en el Mediterráneo oriental. Intercambios comerciales por navegación de cabotaje.

⇨ Consecuencias: división del trabajo y aparición de una sociedad jerarquizada.

DESARROLLO DEL NEOLÍTICO

⇨ Próximo Oriente: Periodos:

→ Neolítico precerámico (8000-7000 a. C.).

→ Neolítico cerámico (6500-5500 a. C.).

⇨ **Egipto:** periodos: El Fayum (Primera mitad del V milenio a. C.), Merindense (4200-3600 a. C.), Tasiense (5000 a. C.), Omariense (Segunda mitad del IV milenio a. C.), y periodo final (5580-4360 a. C.).

⇨ **Egeo y Balcanes:**

→ **Grecia continental.** Macedonia y Tesalia (7000-4000 a. C.): periodos: Neolítico temprano y Neolítico tardío.

- → **Creta:** Periodos: Neolítico temprano I (6000-5000 a. C.), Neolítico temprano II (5000-4000 a. C.) y Neolítico Medio (4000-3300 a. C.).
- → **Balcanes** (Introducción del neolítico hacia el 5500 a. C.).

⇨ **Cuenca mediterránea.** Periodos: Neolítico antiguo (6000-5000 a. C.) y Neolítico pleno (5000-3000 a. C.).

⇨ **Europa** occidental y central.
- → **Europa occidental** (a partir del 4000 a. C.).
- → **Europa central** (segunda mitad del IV milenio a. C.).

ÚLTIMAS NOVEDADES DEL NEOLÍTICO

⇨ La tecnología permite el fundido del cobre: inicios de la **metalurgia.**

⇨ Aparición de las **sociedades urbanas** en el Próximo Oriente y Egipto.

⇨ Aparición del **megalitismo** (corriente constructiva relacionada con estructuras religiosas).

⇨ Expansión del vaso campaniforme.

LAS BASES DE LA SOCIEDAD URBANA

⇨ **Desarrollo:** consolidación de sociedades urbanas entre el 3500 y el 500 a. C.

⇨ Características:
- → Estratificación social.
- → Aparición de la escritura.
- → Aparición de los estados.

⇨ Novedades tecnológicas:
- → Transformaciones en la agricultura: avances en la infraestructura, secano y regadío.
- → Transformaciones en la ganadería: introdución del caballo, asno y camello.
- → Actividades artesanales: paso del bronce al hierro.
- → Construcción: uso de piedra y ladrillo.
- → Cerámica: aparición del torno rápido y mejora de los hornos.

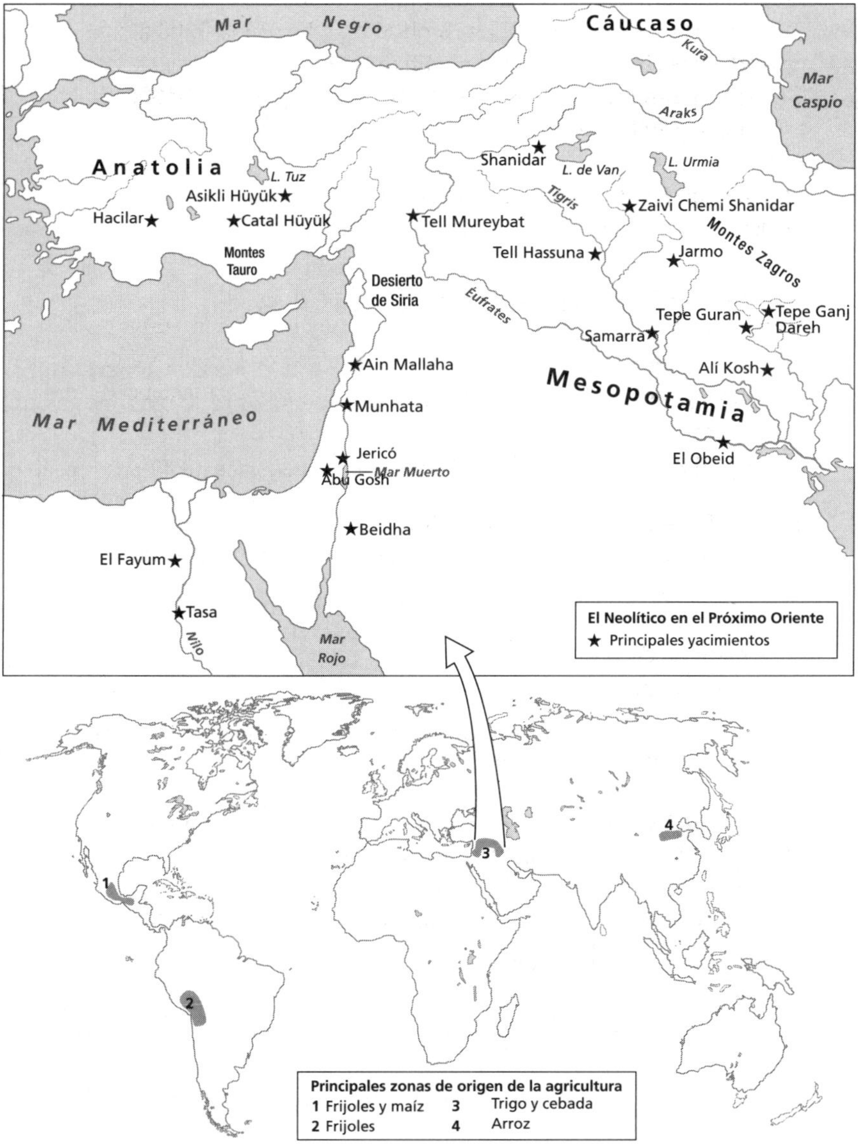
Mar Negro
Cáucaso
Kura
Mar Caspio
Araks
Anatolia
L. Tuz
Shanidar
L. de Van
L. Urmia
Asikli Hüyük
Hacilar
Catal Hüyük
Tell Mureybat
Tigris
Zaivi Chemi Shanidar
Montes Zagros
Montes Tauro
Tell Hassuna
Jarmo
Desierto de Siria
Éufrates
Tepe Guran
Tepe Ganj Dareh
Samarra
Ain Mallaha
Alí Kosh
Mesopotamia
Munhata
Mar Mediterráneo
Jericó
Abu Gosh
Mar Muerto
El Obeid
Beidha
El Fayum
Tasa
Nilo
Mar Rojo
El Neolítico en el Próximo Oriente
★ Principales yacimientos
1
2
3
4
Principales zonas de origen de la agricultura
1 Frijoles y maíz
2 Frijoles
3 Trigo y cebada
4 Arroz

HISTORIA ANTIGUA

☞ Se considera **Historia antigua** toda la anterior a la caída del Imperio romano (476 d. C.) desde la invención de la escritura (hacia 5000-3200 a. C) en Mesopotamia, Egipto o China.

- ⇨ El desarrollo de las sociedades parte de sus precedentes neolíticos, por lo que las primeras civilizaciones surgirán de los focos primitivos de Mesopotamia y Egipto, Anatolia e Irán, la India y China.

EL CRECIENTE FÉRTIL

☞ Entre los cursos de los ríos Tigris y Éufrates, en los valles cercanos, Anatolia y la meseta Irania se desarrollan intercomunicadas una serie de culturas, consideradas la cuna de la civilización.

DESARROLLO HISTÓRICO

- ⇨ 4000 a. C.: gran **diversidad de pueblos** y culturas.
- ⇨ 3500-2350 a. C.: primeras ciudades **sumerias:** Eridú, Ur, Umma, Uruk y Lagash.
  - → Primeras dinastías: Urukaguina, rey de Lagash y Uruk (primer código jurídico).
- ⇨ 2350-2150 a. C.: imperio **acadio:** pueblo de origen semítico, procedentes de Arabia.
- ⇨ 2060-1950 a. C.: apogeo de los **sumerios;** III dinastía de Ur; monarquía religiosa.

⇨ 1850-1530 a. C.: I dinastía de **Babilonia** (rey Hammurabi); unificación de Mesopotamia; código jurídico y textos políticos, religiosos y jurídicos.
⇨ 1500-1000 a. C.: **Mitanni** y el **reino asirio** medio.
⇨ 1000 a. C.: **Imperio asirio:** unificaron Mesopotamia y Egipto a mediados del VII a. C.
⇨ 500 a. C.: **Imperio neobabilónico** Nabucodonosor II.
⇨ 500 a. C.: **Imperio persa** (rey Ciro): Babilonia y Mesopotamia provincias del Imperio persa.

ESTRUCTURA SOCIOECONÓMICA

⇨ Clases sociales (código de Hammurabi): dominante, libres y esclavos.
⇨ Economía basada en la agricultura irrigada y la ganadería.
⇨ Explotación de la tierra: concesiones del estado y arrendatarios.
⇨ Desarrollo artesanal y comercial (trueque y plata): derecho comercial y créditos.

RELIGIÓN

⇨ Los dioses representan las fuerzas de la naturaleza.
⇨ Cada ciudad posee su dios-señor con su templo.
⇨ Las relaciones con el dios sólo pueden realizarse a través de los sacerdotes.

LA CIVILIZACIÓN EGIPCIA

☞ Asentada en las orillas del río Nilo, desde la actual Assuán hasta el Delta, se trata de la cultura más duradera en la historia de la Humanidad.

DESARROLLO HISTÓRICO

⇨ **Periodo tinita** (3000-2500 a. C.): unificación del Alto y Bajo Egipto por el faraón **Menes.** I dinastía (3000 a. C.) en Menfis.
  → Monarquía teocrática al frente de la cual estaba el faraón (rey-dios, responsable del orden del mundo, juez, sacerdote y jefe del ejército); funcionarios, sacerdotes y militares.
  → Enterramientos en mastabas.

⇨ **Imperio antiguo** (2500-2000 a. C.): cristalización de la civilización forjada en la época anterior.
  → Esplendor de la figura del rey-dios (pirámides).
  → Influencia egipcia en Nubia y Sinaí, en busca de cobre, oro y piedras preciosas.

⇨ **Primer periodo intermedio** (2000 a. C.): decadencia de la figura del faraón.
  → Problemas económicos, poderío de pequeños señores, poder central débil.
  → Invasión de los pueblos beduinos del norte y rebelión del pueblo contra los señores.

⇨ **Imperio medio** (2000-1500 a. C.): unificación del Imperio por medio de príncipes tebanos. Capital en Tebas.
  → Fuerte centralización y poder absolutista. Los funcionarios residían en Tebas.
  → Se coloniza la Baja Nubia y se intensifican las relaciones con Líbano y Palestina.

⇨ **Segundo periodo intermedio** (1500 a. C.): nueva división política de Egipto.
  → Invasión de los hicsos que introdujeron el carro tirado por caballos.
  → Tebas es gobernada débilmente por sus príncipes.

⇨ **Imperio nuevo** (1500-1000 a. C.): expulsión de los hicsos; anexión de Siria y Palestina; alianzas con las potencias asiáticas; anexión de la cuarta catarata del Nilo.
  → Enriquecimiento de la casta sacerdotal de Amón, que se oponía a la realeza.
  → Revolución religiosa de **Amenofis IV** (Akenatón) que impuso el monoteísmo con Atón.
  → Tras las muerte de Akenatón se pierde la hegemonía fuera del Nilo.

⇨ **Ramsés II** intenta restaurar la hegemonía mediante la alianza con los hititas.

⇨ **Tercer periodo intermedio** (1000-500 a. C.): división interna: la casta de Amón asume poderes reales en Tebas.
  → El país se empobreció considerablemente.
  → Unificación realizada por los etíopes, que se convirtieron en faraones.
  → Invasión asiria, dominio saita e invasión persa.

ESTRUCTURA SOCIOPOLÍTICA

⇨ **Estructura social:** faraón; hombres cultos (sacerdotes y funcionarios); subordinados (militares, comerciantes y artesanos); campesinado; esclavos.

⇨ **Instituciones:**

→ **Estado** o **gobierno:** localización y recaudación de los recursos necesarios para la realización de proyectos; estimación y administración de los recursos; control del funcionamiento y explotación de las fundaciones religiosas y de las propiedades privadas; administración y justicia.

→ **Administración** y **justicia:** llevada a cabo por la figura del *visir,* responsable último de los asuntos fiscales, administrativos y judiciales, y por consejos o comités. Otras funciones del *visir:* asegurar el mantenimiento perpetuo de los cultos de las estatuas.

→ Red de **fundaciones piadosas** para divinidades locales, de las estatuas de los faraones, de los templos locales y de las estatuas de individuos privados, desempeñaba una importante función en la vida económica del Antiguo Egipto, e implicaba a las familias de muchos individuos.

→ El **templo:** centro importante de actividad económica y administrativa.

BASES SOCIOECONÓMICAS

⇨ Fundamentalmente es una **sociedad agrícola** (cereal) basada en la fuerza motriz de los animales.

⇨ **Ganadería** bovina, ovina, cerdos y aves de corral.

⇨ **Caza** (deporte de ricos) y pesca.

⇨ **Artesanos** como orfebres, carpinteros, panaderos, carniceros y cerveceros.

⇨ **Comercio** de intercambio de productos utilizando el Nilo como ruta comercial.

LA RELIGIÓN EGIPCIA

⇨ La sociedad egipcia era eminentemente religiosa. Los egipcios creían que el carácter fundamental de su sistema político, económico y cultural había sido fijado por un dios.

⇨ El faraón era el dios sobre la tierra, intermediario entre dioses y hombres.

⇨ Sólo los sacerdotes podían entrar en los templos.

⇨ Relevancia especial del ámbito de los muertos. Tumbas: forma de prestigio entre los vivos y lugar donde se desarrollaría la otra vida. Todos los muertos eran enterrados en cementerios.

⇨ Tanto la religión oficial como la popular practicaban el culto a los animales.

LOS FENICIOS

☞ Fue el primer imperio marítimo y comercial de la Historia, y tuvieron una importancia excepcional ya que pusieron en contacto todas las costas mediterráneas.

DESARROLLO HISTÓRICO

- ⇨ Desde el 3000 a. C. fundaron ciudades, Biblos, Sidón y Tiro, en la costa mediterránea de Anatolia.
- ⇨ Pueblo comerciante e intermediario, durante su existencia forma parte de los principales imperios: Egipto, Israel, Asiria y Persia.
- ⇨ En 800 a. C. se expande colonizando la costa del mediterráneo, fundando ciudades o colonias e iniciando la actividad comercial en todo el mundo mediterráneo.
- ⇨ En 700 a. C. Fenicia es arrasada por Nabucodonosor; posteriormente pasa a ser una provincia o satrapía del Imperio persa. Sus colonias son conquistadas por griegos, cartagineses y romanos.

APORTACIONES AL MUNDO MEDITERRÁNEO

- ⇨ Introducción del alfabeto (extendido por los griegos).
- ⇨ El comercio y el sistema monetario.
- ⇨ Tecnología muy desarrollada: agrícola, artesana-metal, textil, vidrio y naval.

GRECIA

☞ El mundo helénico está formado por inmigraciones al Egeo de pueblos indoeuropeos provenientes del continente europeo desde el Neolítico.

☞ La presencia histórica de los griegos en el mundo mediterráneo comienza hacia el 700 a. C.

DESARROLLO HISTÓRICO

☞ **Grecia arcaica:**

- ⇨ **Colonización** del mundo mediterráneo (734-580 a. C.): difusión de la cultura (fundamentalmente el alfabeto y la aparición de la moneda) y la vida urbana a todos los pueblos asentados en la costa del Mediterráneo.

- ⇨ Aparición de las **tiranías** (gobierno con plenos poderes apoyado en el pueblo) en Grecia que permitieron el paso de sistemas aristocráticos a sistemas democráticos y oligárquicos.
- ⇨ Auge vertiginoso del **comercio:** nuevas clases enriquecidas de comerciantes y paso de una economía de trueque a una economía monetal.
- ⇨ **La polis griega:** la polis griega es el resultado de la integración de las instituciones o magistraturas encargadas de regir la vida política, social y económica de la ciudad y que forman la estructura fundamental de la organización social griega.
  - → La razón principal para este progresivo agrupamiento (sinecismo) fue la autosuficiencia.
  - → Dos elementos: la ciudad (autonomía e independencia propia) y el campo circundante (base socioeconómica de la ciudad).

☞ **Grecia clásica:**

- ⇨ **Ocaso de las tiranías** debido a la lucha por el poder entre los tiranos y las clases aristocráticas, que vuelven a tomar el poder.
- ⇨ Nuevos sistemas políticos: las **constituciones** democráticas. Dos modelos:
  - → **La constitución espartana,** la Rhetra: la sociedad espartana estaba dividida en tres estamentos: los esparticidas, los periecos (habitantes de las cercanías) y los ilotas (esclavos) y se organizaban socialmente con las siguientes instituciones: diarquía (dos reyes), el eforato (funcionarios), la gerusía (consejo de ancianos) y la Asamblea (ciudadanos varones adultos de Esparta).
  - → **La constitución ateniense:** la sociedad ateniense se dividía en ciudadanos griegos libres y esclavos. Se organizaban socialmente con las siguientes instituciones: el arcontado (poder ejecutivo en todos los aspectos de la vida griega) y la Ekklesia o asamblea popular (compuesta por los varones adultos libres).
- ⇨ **Guerras médicas.** Irrupción del Imperio persa en el mundo griego: obligación de los griegos a unirse para luchar contra los persas (Liga de Delfos y Liga de Delos). Hegemonía naval de Atenas.
- ⇨ **Guerra del Peloponeso** (431-404 a. C.): guerra entre las dos potencias griegas, Esparta y Atenas, que habían derrotado al Imperio persa. El triunfo de Esparta significó el final del sistema democrático griego, el final de la época de esplendor cultural griega y la crisis de la polis como sistema de dominio político de amplios territorios.

☞ **Grecia helenística:**

⇨ **Filipo V,** rey de Macedonia, conquista Grecia (359-336 a. C.). A su muerte le sucede su hijo, **Alejandro Magno,** quien formará, gracias a la conquista de Persia, el denominado imperio helenístico, que agrupa por primera vez a orientales y occidentales.

→ La característica fundamental de este Imperio es la soberanía de Alejandro Magno sobre todo él y el gobierno de cada nación, oriental u occidental, manteniendo sus costumbres e instituciones anteriores.

⇨ A la muerte de Alejandro el Imperio se dividirá en varias **monarquías helenísticas** que formarán auténticas dinastías hasta la hegemonía del mundo romano sobre ellas.

→ Asia (Seleucidas).

→ Egipto (Tolomeos).

→ Macedonia (Antigónidas).

ESTRUCTURA SOCIOECONÓMICA

☞ Los ciudadanos griegos se definen por dos principios básicos:

⇨ El patrimonio (fundamentalmente la propiedad de la tierra).

⇨ La actividad económica (artesanía, comercio).

☞ Las bases de la economía griega:

⇨ Agricultura y ganadería: la colonización palió el problema de la falta de tierras.

⇨ Industria, artesanía y comercio: destaca fundamentalmente la extracción de metal, la producción cerámica y la organización de rutas comerciales marítimas.

MANIFESTACIONES CULTURALES EN GRECIA

⇨ Destaca el gran desarrollo en las manifestaciones literarias, poesía, tragedia y comedia.

⇨ Nacimiento de la **historiografía** y el **pensamiento sistemático** (filosofía, matemáticas, física, astronomía, medicina, etc.) aplicado en todos los ámbitos de la vida.

RELIGIÓN GRIEGA

☞ El hombre griego era profundamente religioso.

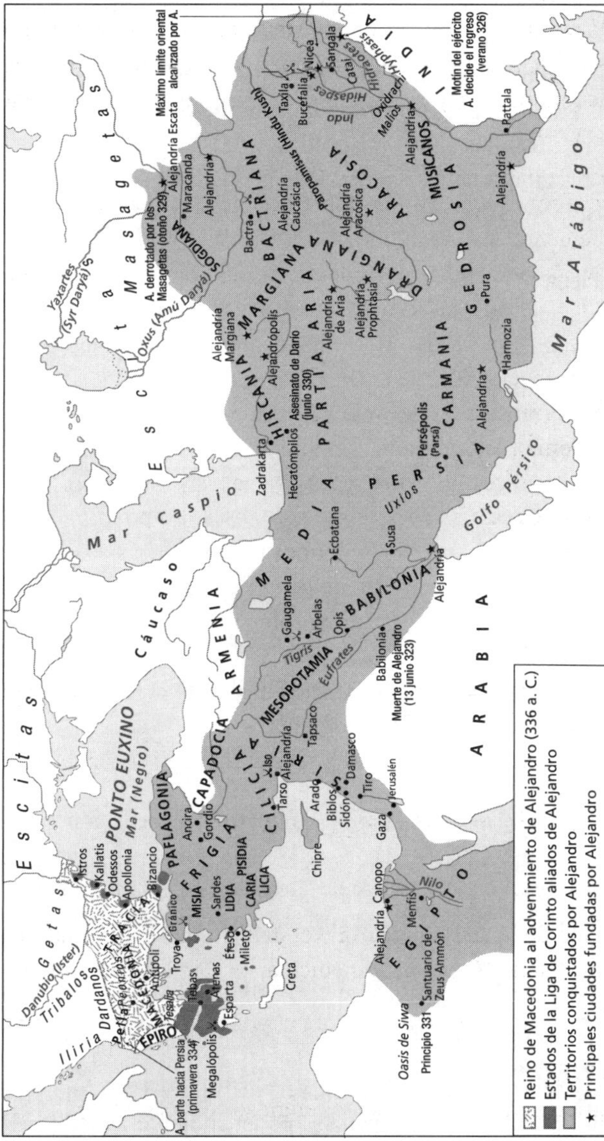
Reino de Macedonia al advenimiento de Alejandro (336 a. C.)
Estados de la Liga de Corinto aliados de Alejandro
Territorios conquistados por Alejandro
Principales ciudades fundadas por Alejandro
Mar Caspio
Golfo Pérsico
Mar Arábigo
PONTO EUXINO
Mar (Negro)
ARABIA
INDIA
MACEDONIA
TRACIA
EPIRO
PAFLAGONIA
CAPADOCIA
FRIGIA
ARMENIA
MESOPOTAMIA
BABILONIA
MEDIA
PERSIA
HIRCANIA
PARTIA
ARIA
MARGIANA
BACTRIANA
SOGDIANA
DRANGIANA
ARACOSIA
GEDROSIA
CARMANIA
EGIPTO
A. parte hacia Persia (primavera 334)
A. derrotado por los Masagetas (otoño 329)
Máximo límite oriental alcanzado por A.
Motín del ejército A. decide el regreso (verano 326)
Asesinato de Darío (junio 330)
Muerte de Alejandro (13 junio 323)
Principio 331

⇨ La religión estaba integrada en todas las manifestaciones **públicas y privadas** de la vida cotidiana.

☞ Era una religión **politeísta** en la que los dioses representaban el orden y el equilibrio del mundo. En la época helenística se introdujeron los cultos a dioses de origen oriental y se generalizan los cultos mistéricos.

☞ Los aspectos más importantes alrededor de la religión griega fueron la **muerte** y los **enterramientos,** la **adivinación,** la **magia** y los **oráculos,** que regían la manera de proceder de los griegos.

☞ **Mitología griega.**

⇨ Los mitos griegos son numerosos y variados. Su conjunto forma la mitología griega, que conocemos por los textos literarios y por imágenes plásticas.

⇨ La mitología griega está protagonizada por:

→ **Dioses olímpicos** o mayores (Zeus, Hera, Poseidón, Deméter, Afrodita, Atenea, Ares, Hefesto, Apolo, Ártemis, Hermes y Dioniso).

→ **Dioses menores** (las Musas, las Gracias, las Moiras...).

→ **Héroes** (Heracles, Perseo, Aquiles, Ulises, Edipo...).

ROMA

☞ Esta pequeña ciudad del centro de la península Itálica llevará su poder hasta convertirse en el mayor imperio del mundo antiguo.

DESARROLLO HISTÓRICO

☞ **Monarquía (753-509 a. C.).** El periodo monárquico corresponde al reinado de siete reyes:

⇨ **Rómulo:** la leyenda le atribuye la fundación de Roma. A este rey se le atribuye la creación del senado y de la organización social, dividida entre patricios y plebeyos.

⇨ **Reyes latinos** (Numa Pompilio, Tulo Hostilio y Anco Marcio): monarquía de base sacral con un papel dominante sobre el primitivo senado en base a su poder militar.

⇨ **Reyes etruscos** (Tarquinio Prisco, Servio Tulio y Tarquinio el Soberbio): monarquía no sacral que fundamenta su poder en la fuerza militar. Destaca en este periodo las reformas que organizan la sociedad en distritos territoriales y en la riqueza de los ciudadanos, estableciendo así las bases del estado.

⇨ La **economía** se fundamenta totalmente en la agricultura, ganadería y yacimientos de hierro.

☞ **La República romana (509-14 a. C.).** Dos acontecimientos marcan la etapa republicana: la lucha por el poder político romano y la supervivencia y hegemonía frente a los pueblos vecinos de la península Itálica.

⇨ **Lucha entre patricios y plebeyos** (494-287 a. C.): conflicto que acabará igualando jurídicamente a todos los romanos (Ley de las XII tablas). Para ello se constituyen las instituciones, senado y comicios o asambleas populares, y las magistraturas.

⇨ **Expansión romana en la península Itálica:** la interrelación entre los pueblos itálicos origina conflictos armados. Las victorias sobre ecuos, volscos, sabinos, etruscos, galos y sammitas, llevarán a Roma a dominar la península itálica en 290 a. C.

⇨ **Expansión romana en el mundo mediterráneo:** Roma entra en los aconteceres del mundo mediterráneo, donde lo más importante para las potencias, **Grecia** y **Cartago,** es el dominio de las rutas comerciales marítimas.

→ Las luchas por el control del mar llevarán a Roma a conquistar Sicilia (Primera guerra púnica), Galia Cisalpina, Córcega, Cerdeña, el reino ilirio, Hispania (Segunda guerra púnica), costa africana (Cartago), Macedonia, Grecia, las Galias, la Bélgica, frontera con Germania y parte de Britannia.

⇨ **Crisis del siglo II y final de la República:** las conquistas romanas y la ampliación de los mandatos en las magistraturas posibilitaron la acumulación de un poder económico y militar ilimitado por parte de los magistrados. El poder pasó de las oligarquías al poder personal, que terminó con la toma del poder por parte de Sila mediante un golpe militar. El modelo fue seguido por César, nombrándose dictador perpetuo, y heredado por Augusto, quien instauró un nuevo sistema político: el Principado o Imperio.

⇨ Estructura sociopolítica republicana.

→ La condición jurídico-política, el sector económico, la riqueza, el nacimiento, las relaciones familiares, etc., contribuyen a crear una **pirámide social** constituida por los siguientes estamentos: la *nobilitas,* los *equites* (caballeros), el campesinado, los libertos (plebe urbana) y los esclavos.

→ La organización social estaba regida por las siguientes **instituciones:** el **senado,** los **comicios** o asambleas populares y las **magistraturas** (consulado, pretura, censura, edilidad, tribunado de la plebe, cuestura, dictadura).

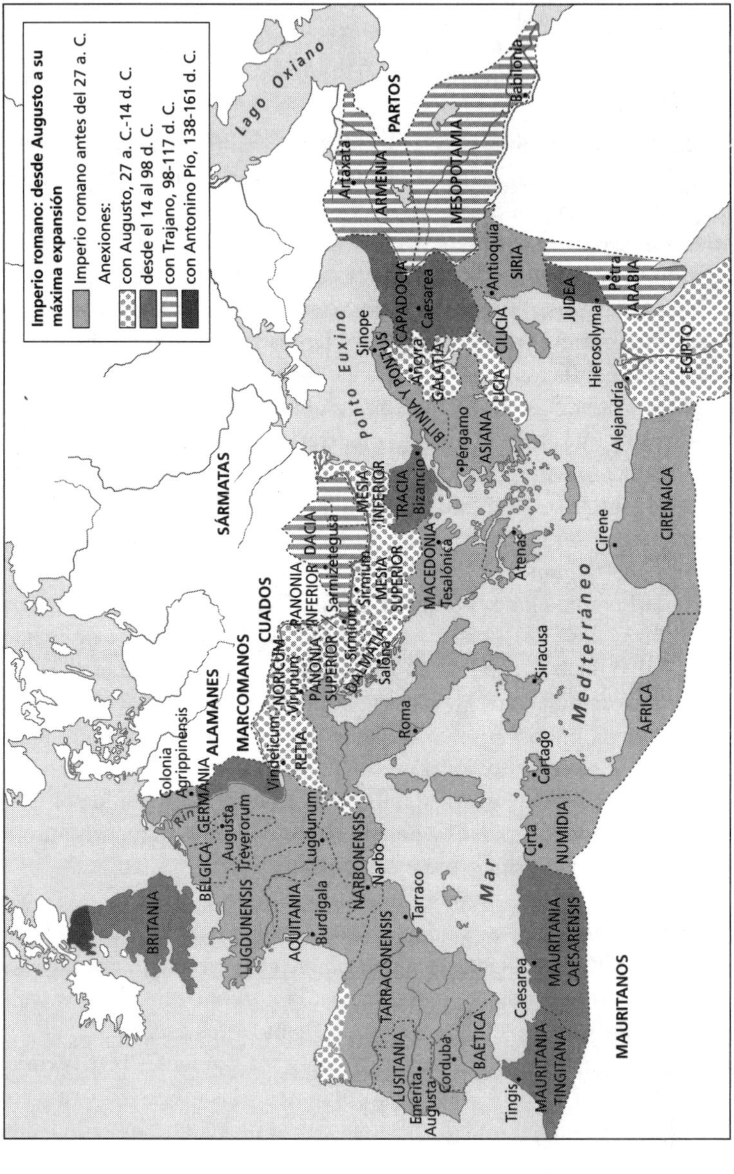
Imperio romano: desde Augusto a su máxima expansión
Imperio romano antes del 27 a. C.
Anexiones:
con Augusto, 27 a. C.-14 d. C.
desde el 14 al 98 d. C.
con Trajano, 98-117 d. C.
con Antonino Pío, 138-161 d. C.
Lago Oxiano
PARTOS
Babilonia
MESOPOTAMIA
ARMENIA
Artaxata
Antioquía
SIRIA
JUDEA
Petra
ARABIA
Hierosolyma
EGIPTO
Alejandría
CAPADOCIA
Caesarea
CILICIA
PONTUS
Sinope
Ancyra
GALATIA
LICIA
BITINIA Y PONTUS
ASIANA
Pérgamo
Ponto Euxino
SÁRMATAS
TRACIA
Bizancio
MESIA INFERIOR
DACIA
Sarmizetegusa
MACEDONIA
Tesalónica
Atenas
MESIA SUPERIOR
Sirmium
DALMATIA
Salona
PANONIA INFERIOR
PANONIA SUPERIOR
CUADOS
MARCOMANOS
ALAMANES
NORICUM
Virunum
RETIA
Vindelicum
Colonia Agrippinensis
GERMANIA
Rin
Augusta Treverorum
BÉLGICA
LUGDUNENSIS
Lugdunum
NARBONENSIS
Narbo
AQUITANIA
Burdigala
BRITANIA
Roma
Siracusa
Cartago
Cirene
CIRENAICA
ÁFRICA
Mar Mediterráneo
Cirta
NUMIDIA
MAURITANIA CAESARENSIS
Caesarea
MAURITANOS
Tingis
MAURITANIA TINGITANA
TARRACONENSIS
Tarraco
LUSITANIA
Emerita Augusta
Corduba
BAÉTICA

☞ **El Imperio romano** (14 a. C.-476 d. C.). La época imperial abarca cinco siglos, desde la instauración por Augusto en 27 a. C. hasta la desaparición del último emperador occidental, Rómulo Augústulo, en 476 d. C.

⇨ **Alto Imperio** (siglos I-II d. C.): El fundador del Imperio o Principado fue Augusto. El principal problema que tiene que solucionar el emperador fue el de la sucesión imperial.

→ **Principado:** instauración de un poder personal de tipo monárquico frente al régimen republicano la época anterior, basado en la colegialidad del poder. Augusto creó las bases legales para que la figura del emperador entrara en el entramado político romano. El carácter sucesorio impedirá el retorno a la forma republicana.

→ **Título y poderes del emperador:** *princeps, imperium* e *imperator* (mando del ejército), *tribuna potestas* (poder legislativo), *auctoritas* (autoridad moral y política), *pontifex maximus* y el de supervisor de todas las costumbres y leyes.

⇨ **Crisis del siglo III y sistema de Diocleciano** (293-305 d. C.): nuevo sistema político, la Tetrarquía: reglamentación del sistema de sucesión. Se iniciará la decadencia romana.

⇨ **Bajo Imperio** (305-476 d. C.): durante este periodo confluyen la ideología imperial, la filosofía religiosa y la teología cristiana en un monoteísmo que va a convertirse en soporte de la nueva ideología imperial. El Imperio de Occidente duró hasta el 476, mientras que el de Oriente se prolongó hasta 1453 (caída de Constantinopla).

→ **Dominado:** es el modelo monárquico en el que el emperador representaría en la tierra al Hijo de Dios, fruto de la unión de la teología cristiana y la ideología imperial.

⇨ **La caída del Imperio romano:**

→ 374 d. C.: llegada de los hunos.

→ 378: victoria visigoda en Adrianópolis.

→ 396: ruptura del limes del Rin por suevos, vándalos y alanos.

→ 410: el visigodo Alarico saquea de Roma.

→ 450: asalto anglosajón a Gran Bretaña.

→ 476: caída de Roma.

ECONOMÍA

⇨ Agricultura y ganadería:
→ Basada en la agricultura extensiva (latifundio), la ganadería y la mano de obra esclava.
→ La tierra se convertirá en fuente de **conflictos.**
→ **Especialización** agraria: Galia (vid), Hispania (olivo), Egipto (cereales).
→ **Aportaciones técnicas:** invención del arado romano, los molinos hidráulicos.
→ Generalización del **regadío** con la construcción de acueductos y de acequias.

⇨ **Artesanía:** gran desarrollo de todas las tecnologías conocidas hasta entonces.
→ Generalización de los bienes de consumo (vidrio, cerámica, ajuar metálico).
→ Especialización por provincias.

⇨ **Comercio:**
→ Comercio apenas inexistente hasta la **expansión militar** romana.
→ La expansión dio lugar a un perfeccionamiento de las infraestructuras (red de calzadas).
→ Desarrollo del sistema monetario.

ESTRUCTURAS SOCIALES

☞ **Monarquía** y comienzos de la República:
⇨ Clases sociales:
→ **Patricios** (grandes propietarios).
→ **Plebeyos.**
⇨ Estructura social:
→ **Patriarcado:** la herencia del hombre y los bienes se transmitía por línea masculina, los lazos de parentesco válidos se derivaban del padre. El padre de familia tenía autoridad absoluta sobre los miembros de la familia.
→ **Clientela:** relación de fidelidad en todos los aspectos: económico, social y militar.

☞ **República e Imperio:**
⇨ Clases privilegiadas: Oligarquía urbana.
→ *Nobilitas* (senadores).
→ *Equites* (caballeros).

⇨ Clases no privilegiadas:
  → Plebe urbana.
  → Colonos.
  → Libertos y esclavos.

CULTURA

⇨ La aportación cultural más importante del mundo romano fue la difusión de la **cultura griega** y su aplicación práctica en toda Europa.
⇨ El arte romano es absolutamente **funcional,** buscando su faceta práctica.
⇨ **Pensamiento y literatura:** destaca la oratoria política (escuelas sofistas), el estoicismo (Cicerón, Séneca), la prosa histórica (César y Salustio), la poesía satírica (Varrón), la lírica (Cátulo), la tragedia y la comedia. Otros autores destacados son: Virgilio, Horacio y Tito Livio.
⇨ **Ciencias y la tecnología:** el legado romano más importante que dejan a la humanidad: la red de calzadas romanas, construcciones arquitectónicas (puentes, acueductos, templos, teatros, circos, urbanismo planificado, etc.), base de la Europa actual. Teóricamente destacan los estudios arquitectónicos de Vitrubio.

RELIGIÓN

⇨ Religión **politeísta.** Los dioses estaban presentes en cualquier manifestación de la vida.
⇨ El carácter abierto de la cultura romana permitió la incorporación de divinidades de diversas culturas (fundamentalmente del panteón griego).
⇨ Son **características propias** de la religión romana:
  → El culto privado de lares y penates (dioses de la casa y la familia).
  → El culto funerario.
  → El culto a Roma y al emperador.
  → La adivinación.
  → Incorporación de la mitología griega e identificación de sus personajes.
⇨ Durante el Imperio se generalizan los **cultos mistéricos** (fundamentalmente a Cibeles, a Isis, a Apis y el Maniqueísmo).
⇨ A partir del siglo IV la religión más importante fue el **Cristianismo:**
  → Legalizado por **Constantino I** con el Edicto de Milán (313 d. C.).
  → Adoptado como religión imperial por **Teodosio I** con el Edicto de Salónica (380 d. C.).

LA ALTA EDAD MEDIA

☞ Con el término **Edad Media** nos referimos tradicionalmente al periodo que discurre entre la caída de Roma (476 d. C.) y la de Constantinopla (1453) o el descubrimiento de América (1492) o el inicio de la Reforma (1517). Habitualmente se subdivide en tres fases:

- ⇨ Alta Edad Media: desde la caída del Imperio hasta el año 1000.
- ⇨ Plena Edad Media: los siglos XI, XII y XIII. Se suele fijar su final en la muerte del papa Bonifacio VIII (1303).
- ⇨ Baja Edad Media: los siglos XIV y XV, periodo de transición a la era Moderna.

EL FIN DEL IMPERIO ROMANO

☞ La desaparición de un poder único en el Occidente del Mediterráneo, representado por la deposición del último emperador, Rómulo Augusto, en 476, es la característica fundamental del primer periodo medieval.

LÍNEA DE ACONTECIMIENTOS

- ⇨ Siglos III y IV: la presión de los **hunos** en Europa a finales del siglo IV provoca la caída del Imperio de Occidente en 476 d. C.
- ⇨ 406: vándalos, suevos y alanos pasan a Hispania pero son expulsados por los visigodos.
- ⇨ 410: invasión y saqueo de Roma por los **visigodos** (que eran un pueblo federado del Imperio).
- ⇨ 423: los **vándalos** pasan al norte de África (estatuto de federados). Conocieron una gran prosperidad bajo Genserico, quien saqueó Roma.

⇨ 476: el golpe final le fue dado al Imperio por el último «ejército romano» al mando de **Odoacro,** quien despojó al emperador **Rómulo Augústulo** de su dignidad, quedando únicamente como emperador de Oriente, Zenón.

⇨ 533-610: fortalecimiento del imperio oriental con Justiniano, quien trató de reconstruir el Imperio romano. Su general Belisario destruyó el imperio vándalo en 533. Invadió Italia, parte de Hispania, terminó con la presencia ostrogoda en Italia y la restituyó el Imperio.

⇨ 610-687: los **reinos bárbaros** forman un nuevo mapa en el antiguo Occidente romano.
  - → Norte de África: presencia bizantina.
  - → Hispania: Atanagildo estableció la capital en Toledo; Leovigildo (568-586) derrotó a los suevos y a los bizantinos y expulsó a los vascos a la Galia; Recaredo (587-601) se convirtió al catolicismo.
  - → Galia: periodo de gran estabilidad tras las guerras civiles.
  - → Gran Bretaña: los anglosajones expulsan al continente a los bretones.
  - → Italia: los lombardos se apoderan de la península y Bizancio domina el sur, la Romaña y el Lacio.

LAS INVASIONES BÁRBARAS

☞ El inicio de la Edad Media está caracterizado por el movimiento de diversos pueblos por el Viejo Mundo y la llegada de estas migraciones, muchas veces en forma de invasión, a tierras del Imperio romano.

☞ En su desarrollo podemos distinguir tres momentos bien diferenciados.

PRIMERA OLEADA: SIGLOS IV-V

☞ Provocada por los hunos. Formó un nuevo mapa político. Intervendrán varios pueblos.

⇨ **Alanos:** en 374 es destruido el estado alano por los hunos. Después nunca llegaron a formar un estado. Se fusionarán con suevos y vándalos, y penetrarán en Hispania.

⇨ **Godos:** en 378 vencen al ejército imperial en Adrianópolis y atraviesan el Imperio de parte a parte fundando estados duraderos. Es el primer pueblo que sintetiza elementos romanos con elementos germánicos. Se dividieron en **ostrogodos** (godos occidentales) y **visigodos** (godos orientales).

- → **Ostrogodos:** vasallos de Atila, tras su muerte se independizan y en 455 les será concedido un territorio cerca de lago Valatón. Intentan establecerse como vasallos del Imperio de Occidente, pero no lo consiguen. A finales del siglo V el emperador **Zenón** les lanza contra Italia. **Teodorico** se adueña de la península Itálica. Realizará una obra muy importante. Organizará un Estado dual: ostrogodos e italorromanos, pero con administraciones separadas. Su reinado proporcionará un periodo de paz y prosperidad.
- → **Visigodos:** en el siglo III invaden la Dacia al norte del Danubio, territorio que les será concedido por Aureliano. En este periodo serán convertidos al arrianismo. Junto con los ostrogodos derrotarán al Imperio en Adrianópolis.

⇨ **Hunos:** entre 425-438 formarán un estado de carácter centralista. Tendrán como vasallos a pueblos germánicos. La época de Atila es la más brillante de su historia. Convierte a su pueblo en la primera potencia bárbara.

⇨ **Vándalos:** en 406 superan la frontera del Rin y penetran en el Imperio. En 409 se introducen en Hispania formando una confederación con suevos y alanos. Junto con alanos pasarán a África y formarán en Numidia un reino vándalo. Controlarán las islas europeas y la ruta del trigo. En 543 serán destruidos por Belisario, general de Justiniano.

⇨ **Suevos:** se establecien en diversos lugares, Venecia, Flandes, Bretaña e Hispania (sur de Galaecia). Aprovecharán la salida de los vándalos para formar un estado en todo el noroeste de Hispania. Su capital estaba en Braga. En 456 los visigodos los derrotarán.

SEGUNDA OLEADA

⇨ **Francos:** desde el siglo IV comienzan a infiltrarse en los cuadros del ejército imperial, o como repobladores de zonas devastadas (Bélgica).

- → En el siglo V se extienden por el norte de Francia hacia el Loira. Vencen a los visigodos y establecen un reino que será dividido: Austrasia (Metz), Neustria (París), Borgoña (parte oriental) y Aquitania (parte sur).
- → A pesar de la división del reino continuaron su expansión.
- → En el siglo VII la nobleza se impondrá a la monarquía. De una familia noble de Neustria descendiente de Carlos Martel salió quienes unificaron la Galia y la salvaron de los musulmanes dando origen al Imperio carolingio.

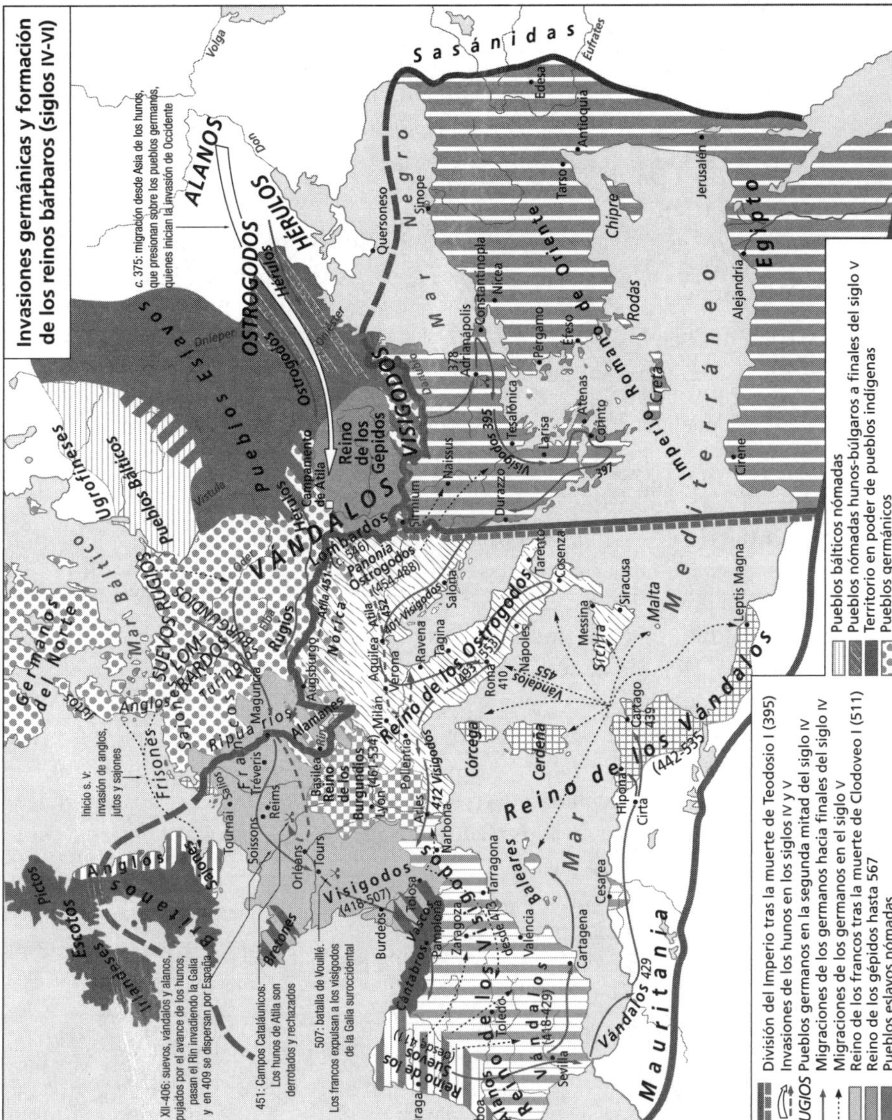
Invasiones germánicas y formación de los reinos bárbaros (siglos IV-VI)
c. 375: migración desde Asia de los hunos, que presionan sobre los pueblos germanos, quienes inician la invasión de Occidente
Inicio s. V: invasión de anglos, jutos y sajones
XII-406: suevos, vándalos y alanos, empujados por el avance de los hunos, pasan el Rin invadiendo la Galia y en 409 se dispersan por España
451: Campos Cataláunicos. Los hunos de Atila son derrotados y rechazados
507: batalla de Vouillé. Los francos expulsan a los visigodos de la Galia suroccidental
División del Imperio tras la muerte de Teodosio I (395)
Invasiones de los hunos en los siglos IV y V
RUGIOS Pueblos germanos en la segunda mitad del siglo IV
Migraciones de los germanos hacia finales del siglo IV
Migraciones de los germanos en el siglo V
Reino de los francos tras la muerte de Clodoveo I (511)
Reino de los gépidos hasta 567
Pueblos eslavos nómadas
Pueblos bálticos nómadas
Pueblos nómadas hunos-búlgaros a finales del siglo V
Territorio en poder de pueblos indígenas
Pueblos germánicos
ALANOS
OSTROGODOS
HÉRULOS
Hérulos
Ostrogodos
VISIGODOS
VÁNDALOS
Pueblos Eslavos
Pueblos Bálticos
Ugrofineses
Germanos del Norte
Mar Báltico
SUEVOS
RUGIOS
LOMBARDOS
BURGUNDIOS
Anglos
Jutos
Sajones
Frisones
Turingios
Francos Ripuarios
Alamanes
Lombardos (c. 546)
Panonia Ostrogodos (454-488)
Reino de los Gépidos
Campamento de Atila
Nórica
Rugios
Reino de los Ostrogodos (493-553)
Reino de los Burgundios (461-534)
Visigodos (418-507)
Reino de los Visigodos
Reino de los Vándalos (442-535)
Reino de los Suevos (desde 411)
Vándalos (418-429)
Alanos
Vándalos 429
Vándalos 455
Vascos
Cántabros
Bretones
Britanos
Pictos
Escotos
Irlandeses
Salios
Mauritania
Mar Mediterráneo
Mar Negro
Imperio Romano de Oriente
Sasánidas
Egipto
Sicilia
Malta
Córcega
Cerdeña
Baleares
Creta
Chipre
Rodas
Volga
Don
Dnieper
Dniester
Vístula
Oder
Elba
Rin
Danubio
Éufrates
Quersoneso
Sinope
Constantinopla
Adrianápolis
Nicea
Pérgamo
Éfeso
Tesalónica
Larisa
Atenas
Corinto
Naissus
Sirmium
Durazzo
Salona
Tarento
Cosenza
Siracusa
Messina
Nápoles
Roma 410
Tagina
Ravena
Aquilea
Verona
Milán
Augsburgo
Maguncia
Basilea
Tréveris
Reims
Soissons
Tournai
Orleans
Tours
Lyon
Pollentia
Arles
Narbona
Tolosa
Burdeos
Pamplona
Zaragoza
Tarragona
Valencia
Cartagena
Toledo
Sevilla
Lisboa
Braga
Cesarea
Hipona
Cirta
Cartago 439
Leptis Magna
Cirene
Alejandría
Jerusalén
Antioquía
Tarso
Edesa
Atila 451
Atila 452
Visigodos 395
Visigodos 401
412 Visigodos
378
397
desde 413

TERCERA OLEADA

- ⇨ **Lombardos:** provenían de Panonia. En el último tercio del siglo VI atacan Italia con grandes resultados. Los lombardos suprimen la monarquía y el poder lo ostentan los jefes militares.

LA SOCIEDAD EN LOS REINOS BÁRBAROS

- ⇨ **Administración:**
  - → Los reyes germánicos respetaron las **instituciones romanas.** Teodorico fue proclamado *augusto;* dejó en manos de prefectos del pretorio la administración local. Conservó el Senado y antiguas magistraturas. Tampoco hubo modificaciones en los reinos de África y de Hispania.
  - → **Hacienda:** todos los pueblos bárbaros federados del Imperio estaban exentos del pago de impuestos. Esta carga caía entonces sobre los particulares romanos.
- ⇨ **Sociedad polarizada:** con los reinos germánicos se acentuó más la división entre pobres y poderosos. Los esclavos aumentaron con las invasiones.
  - → **La tierra:** el sistema territorial no cambió. A causa de la excesiva presión fiscal se abandonaron muchas tierras que fueron incorporadas por los reyes para su provecho.
  - → **La ciudad:** muchas ciudades fueron arrasadas, otras perdieron su carácter político. Dejaron de ser centros de consumo y se convirtieron en centros de reunión de peregrinos y comerciantes. Aparecieron nuevas capitales: Toledo, Barcelona, París, que se convirtieron más en cortes que en centros administrativos.
- ⇨ **Economía:** intensa economía silvo-pastoril y nuevos intercambios. Se concedió una gran importancia a los pastos, bosques y a la caza. Las tierras no cultivadas eran destinadas a pastos.
  - → Comercio marino entre los diferentes pueblos bárbaros.
- ⇨ **Novedades** introducidas por los germanos.
  - → **El latín, lengua común** frente a las diversas lenguas contribuyó a la fusión de los pueblos —germanos y romanos.
  - → **Derecho:** los germanos, que tenían una legislación oral, se vieron en la necesidad de poner por escrito sus leyes, como hacían los romanos. Los precursores fueron los visigodos con el *Código de Eurico*. En todos los pueblos existían **dos legislaciones,** una romana y otra germánica.

→ **Sociedad.** Los germanos utilizaron esclavos para luchar; tenían mayor facilidad que en el Imperio para ser libres. Las guardias reales y los servidores del rey recibían protección a cambio de su fidelidad.

LOS ESTADOS VISIGODOS

☞ Los visigodos eran un pueblo federado del Imperio que tuvo gran importancia en el desarrollo de los acontecimientos.

LOS VISIGODOS ANTES DE ESTABLECERSE EN HISPANIA

⇨ En los siglos IV y V recorren toda Grecia y pasan a Italia.
⇨ Tras la división del Imperio presionan a la parte occidental.
⇨ En 416 se instalan en las llanuras de Aquitania **(reino de Tolosa).**
  → Quedaron asentados como un pueblo unido y autónomo, sin mezclarse con los galorromanos.
  → Entre 418-476 (caída de Roma) están al servicio del Imperio.
  → Se extenderán por la Narbonense y se abren al Mediterráneo.
  → Entre 451-454 se desarrollarán en torno a los valles del curso alto y medio del Ebro.
  → Entre 470-475 toman la Tarraconense y se produce una entrada masiva de los visigodos por Pamplona y el Rosellón.
  → Entre 476-507 se convierten en reino independiente. En 507 son derrotados por los francos. Esta derrota supone el fin del reino de Tolosa.

REINO DE TOLEDO

☞ Es el comienzo de máximo **esplendor visigodo.** De todo el territorio peninsular únicamente quedará fuera del poder visigodo la Bética, que volverá a manos bizantinas.
⇨ El **poder militar** quedará en manos mixtas y el **civil** en manos hispanorromanas. La Iglesia servirá de mediador con el rey a través de los concilios.
⇨ Se produjo la **unificación religiosa** al convertirse el rey y el pueblo al catolicismo. Los **concilios:** con la conversión al catolicismo se produjo la integración en el estado visigodo de la población hispanorromana. No habrá separación entre poder secular y religioso.

⇨ **Males endémicos:** luchas de facciones aristocráticas y tensiones sociales. Los reinados débiles no estuvieron preparados para hacer frente a la invasión musulmana.

⇨ La **sociedad** quedará dividida en dos: los que mandan (visigodos) y los mandados (hispanorromanos). Se lega a un nuevo tipo de sociedad **protofeudal.** Se observa una ruralización progresiva y un debilitamiento de la vida urbana y comercial, desapareciendo la clase media. Existe una tendencia a la gran propiedad.

⇨ **Fin** de la España visigoda (670-711):

→ Surgimiento de instituciones prefeudales y aumentó la oligarquía militar que se enfrentará entre sí y contra la monarquía.

→ Durísima carga fiscal, que rebasaba con creces al capacidad del pueblo.

→ El comercio exterior se contrae, aunque no desaparece, sobre todo en el Mediterráneo.

→ Aparición de epidemias de la peste que causó estragos entre la población.

→ Llegada de los musulmanes.

EL IMPERIO BIZANTINO

☞ Bizancio se inicia con **Constantino** el Grande (construcción de Constantinopla). En 395 se produce la división del Imperio por Teodosio, y se concede la parte oriental a Arcadio.

⇨ En los siglos IV y V se forma el **Imperio bizantino.**

⇨ En el siglo VI se había constituido como autónomo. **Justiniano** establece las **bases del Estado** bizantino.

⇨ Puede considerarse a Bizancio como el Imperio romano de Oriente y cumplió **tres misiones** fundamentales para el desarrollo de Occidente:

→ **Defensa** de la cristiandad contra el islam.

→ **Difusión** de la cultura clásica.

→ **Mediación** entre Oriente y Occidente.

⇨ Bizancio aportó su forma de vida. **Influyó** en el arte y en la mentalidad espiritual. Se adentrará en la Europa moderna, influyendo en los pueblos eslavos y en Rusia.

CARACTERÍSTICAS DEL IMPERIO BIZANTINO

☞ Formado por las **provincias de Oriente** del antiguo Imperio.
- ⇨ Provincia Africana (Nilo, Sudán).
- ⇨ Provincia Danubiana (los Balkanes). Es una región muy compleja con diferentes relieves, climas y civilizaciones.
- ⇨ Provincia de Spania: sureste de la península Ibérica con capital en Cartago Nova.

☞ **La capital:** Constantinopla se convertirá en el centro neurálgico del Imperio.
- ⇨ Fue **fundada** en 325 por Constantino.
- ⇨ Ofrecía **ventajas** políticas, geográficas y estratégicas.
- ⇨ Se convirtió en el **centro comercial** entre Europa y Asia. Se comunicaba con Siria, Egipto e Italia.
- ⇨ Sus defensas la convirtieron en una **ciudad fuerte** desde el punto de vista militar.
- ⇨ Era la **residencia del emperador, sede del patriarca** de Constantinopla, el más importante de los obispos orientales. La iglesia de Santa Sofía era el centro religioso del Imperio.

☞ **La sociedad:** la masa de la población estaba compuesta por artesanos, jornaleros, mendigos, esclavos y soldados. La clase media por banqueros, funcionarios, comerciantes. La clase alta por la nobleza cortesana y la nobleza de sangre.

☞ **La economía:** la base del Imperio es el campesinado. Toda la familia participaba en la producción agrícola, junto con esclavos y asalariados.

☞ **La política:**
- ⇨ **El emperador.** Tiene la dirección del ejército, la administración y el poder legislativo a través de los juristas.
  - → Encarna la salvación del Imperio y del orden universal.
  - → Es la fuente de la ley (Código Teodosiano y *Codex Justinianus).*
  - → La sucesión está vinculada a la filiación y la herencia.
- ⇨ **Ejército imperial.** En el siglo V se establecen dos categorías: tropas de asalto y guarniciones de provincias y fronteras. Existe una gran cantidad de bárbaros en los cargos militares, que combatían con sus propias técnicas, y que influyeron en el Imperio bizantino.
- ⇨ **Administración.** Un consejo formado por el portavoz (cuestor del palacio sagrado), los ministros de finanzas y el maestro de oficios asisten al emperador. Este consejo es a su vez el tribunal imperial.
- ⇨ **Lenguas.** En la Grecia peninsular, el griego se impondrá al latín. Existían otras lenguas como el hebreo, siriaco, arameo, georgiano, armenio, copto y árabe.

⇨ **Religión.** El cristianismo es el sustrato ideológico del Imperio bizantino.
  → A principios del siglo V el politeísmo había sido eliminado.
  → La cristianización supone el establecimiento de relaciones entre las instituciones eclesiásticas y el poder central imperial.
  → Las iglesias tienen bienes y rentas, recibían constantes donaciones en inmuebles, dinero, y rentas por parte de los fieles.

DESARROLLO HISTÓRICO

☞ **El desorden isáurico:**
  ⇨ En 476 un jefe isáurico, Zenón, alcanza el trono del Imperio. Este convierte al patriarca de Constantinopla, Acacío, en valedor dogmático del poder imperial.
  ⇨ En 490 se rompen las relaciones entre los patriarcas de Constantinopla y Alejandría. En Palestina los samaritanos y judíos se rebelan contra los cristianos.
  ⇨ En 491 muere Zenón; le sucede Anastasio, que ocupará el trono y pacificará Isauria. Con Anastasio triunfará el monofisismo.
  ⇨ La muerte de Anastasio hace subir al trono a Justino, jefe de la guardia real, que al no tener hijos asocia al trono a su sobrino Justiniano.

☞ **Justiniano:** el ideal político de Justiniano era la **recuperación del Imperio romano** mediante la reconquista del Mediterráneo occidental, la restauración de la unidad religiosa, política, administrativa y económica, y una nueva política de construcciones.
  ⇨ En la idea de la ***reinstauratio imperii*** se fundían la fe (liberar al Imperio occidental de los herejes arrianos) y la política (el Imperio romano había sido una unidad que se había roto). Con él la soberanía imperial pasará al Mediterráneo oriental.
  ⇨ **Administración:** el poder estaba caracterizado por una buena administración, centralizada y con separación entre el poder civil y el militar. Reformas de Justiniano: en 535 prohibió la compra de cargos públicos, suprimió las diócesis y unió la administración civil y militar en manos de un exarca.
  ⇨ **Derecho:** una de las obras más importantes de Justiniano fue la elaboración de leyes, el *corpus iuris civilis,* compuesta por *Código Justinianeo* (528) y *Digesto* (533) —en latín—, *Instituta* y las *Novellae* en griego.
    → El programa legislativo se basa en la unidad, romanidad e inmovilidad.
  ⇨ **Economía:** reformas destinadas a la recaudación de impuestos.

  - → La base económica seguía siendo la agricultura. Justiniano dio un mayor impulso al comercio, sobre todo a larga distancia, en especial al existente con el lejano Oriente, creando una ruta por el mar Rojo.
- ⇨ **Iglesia:** se opuso a la herejía y protegió a la iglesia ortodoxa. Con el II Concilio de Constantinopla intentó concluir con el monofisismo.
- ⇨ **Cultura:** época de gran brillantez en todas las materias: medicina, matemáticas, arquitectura, literatura historiada, etc. El arte adquirirá un estilo propio. Será una síntesis grecorromana, cristiana y oriental.
- ⇨ **Política exterior:** su idea es reconstruir el Imperio romano. Refuerza las fronteras de los Balcanes contra búlgaros y eslavos, firma en 523 un tratado con los persas y forma un gran ejército con el que pasar a Italia. Allí soportará una larga guerra que se verá empeorada tras la ruptura de hostilidades con Persia, lo que provocará una división del ejército para defender el nuevo frente. Hispania fue el tercer objetivo. Se inició la conquista en la última fase de la guerra de Italia, tomando el suroeste, la zona libre de visigodos.
- ⇨ **Consecuencias:**
  - → Fuerte presión fiscal.
  - → Peligro de Oriente (persas, eslavos y búlgaros).
  - → El *corpus iuris civilis* frenó la orientalización, al aportar elementos romanizados.
  - → Ensaya formas políticas nuevas, como los exarcados de Rávena y África.
- ⇨ **Fracaso** de la política de Justiniano:
  - → Por **causas externas:** el nacionalismo de los pueblos ocupados y el nacimiento del islam.
  - → Por **causas internas:** el poder central de la nobleza terrateniente, el problema religioso, y el ejército, practicamente mercenario.

☞ Los **sucesores** de Justiniano (siglos VI-VII).

- ⇨ Justiniano deja un gran imperio: Italia, África y sur de Hispania en Occidente; Grecia y Asia menor en Oriente.
- ⇨ La **amenaza** de visigodos y lombardos en Occidente, y la amenaza de persas y musulmanes en Oriente no dejan lugar a la estabilidad.
- ⇨ A finales del siglo VI discurre un periodo de **anarquía,** aprovechado por búlgaros y eslavos para penetrar en el Imperio y crear Estados independientes.

- ⇨ El fracaso de una **política dinástica.** La incapacidad y los asesinatos de los sucesores de Justiniano acaban por dar el trono a **Heraclio,** exarca de Cartago, quien entroniza a su hijo Heraclio el Joven.

ORÍGENES DEL ISLAM

ANTECEDENTES DEL ISLAM

☞ **Arabia** es una gran meseta con abundantes desiertos, sobre este área se producirán unas transformaciones con la llegada de Muhammad (Mahoma).

- ⇨ **Situación socioeconómica:** la península Arábiga estaba poblada por nómadas o beduinos y población agrícola y comercial de las franjas.
  - → Los beduinos estaban distribuidos en tribus, basadas en la consanguinidad que se transmitía por línea masculina.
  - → Su jefe era el **jeque,** y estaba ayudado por un consejo de ancianos.
  - → El mercader caravanero tendrá una clara importancia en la creación del islam, pues a través de ellos se introducirán elementos religiosos, culturales.
  - → La rivalidad entre persas y bizantinos para dominar las rutas marítimas dividirá a las tribus.
- ⇨ **Las zonas más desarrolladas** eran: el reino de Saba, Petra y Palmira (en época romana) al norte; reino de Hira, nestoriano, junto al Éufrates, al noroeste; y el reino de Gasan, monofisita, al nordeste. Al sur destacaba el reino del Yemen.
- ⇨ Existían **colonias** de judíos y comerciantes que fomentaron inquietudes religiosas nuevas.
- ⇨ Su **religión** se basaba en las viejas creencias. Había miedo a los demonios. Eran **politeístas,** aunque de entre todos los dioses sobresalía Alá.
  - → Entre sus prácticas destacan las **peregrinaciones** a **La Meca** para adorar a la Kaaba.

☞ **Situación internacional.** La guerra había agotado a Persia y a Bizancio (siglo VII). En ese momento aparece el islam procedente de Arabia. En muy pocos años conquistará desde Persia hasta el norte de África y la península Ibérica.

MUHAMMAD

☞ En este contexto aparece **Muhammad,** conocido por la **tradición** y del **Corán,** el libro donde están escritas las revelaciones que Dios le dio.

⇨ La figura de Muhammad, su vida y su obra dedicadas a la predicación supone un **cambio** sin precedentes en el cercano Oriente.
→ Muhammad proporcionará una **nueva religión,** monoteísta, con una fuerte ética y moral, y considerará el **Corán** como fuente de cultura.
→ Entre la multitud de cambios destacan dos:
— La sustitución de los lazos de sangre por la fe.
— La ruptura con el cristianismo y el judaísmo.

⇨ Muhammad es para los musulmanes:
→ El **elegido por Dios** para transmitir su mensaje.
→ El **autor** del Corán y **fundador** de una nueva religión.
→ El **organizador** del Estado musulmán.

⇨ Su gran mérito fue reunir a toda Arabia bajo un solo mando.

INICIOS DEL ISLAM

☞ En 630 Muhammad entra victorioso en La Meca y su influencia se extenderá por toda la península Arábiga. Muere en el 632, pero no dejó un sucesor.

⇨ Dejó un estado centralizado con sede en Medina. A la muerte de **Muhammad** hubo una crisis resuelta con la elección de **Abú-Bakr** como sucesor.

⇨ Los **califas ortodoxos** —que habían conocido personalmente a Muhammad— son sus primeros sucesores. **Abú-Bakr** fue sucedido como califa por **Omar, Utmán,** y **Alí,** yerno de **Muhammad.**
→ Se iniciará la expansión por Siria, Egipto y Palestina.
→ **Omar** lanzó a los árabes contra el Imperio persa y el bizantino. Ocupó primero de Mesopotamia: Tesifón (634). Más tarde se ocupa la meseta del Irán, destruyendo el poderío persa. Toman del Imperio bizantino Damasco (634) y Egipto (642). Intentaron la conquista de Constantinopla, pero fracasaron.
→ La rapidez y la gran extensión fue un fenómeno extraordinario.

⇨ **Problemas** de organización a la comunidad musulmana por la conquista.
→ El número de árabes en estos países era escaso.
→ Preparación para gobernar escasa.
→ Diversidad lingüística.

⇨ **Soluciones:**
→ Conservación de las instituciones autóctonas.
→ La sumisión al islam se plasma en el pago de impuestos.

⇨ Este periodo se cierra en el año 660. Se caracteriza por las disensiones internas. Desde la muerte de **Utmán** (644) se produce un frenazo en las conquistas motivado por las guerras civiles con **Alí** y sus sucesores.

CALIFATO OMEYA

⇨ Tras el **asesinato de Alí** sube al trono **Moawiya.** Con él se inaugura la dinastía Omeya.
  → El califato pierde el carácter patriarcal y se convierte en una **monarquía hereditaria** e instalará la capital en **Damasco.**
  → Toma como **modelo de Estado** a la Administración bizantina.

⇨ Con **Abd-al Malik** (685-705) se llega a una fase de esplendor: por Oriente llegarán hasta China, por el oeste ocuparán la península Ibérica, el norte de África y el sur de Francia.
  → Arabizará la Administración del califato, los monopolios del Estado y la acuñación de moneda (el **dynar).**

⇨ A partir de los Omeyas **se paralizarán las conquistas.** Varias razones:
  → La resistencia del Imperio bizantino.
  → Interés de los califas en la resolución de disensiones internas.

CALIFATO ABBASÍ

☞ A partir de 740 aparece una agitación que causará la ruina de los Omeya: la **revolución abbasí.** El cambio dinástico (750) se produjo por varios factores:

⇨ **Políticos:** crisis interna y problemas en la sucesión al trono.

⇨ **Sociales:** rivalidad entre las distintas tribus de Arabia, con las poblaciones no musulmanas y entre los árabes que conquistan Oriente y Occidente.

⇨ **Religiosos:** la religión era indisoluble de la política y de la sociedad; la figura del dirigente debía cumplir los requisitos apropiados en todos los aspectos. Había dos posturas:
  → **Jariyíes** (disidentes): la comunidad debía ser regida por el hombre designado por Dios como mejor musulmán. Podía pertenecer a cualquier familia de cualquier país.
  → **Chiítas:** el mejor musulmán debe regir la comunidad. Debe pertenecer a la familia del Profeta, pues ha sido elegida por Dios.

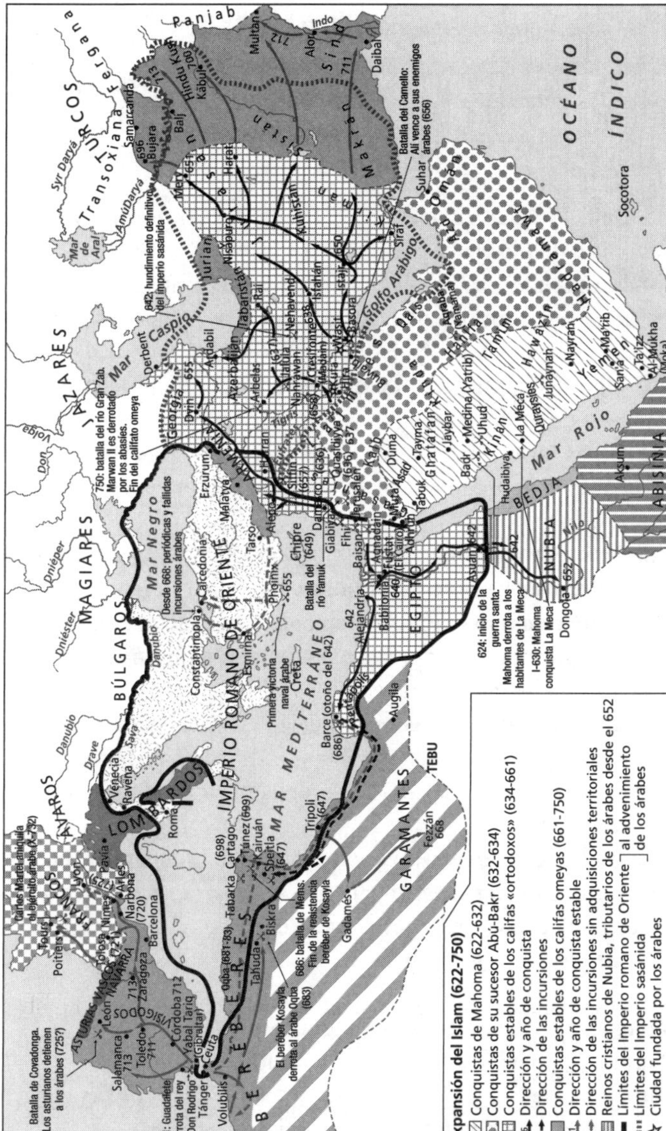
Expansión del Islam (622-750)
Conquistas de Mahoma (622-632)
Conquistas de su sucesor Abú-Bakr (632-634)
Conquistas estables de los califas «ortodoxos» (634-661)
636 Dirección y año de conquista
Dirección de las incursiones
Conquistas estables de los califas omeyas (661-750)
711 Dirección y año de conquista estable
Dirección de las incursiones sin adquisiciones territoriales
Reinos cristianos de Nubia, tributarios de los árabes desde el 652
Límites del Imperio romano de Oriente
Límites del Imperio sasánida
al advenimiento de los árabes
Ciudad fundada por los árabes
Batalla de Covadonga. Los asturianos detienen a los árabes (725?)
711: Guadalete derrota del rey Don Rodrigo
Carlos Martel aniquila al ejército árabe (X-732)
El bereber Kosayla derrota al árabe Oqba (683)
686: batalla de Mems. Fin de la resistencia bereber de Kosayla
Desde 668: periódicas y fallidas incursiones árabes
750: batalla del río Gran Zab. Marwan II es derrotado por los abasíes. Fin del califato omeya
642: hundimiento definitivo del imperio sasánida
Batalla del Camello: Alí vence a sus enemigos árabes (656)
624: inicio de la guerra santa. Mahoma derrota a los habitantes de La Meca
I-630: Mahoma conquista La Meca
Primera victoria naval árabe
Batalla del río Yamuk
IMPERIO ROMANO DE ORIENTE
MAR MEDITERRÁNEO
Mar Negro
Mar Caspio
Mar Rojo
Golfo Arábigo
OCÉANO ÍNDICO
EGIPTO
NUBIA
ABISINIA
BÚLGAROS
MAGIARES
JAZARES
TURCOS
ÁVAROS
FRANCOS
LOMBARDOS
BEREBERES
GARAMANTES
TEBU

☞ En 747 una sublevación armada derrotará al **último omeya** Marwan II en 750 en la batalla del Gran Zab.

- ⇨ Accede al Califato **Abú Abbas,** descendiente de un tío de Muhammad.
- ⇨ Se extermina la familia omeya. Sólo escapa Abderramán, quien se proclama emir independiente (755) en Hispania.
- ⇨ Se traslada la capital a **Bagdad.**

☞ El máximo esplendor abasí coincide con los califas **Almansur** y **Harum-al-Raschid** (el protagonista de *Las mil y una noches).*

☞ **Innovaciones abasidas.** La revolución abasí trajo cambios radicales: la dominación se hará más dura y la influencia bizantina es sustituida por la persa.

- ⇨ Religiosas y sociales:
  - → La figura del califa tendrá **carácter sacral** y se proclamará descendiente del linaje de Muhammad.
  - → Los califas lo son por voluntad de Alá **(carácter autocrático).**
  - → El califa es el **jefe espiritual** de todos los creyentes (influencia persa) y del ejército.
- ⇨ Administrativas y de gobierno:
  - → El Estado abasí es **centralizado** con capital en **Bagdag.**
  - → El **nacionalismo persa** influye en la administración, más compleja, y en la división de las funciones administrativas entre los ***divanes*** (departamentos) a cuyo frente se encuentra el visir.
  - → El **visir** tiene poderes de gobierno delegados del califa y se encarga de la administración civil. Los visires miembros de la familia persa de los barkémidas fueron exterminados en 803 por orden del califa Harum-al-Raschid.
- ⇨ Económicas:
  - → Desarrollo de la **agricultura** y extensión de la superficie cultivada.
  - → Se reforman los **impuestos** para que se repartan equitativamente.
  - → Desarrollo del **comercio** por el cambio de capital a Bagdag, situada entre las rutas de Oriente y Occidente.
- ⇨ Culturales:
  - → Nacimiento de la **cultura arábigo islámica,** con base persa.
  - → **Bagdad** se convierte en el centro cultural.
  - → Los *kuttab* (letrados) serán los transmisores de las **obras clásicas.**
  - → Edad de oro en la literatura, las ciencias y las artes.

CRISIS DEL SIGLO X

☞ En el siglo X se producen **escisiones religiosas** que afectan a la unidad del califato y **rebeliones sociales.**

- ⇨ Los **turcos,** tropas mercenarias, ocuparán puestos de responsabilidad en Bagdad y las provincias.

☞ El islam se fragmenta en tres tres califatos independientes.

- ⇨ **Califato de Bagdad:** con importantes cambios.
  - → Los árabes dejan de ser la **clase dominante.**
  - → **Bagdad** se convierte en símbolo religioso.
- ⇨ **Califato fatimí:** en el norte de África, desde el mar Rojo al Atlántico.
  - → La escisión fue en primer lugar política, y después religiosa, con la aparición de la dinastía Famití.
  - → Se instala la capital en **El Cairo.**
  - → Aspirará, sin éxito, a unir bajo su tutela todo el islam.
- ⇨ Califato omeya: en Hispania.
  - → Fundado por el omeya Abderramán III.
  - → Capital en Córdoba, referente para las ciudades europeas de la época.
  - → Es el centro de poder de todo el islam occidental.

LA ESPAÑA MUSULMANA

☞ El proceso de islamización en la península Ibérica dejó una impronta sin parangón en Occidente y se prolonga durante más de setecientos años, desde su conquista en 711 hasta la incorporación del reino Nazarí de Granada a la Corona de Castilla en 1492.

CAUSAS DE LA INVASIÓN DE LA PENÍNSULA IBÉRICA

- ⇨ Los **principales factores** que influyeron en la conquista musulmana de Hispania fueron:
  - → Inercia del expansionismo musulmán.
  - → La guerra santa declarada por los recién convertidos norteafricanos.
  - → Debilidad de la España visigoda.
- ⇨ Los musulmanes ocupan todo el norte de África. En 710 desembarcan en Tarifa.
  - → La invasión fue fácil y en poco tiempo habían ocupado la mayor parte de la península.

- → Fueron **ayudados** por minorías descontentas con la política visigoda —como los judíos— y facciones nobiliarias enfrentadas al rey Rodrigo.
- → Realizarán para su asentamiento una **política de tratados;** se permitirá la conservación de las posesiones a la población hispánica a cambio de un reconocimiento de la nueva autoridad y el pago de tributos.

DESARROLLO HISTÓRICO

La historia del islam en España se desarrolla en cuatro grandes periodos.

☞ Emirato dependiente (711-755).

- ⇨ Aceptan la autoridad del califa omeya de Damasco. Se moldea una nueva sociedad con tolerancia de cultos.
- ⇨ El territorio musulmán se denominó al-Ándalus, con capital en Córdoba.
- ⇨ Dependía del gobernador del norte de África (Ifriquiya).
- ⇨ Se vio marcado por tres hechos:
  - → El afianzamiento de las conquistas.
  - → El establecimiento de una base fiscal.
  - → Los conflictos entre árabes y beréberes por la posesión territorial.
- ⇨ La diversidad étnica de al-Ándalus impidió un estado centralizado hasta el califato.
- ⇨ El final de la expansión (Poitiers, 732) marcó el inicio de los problemas étnicos (sublevación de los bereberes) solucionados gracias a la concesión y devolución de territorios.

☞ Emirato independiente omeya (755-912).

- ⇨ Aceptan la autoridad religiosa, pero se proclaman independientes en el aspecto político.
- ⇨ La revolución abbasí exterminó a todos los omeyas, excepto Abd-al-Rahman quien consiguió llegar a la península Ibérica y hacerse con el poder.
- ⇨ Abd-al-Rahman I (756-788).
  - → Hizo frente a las revueltas de yemeníes y beréberes.
  - → Estado basado en el apoyo de clientelas omeyas, la reorganización del ejército y la presión fiscal sobre los mozárabes.
  - → Durante su mandato se construyó la primera mezquita de Córdoba.
- ⇨ **Hisam I** (788-796).
  - → Estabilidad interna y guerra santa contra los cristianos.
  - → Descenso de la presión fiscal.

- ⇨ Al-Hakam I (796-822).
  - → Grandes cambios en la sociedad andalusí y agitación social.
  - → Papel creciente de beréberes, eslavos, muladíes y mozárabes.
  - → Rebeliones de la población indígena: arrabal de Córdoba.
- ⇨ Abd-al-Rahman II (822-852).
  - → Descenso considerable de la conflictividad social.
  - → Desarrollo de la administración según el modelo abbasí.
  - → Creación de la ceca de Córdoba e intenso control fiscal.
- ⇨ **Final del emirato** (mediados del siglo IX primeros años del X).
  - → Crisis que dio lugar a una atomización en los reinos taifas.
  - → Rebelión muladí de Umar Ibn Hafsum contra la presión fiscal.

☞ Califato de Córdoba (912-1031).

- ⇨ **Abderramán III** proclama la total independencia, crea un estado centralizado, alista fuerzas mercenarias y culmina la tolerancia de cultos.
- ⇨ Se desarrolla como un Estado independiente de los califas abbasíes de Bagdad o Fatimíes de El Cairo.
- ⇨ Abd-al-Rahman III, emir:
  - → Emir en 912, concluye la crisis del emirato gracias a las campañas militares contra los señores locales y final de la sublevación de **Ibn Hafsum.**
  - → Campañas contra los reinos cristianos del norte.
  - → Proclamación del califato en 929: reafirma su superioridad en al-Ándalus y su independencia de Bagdad.
- ⇨ Esplendor del califato (929-976).
  - → Aparato estatal administrado por esclavos y libertos de origen europeo.
  - → Centralización fiscal que proporciona un periodo de riqueza económica. Se reorganiza el ejército (compuesto por beréberes profesionalizados).
  - → Política exterior victoriosa en la costa africana y en el sur de Francia.
- ⇨ Declive del califato (976-1031).
  - → Dictadura de **Almanzor:** periodo de religiosidad estricta y el uso de la guerra santa para encubrir el poder del dictador.
  - → Tras la muerte de Almanzor en 1002 queda **suprimido el califato** debido a las luchas por la sucesión.

☞ Los reinos de taifas (1031-1100).

- ⇨ El proceso de **disgregación del califato** se inicia en 1009.

- ⇨ Se constituyen **reinos independientes** que se dividen en tres grupos:
  - → **Taifas árabes:** Sevilla, Córdoba, Toledo, Zaragoza.
  - → **Taifas eslavos:** Valencia, Denia, Játiva, Murcia.
  - → **Taifas beréberes:** Granada, Málaga.
- ⇨ La **rivalidad** entre árabes y beréberes deja expuestos los reinos a la invasión cristiana o a la sublevación interna.
- ⇨ Tras la **caída del reino de Toledo** (1086) las taifas pedirán ayuda a los almorávides.

☞ El Imperio almorávide (1100-1172).

- ⇨ Los almorávides eran una tribu del Sahara occidental que logró la unificación del Sahara, el Magreb y al-Ándalus.
- ⇨ Su economía se nasaba en el control del oro y del tráfico caravanero.
- ⇨ Restablecimiento de la escuela religiosa malikí.
  - → En 1100, unificado al-Ándalus, se reanuda la guerra santa contra los reinos cristianos del norte.
  - → En 1140 surge un movimiento de oposición ante el aumento fiscal en el Magreb: el movimiento almohade.

☞ El Imperio almohade (1172-1212).

- ⇨ Los almohades conquistaron el Magreb y al-Ándalus.
- ⇨ Consiguieron el control del comercio mediterráneo, en competencia con genoveses y pisanos.
- ⇨ En 1172 consiguieron la **unificación** de todo al-Ándalus y en 1195 frenaron la reconquista cristiana en el campo de Calatrava, tras la derrota de **Alarcos.**
- ⇨ Las debilidades internas se agravaron tras la batalla de las **Navas de Tolosa** (1212) y la lucha por el poder dio lugar a la aparición de reinos independientes **(taifas)** y a la desaparición del Imperio almohade.

☞ El emirato nazarí de Granada (1232-1492).

- ⇨ Surgió de la descomposición del Imperio almohade y fue fundado por **Ibn Nasr,** proclamado sultán en 1232.
- ⇨ Se convirtió en el centro de todos los andalusíes de la península.
- ⇨ Desarrollo del sultanato:
  - → Formación y consolidación (1232-1309).
  - → Crisis interna (1309-1333).
  - → Esplendor y apogeo (1333-1391).

→ Decadencia (1391-1464).
→ Guerra civil y disolución (1464-1492).

ECONOMÍA ANDALUSÍ

⇨ Basada en la **agricultura** (vid, olivo y huerta) y en la **ganadería.**
⇨ Las **estructuras agrarias** sin modificaciones respecto a los visigodos:
  → Grandes latifundios estaban en manos de la nobleza.
  → Tierra era explotada por colonos.
⇨ Existencia de una **artesanía de lujo** orientada básicamente a la exportación.
⇨ El **comercio** tuvo un gran desarrollo debido a la posición estratégica de al-Ándalus.
⇨ La ciudad:
  → El mundo andalusí era fundamentalmente urbano.
  → La ciudad se convirtió en centro económico, administrativo, religioso e intelectual.

ORGANIZACIÓN SOCIAL ANDALUSÍ

☞ **Estructura social** estructurada en tres grupos:
  ⇨ Propietarios de la tierra, que ocupaban cargos en la administración.
  ⇨ Mercaderes y pequeños funcionarios.
  ⇨ Mayoría de jornaleros y artesanos que vivían en condiciones precarias.
☞ **Composición** de la población: musulmanes, cristianos y judíos.
  ⇨ Los **musulmanes** se componían de diferentes etnias.Todos tenían privilegios frente a los no musulmanes. Tres grupos:
    → **Árabes.** Sirios y yemeníes fundamentalmente. Minoritarios, pero con más poder que ninguno.
    → **Beréberes.** Norteafricanos. Mayor población que los árabes y con gran poder militar.
    → **Muladíes.** Descendientes de población hispanogoda. Los más numerosos, ocupaban el escalón más bajo.
  ⇨ Los **mozárabes.** Cristianos arabizados (lengua y costumbres).
    → No podían acceder al poder político.
  ⇨ Los **judíos.** Supervivientes de las persecuciones visigodas.
    → La tolerancia musulmana favoreció la llegada de otros nuevos.

→ Tuvieron libertad de culto, escuelas propias, conservación de costumbres.
→ Su núcleo más destacado en Toledo (escuela de traductores).

☞ Los **mudéjares** son los musulmanes que vivían bajo dominio cristiano.
⇨ Los había libres y esclavos.
⇨ Tras la caída de Granada debieron optar por el bautismo (moriscos) o la emigración.

☞ La convivencia de **tres culturas** convirtió la península en centro cultural de Occidente.

LA CULTURA ANDALUSÍ

⇨ La cultura y el pensamiento están vinculadas con las creencias religiosas.
→ **Pensamiento y filosofía:** dos tendencias: la **ortodoxia malikí,** rígida y sin margen de interpretación y el **racionalismo.** Destaca el pensador Averroes (1126-1198).
→ La **Historiografía** se cultivó desde el siglo X, por vía de la genealogía.
→ La **poesía,** de fuerte influjo oriental, influyó en la literatura romance (Arcipreste de Hita).
→ La **ciencia** andalusí destacó en astronomía y medicina.

LOS REINOS CRISTIANOS EN HISPANIA

☞ Surgen tras el desmoronamiento del poder visigodo en 711 y la ocupación de casi toda la península por los musulmanes.

NÚCLEO OCCIDENTAL

⇨ **El reino asturleonés.** Poblada por asturianos, cántabros y vascones poco vinculados a los visigodos. Su identidad como comienzo de la reconquista proviene del siglo XI.
→ **Origen** del reino asturleonés. Reinado de Alfonso I. Los visigodos controlan la organización política del nuevo reino.
→ **Afianzamiento** del reino con Alfonso II. Supresión del tributo a pagar a los musulmanes. Independencia de la iglesia asturiana de la de Toledo. Gotización del reino: político, administrativo, religioso y cultural.

→ **Siglos X y XI.** Afianzamiento sobre los otros reinos cristianos.
  — Control sobre **Galicia** y ataques a los musulmanes.
  — Se inició una **expansión hacia el Sur.**
  — Traslado de la capital a **León.**
  — **Repoblación** de zonas del valle del Duero.
  — **Supremacía ideológica** de los reyes leoneses: Alfonso III, emperador.
  — Descubrimiento del **sepulcro de Santiago.** Compostela se convertirá en un lugar de referencia religiosa.
  — **Independencia de Castilla.** Durante primer tercio del siglo XI sometido a la hegemonía castellana y navarra.
  — **Unión con Castilla** con Fernando I en 1037.

⇨ **El condado de Castilla.** Población de vascos y cántabros, poco romanizada y de condición libre.
→ Frontera con al-Ándalus. Población en torno a núcleos de cierta importancia, junto a fortalezas.
→ Sirvieron de defensa contra musulmanes y reivindican independencia frente a León.
→ Asentamiento de monasterios y la creación de una nobleza en el siglo X.
→ En 1029 será anexionado a Navarra por Sancho el Mayor.

NÚCLEO ORIENTAL

⇨ Estaba mucho más poblado e islamizado que el occidental.
⇨ Este territorio quedó reducido a una estrecha franja al sur de los Pirineos.
⇨ **Reino de Pamplona.** Los vascos consiguen derrotar a la retaguardia de Carlomagno (778) y comienzan a tener protagonismo. Estaban bajo el teórico gobierno del emir cordobés.
→ A principios del IX se observa una triple influencia: Carolingios, emires y la familia de los Banu Qasi (reyes de Zaragoza). La alianza de éstos con la familia Arista permitió la expulsión carolingia y el afianzamiento del reino.
→ Comienzo de la hegemonía navarra (siglo X).
  — Anexión de Aragón y creación de un obispado en Jaca).
  — Nombra reyes leoneses con la alianza castellana o el acuerdo musulmán.
  — Durante Almanzor debe someterse a Córdoba.
→ Sancho III el Mayor (1004-1035).
  — Anexión de Castilla a la muerte del último conde García Sánchez (1029).

— Intervención en el reino leonés. Ocupación temporal de la ciudad de León.
— Consigue el vasallaje de los condes de Gascuña y Barcelona. Anexiona Sobrarbe y Ribagorza.
— Se convierte en zona de intercambio entre Europa y al-Ándalus.
— Mejora de las infraestructuras (Camino de Santiago).
— Introducción de reforma cluniacense (monasterios San Juan de Baños y Leire).

⇨ Los condados catalanes.

→ Nacimiento de los condados catalanes. A finales del siglo VIII aceptan la autoridad carolingia para liberarse del poder musulmán.
— Será integrada en la *marca hispanica*. Los condes son delgados de los emperadores.
— La muerte del emperador y el debilitamiento musulmán permitieron la unificación de los condados en Vilfredo el Velloso. No se consiguió la independencia religiosa de la iglesia franca.
— A su muerte, los dividió entre sus hijos. Siguen unidos Barcelona, Vic y Gerona.

→ Siglos X y XI.
— El siglo X estuvo marcado por la fragmentación de los condados.
— Los condados fueron sometidos a la hegemonía del Califato.
— Tras su descomposición los condados pasan a la ofensiva. Saqueo de Córdoba. Barcelona reafirma su autoridad. Este periodo termina con el gobierno de Ramón Berenguer I (1018-1035).

EL IMPERIO CAROLINGIO

☞ En Occidente la idea de **restauración del Imperio romano** surge de las ambiciones expansionistas de uno de los reinos bárbaros: el de los francos.

DESARROLLO HISTÓRICO

☞ El reino Franco, a partir de los reinos merovingios desde el 717, estará unificado bajo un solo rey con la coronación de **Pipino,** descendiente de **Carlos Martel,** en 754, consagrado por el papa Esteban III, e impondrá una ley legitimista: todo futuro rey deberá ser de su linaje.

⇨ Él y sus sucesores pondrán las bases del **Sacro Imperio Romano.**

⇨ Pipino ayuda al **papado** frente a los lombardos a cambio de su apoyo.

→ Sus conquistas son entregadas al papa y son el origen de los **Estados Pontificios.**

⇨ Efectuó otras campañas, unas defensivas y otras destinadas a engrandecer sus dominios.

⇨ En 768 muere y el reino es repartido entre sus hijos **Carlomán** y **Carlomagno.** Carlomán muere poco tiempo después, por lo que quedará Carlomagno como único soberano en 771.

☞ **Carlomagno** llevará a cabo una obra de consolidación y ampliación del reino.

⇨ Realizará varias **campañas:**

→ Contra **frisones** y **sajones** en 772, consiguiendo su anexión en 796.

→ En **Italia,** nombrándose rey de los lombardos.

→ Destruye el **estado ávaro** de la cuenca panónica, anexionándolo.

→ Incursiones en **Hispania.** En 778 realizó una expedición contra los musulmanes (derrota de Roncesvalles). En 801 ocupará Barcelona.

⇨ Apoyo de la Iglesia: Carlomagno se convierte en el brazo armado de la cristiandad.

→ Protección del papado ante cualquier amenaza.

⇨ Creación del Sacro Imperio Romano.

→ Carlomagno será el **único jefe político y religioso** de Occidente.

→ El imperio carolingio está relacionado con la idea de **Imperio cristiano:** sólo existe un Dios y un pueblo cristiano gobernado por un solo emperador, que tiene como misión defender y propagar la fe.

⇨ Tras su muerte esta idea no fructificará.

☞ Le sucederá su hijo **Luis el Piadoso** (814-840), quien desarrolla un gobierno opuesto al anterior.

⇨ Luis será un rey débil, la autoridad imperial sólo existía de nombre.

⇨ Comienza la decadencia.

☞ Durante los reinados de los **hijos de Ludovico Pío** hubo una profunda transformación y abundancia de guerras.

⇨ En el sur los ataques de los sarracenos, que ocupan Sicilia.

⇨ En el este los eslavos realizan incursiones en territorio franco.

- ⇨ En el norte aparecen los vikingos y los bretones la zona oriental.
  - → Los ataques más importantes fueron los de los normandos, que se convirtieron en expediciones de colonización (Normandía).
- ⇨ Estos peligros influyeron en la población, que se agrupó bajo los jefes locales en los castillos. Se iniciará un proceso de **repartición de los reinos** (Germania, Francia e Italia) hasta llegar al poder de los nobles.

☞ La dinastía carolingia será sustituida por la de los **Capeto.**

ESTRUCTURAS DE GOBIERNO

☞ **Administración central.**

- ⇨ Está encarnado en el **rey,** rodeado de sus colaboradores, que componen el palacio.
- ⇨ En ausencia del rey, la figura del **conde de palacio** se ocupa del gobierno del reino.
- ⇨ **Otros cargos** en palacio son: el *archicapellán,* el *camarero* y el *mariscal.*
- ⇨ **Concepto de Estado:** carácter divino de la realeza, ratificado por el papa.
  - → El poder central era el rey, auxiliado por el Palacio y el consejo.
  - → El rey está sometido al control ejercido por los súbditos.
- ⇨ Se instaurará un **gobierno fuerte,** aunque al final del periodo carolingio el poder pasará a manos de la aristocracia.

☞ **Administración territorial.**

- ⇨ El territorio estaba dividido en **condados:** estructura derivada de los merovingios, quienes habían conservado esta institución del Imperio romano.
  - → Los **condes** no tienen controles ni inspecciones y ejercen **poderes** militares, judiciales y administrativos.
- ⇨ Se crearon las **marcas defensivas** en las fronteras de mayor peligro. Sus jefes tenían amplios poderes.
  - → A su mando estaban los **duques,** con las mismas atribuciones que los condes.
- ⇨ El emperador creará los ***missi dominici*** (los enviados del señor) que representaban al soberano y vigilaban la actuación de los condes.

☞ **Hacienda.**

- ⇨ **Saneada** para costear las campañas militares y la estructura imperial.
- ⇨ Los **impuestos directos** son recogidos por los condes.

⇨ Creación de **impuestos indirectos** sobre las mercancías y sobre los derechos de acuñación de moneda.

☞ **Justicia.**

⇨ Se mantienen las **estructuras judiciales romanas** —derecho territorial—, con la incorporación del **derecho germánico** —derecho personal.

⇨ El **emperador** ejercía la máxima justicia asistido por un consejo.

ESTRUCTURA SOCIAL

⇨ Superada la división entre los antiguos invasores germanos y la población romana.

⇨ Basada en **relaciones de fidelidad** mutua y de obediencia —protofeudales.

⇨ **Estamentos sociales.**

→ **Privilegiados:**

- Nobleza (dominio militar y cargos del Imperio y sus familias).
- Alto clero.

→ **No privilegiados:** campesinado.

- Propietarios.
- Colonos libres.
- Siervos adscritos.

→ **Esclavos:** pocos, por guerra o deudas.

ECONOMÍA

⇨ **Agricultura.**

→ De **base cerealística** ayudada por las explotaciones de ganadería porcina y de los bosques (caza y madera).

→ La riqueza fundamental era la tierra.

→ Se concentraba en grandes extensiones.

→ La tierra se podía dividir en dos partes:

- La **reserva señorial:** sometida al beneficio del señor.
- El **manso:** era la unidad agraria suficiente para asegurar la vida de una familia de campesinos.

⇨ **Comercio.**

→ En las ciudades iba apareciendo una pequeña **economía urbana** centrada en el comercio.

→ Se centra en el **intercambio con Oriente** de objetos de lujo por materias primas —influencias bizantinas e islámicas.

POLÍTICA RELIGIOSA

☞ Carlomagno no distingue entre **poder civil** y **religioso.**

☞ Esta **unión** entre Imperio y cristiandad se verá reflejada en las acciones del **emperador:**

- ⇨ **Propaganda de la fe:** se catequizan los territorios del norte y centro de Europa: Frisia, Dinamarca, Sajonia y Panonia, parte de Escandinavia, etc.
- ⇨ **Defensa de la fe:** el Imperio representaba la ortodoxia frente a las herejías ***(adopcionismo).***

☞ El clero estaba formado por los únicos hombres que recibían educación, y se convirtieron en los **preservadores de la cultura.**

- ⇨ Entre ellos se encuentran los pensadores que influyeron en la marcha del Imperio.
- ⇨ Los emperadores y reyes eligieron a sus colaboradores entre ellos.

☞ A partir de Carlomagno se produce una gran **expansión monacal** con la regla de **San Benito** y los **monjes irlandeses**.

- ⇨ Se fundan **abadías** y monasterios que pasan a ser importantes centros económicos y culturales.

EL RENACIMIENTO CAROLINGIO

☞ En el desarrollo cultural carolingio tendrá un papel importante la **Iglesia.**

☞ A fines del siglo VIII y principios del IX tuvo lugar el **renacimiento carolingio** que se desarrolló desde los **monasterios** y desde la **Escuela Palatina** de Aquisgrán.

☞ Las **reformas de Carlomagno** se basan en nuevas corrientes de pensamiento de **inspiración cristiana.**

- ⇨ **Objetivo:** ampliar los conocimientos de todo el saber humano.
- ⇨ Carlomagno **impulsó** este movimiento mediante la **Ley.**
  - → Su **corte de Aquisgrán** está formada de gente preparada que impulsará los estudios. Los principales exponentes son **Eginardo** y **Alcuino de York.**
  - → Se forman **centros de saber laicos** y se reabren **escuelas.**
  - → Aumenta la **producción de libros.**
  - → Tiene lugar una revolución en el arte de escribir: la **letra carolina.**
  - → Se crean **bibliotecas** y **escuelas** para la formación del clero.

LA PLENITUD MEDIEVAL

☞ Comprende los siglos XI, XII y XIII para la historia de Occidente, y se caracteriza por:

- ⇨ El desarrollo de las **estructuras feudales.**
- ⇨ La preponderancia y máximo desarrollo del **pensamiento cristiano.**
  - → Occidente se unifica culturalmente como la **cristiandad,** dirigida idealmente por el papa y por el Sacro Emperador.
- ⇨ **Desarrollo urbano** y comercial.
- ⇨ Recuperación de parte del **legado de la Antigüedad:** el Derecho Romano y el pensamiento aristotélico.

EL FEUDALISMO

☞ Existen **dos acepciones** principales:

- ⇨ **Escuela institucionalista:** serie de instituciones que avalan las relaciones entre los hombres.
  - → Un hombre libre se vincula a otro hombre libre de categoría social superior —el señor— y ambos tienen una serie de derechos y obligaciones.
  - → Temporalmente abarca toda la Edad Media, y espacialmente se sitúa en Europa occidental.
- ⇨ **Escuela marxista:** modo de producción con un sistema nuevo de relación.
  - → Basado en la explotación de una casta de militares que gravaba la situación de los campesinos.
  - → Es un fenómeno muy amplio y llegará hasta los siglos XVII-XVIII.

DESARROLLO HISTÓRICO

☞ **Orígenes:** se encuentran en la monarquía franca de los **merovingios** (siglos V-VI)

- ⇨ Tras la muerte de **Clodoveo** el territorio se reparte entre sus hijos, que efectuarán nuevas reparticiones.
- ⇨ Esta costumbre degeneró en conflictos entre reyes y grandes del reino e hizo que la población se sintiese indefensa y buscase protección en algún personaje superior.
- ⇨ A mediados del siglo VIII el nombre de encomendado se transforma en el de vasallo.

☞ **Vasallaje carolingio.** El feudalismo tendrá más auge debido a la forma de llegar al poder de los carolingios.

- ⇨ Concederán tierras a los vasallos y el equipo bélico para servir a su linaje.
- ⇨ Es característico que los agraciados con un beneficio acogieran a su vez vasallos propios, articulándose una pirámide social.
- ⇨ En la época carolingia hay una **relación directa vasallaje-beneficio.** El vasallo se ata al señor con la esperanza de obtener un beneficio.
- ⇨ A partir del siglo IX se denominará **feudo.**

☞ **Feudalismo clásico** (siglos X-XIII). El sistema vasallático llega en esta época a su plenitud.

- ⇨ Las **relaciones vasalláticas** se caracterizan por la acentuación de los derechos y prerrogativas de los vasallos.
  - → **Obligaciones del vasallo:** fidelidad y servicio (consejo y ayuda al señor).
  - → **Obligaciones del señor:** fidelidad al vasallo, prestaciones de protección y manutención.

LOS FEUDOS

☞ Son **otorgados** por reyes y señores a sus vasallos, y guardaban —originalmente— el derecho a retirarlos.

- ⇨ Adquiere gran importancia.
- ⇨ El **contrato** era el medio de conseguirlo.
- ⇨ Tipología:
  - → Feudos de la **tierra.**
  - → Feudos **administrativos.**
  - → **Derechos** y **rentas.**

☞ La **entrega de un feudo** exigía un acto material (infeudación o **investidura).**

☞ La **posesión** del feudo:

⇨ El señor poseía la tierra y el vasallo el usufructo.

⇨ Con el paso del tiempo, el derecho del señor decrece y se acentúa el carácter vitalicio.

→ Lo heredaba el **primogénito.**

→ Sistema del **paraje:** el feudo pasaba al primogénito, pero en realidad era dividido entre los hermanos.

☞ **Consecuencias** del desarrollo del feudalismo:

⇨ La **defensa del país** (un deber de la monarquía) pasará a manos de los grandes señores feudales.

⇨ La **justicia** será ejercida por los vasallos en lugar del señor.

⇨ Surge la teoría de la **paz de Dios** (año 1000).

→ Se establece una **sociedad trinitaria**: tres estamentos **(nobleza** militar, **clero** y **campesinado).**

→ Servía para justificar las **desigualdades sociales.**

→ **Regula moralmente** las relaciones entre señores y vasallos.

→ Va a caracterizar la sociedad de la Edad Media.

⇨ La teoría **marxista** plantea una **sociedad dual:**

→ Los **grupos dominantes** (clero, nobleza).

→ La **masa popular** oprimida.

LAS SEGUNDAS INVASIONES

GENERALIDADES

⇨ Es un fenómeno que se produce a partir del siglo VIII y que afecta a toda Europa.

⇨ Las segundas migraciones procedían de Oriente y del norte.

⇨ Europa fue incapaz de hacer frente a estas migraciones:

→ Su entrada fue inesperada.

→ Había un gran desconocimiento del enemigo.

⇨ Las regiones más afectadas:

→ **Hispania** sucumbió ante el islam.

→ **Italia** no pudo oponerse a la fuerza de los ataques sarracenos y normandos.

→ **Gran Bretaña** y **Francia** no pudieron con las invasiones escandinavas.
→ **Germania** hizo frente a las migraciones de los pueblos de las estepas.

PUEBLOS INVASORES

☞ **Musulmanes** o sarracenos.
  ⇨ Afectaron principalmente a Hispania e Italia: el antiguo reino de los visigodos, el sur de Italia y Sicilia.
  ⇨ Fueron rechazados en Francia por Carlos Martel en la **batalla de Poitiers.**
  ⇨ Su principal realización política será el **califato de Córdoba.**

☞ **Pueblos de las estepas** (VII-XI).
  ⇨ Búlgaros, jázaros, magiares o húngaros, pechenegos y kumanos.
  ⇨ Afectan al Imperio bizantino y a la frontera oriental de Germania.
  ⇨ Crearon diversos estados, entre los que destacan:
    → Imperio búlgaro (en Dacia y Mesia).
    → Reino de Hungría (en Panonia).
  ⇨ En el siglo XIII aparecen los mongoles.

☞ **Eslavos.**
  ⇨ No supusieron un grave peligro para el Imperio.
  ⇨ Su presencia se vio favorecida por la decadencia demográfica de la población helénica.
  ⇨ En los Balcanes formarán estados junto al estado búlgaro y al bizantino:
    → Principado de Kiev.
    → Reino de Serbia.
  ⇨ Los que se asientan en el Danubio occidental mezclarán ideas francas con sus ideas y su conversión los vinculará a la Iglesia de Roma.
    → Reinos de Bohemia y Moravia.
    → Reino de Polonia.

☞ **Normandos** o vikingos.
  ⇨ Noruegos, suecos y daneses. Procedían de Escandinavia.
  ⇨ Llevaron a cabo una colonización pacífica durante los siglos VII-VIII.
  ⇨ A fines del siglo XIII los **noruegos** atacan las islas Británicas y las costas occidentales de Francia.
  ⇨ En el siglo IX los **daneses** inician las hostilidades contra la Galia y los **suecos** atraviesan las estepas rusas y llegan a Bizancio; los **normandos** (noruegos) conquistarán Sicilia y el sur de Italia.

CONSECUENCIAS DE LAS INVASIONES

☞ En Europa oriental la expansión de los eslavos dio cierta unidad al territorio.
- ⇨ La frontera del Danubio desapareció y perdió su matiz separador de este y oeste.
- ⇨ Surgen la mayor parte de las unidades políticas que darán lugar a los estados actuales de la región.

☞ En Europa occidental:
- ⇨ La invasión musulmana separa de la cristiandad a Hispania y nace un floreciente Estado.
- ⇨ Aportaron ciertas reformas en su composición: nuevos estados normandos.
- ⇨ En el aspecto cultural:
  - → Decaimiento del renacimiento carolingio.
  - → Aportaciones legales (asambleas populares de hombres libres).
  - → Avances en el campo de la navegación.

LAS CRUZADAS

☞ Son consideradas como la contraofensiva de la cristiandad occidental contra el islam.

PRÓXIMO ORIENTE ANTES DE LAS CRUZADAS

☞ **Bizancio.**
- ⇨ **Dinastía macedonia** (segunda mitad del siglo IX al siglo XI). Periodo de esplendor. Había saneado las finanzas, había mejorado las instituciones, la justicia y la vida cultural (2.ª Edad de Oro).
  - → Volvió a ser una gran potencia mediterránea.
- ⇨ Aparecerán las **fuerzas feudales.** Sus sucesores no supieron luchar contra ellas.
  - → La monarquía se convirtió en un juguete en manos de la nobleza.
  - → Se produjeron luchas entre la aristocracia de funcionarios contra la militar. Chocan en sus intereses y alternan en el poder. Derogarán las leyes promulgadas por sus antecesores en el cargo.
  - → Se reducen las fuerzas defensivas, las impositivas y las financieras. Lucharon contra el pequeño propietario con la disminución del poder del Estado.
- ⇨ **Cisma religioso** entre Oriente y Occidente (1054).
  - → Disensiones en cuestiones de dogma, disciplina, liturgia y costumbres:

☞ **El islam.**

⇨ Dividido en **dos imperios.**

→ En Occidente, los **almorávides.**

→ En Oriente, los **turcos selyúcidas.**

⇨ Los **turcos selyúcidas.** Son empujados por los mongoles hacia Occidente.

→ Establecen contacto con el islam y se establecen en el Jorasán.

→ Pasan a Irán y toman varios caminos hacia Bagdad.

→ Se anexionan el Oriente Medio (1055).

→ Intentan la conquista de Asia Menor. Combaten con los bizantinos y les arrebatan la zona en el último tercio de siglo XI.

→ Destruyen las bases del poder bizantino en Asia menor.

SIGNIFICADO DE LAS CRUZADAS

⇨ Toma de **contacto no amistoso** entre la sociedad europea y el islam en medio de la crisis bizantina.

⇨ Manifestación de la **vida religiosa** de los occidentales. Incluye **dos móviles:**

→ Salvación personal.

→ Esperanza en la **Parusía** (segunda venida de Jesús).

⇨ La **influencia del papado** será imprescindible para la hacer posible las cruzadas.

→ Pretende desarrollar una **Iglesia latina en Oriente** para contrarrestar la influencia de Bizancio.

DESARROLLO HISTÓRICO

☞ **Primera Cruzada.** Llamada de los barones.

⇨ Está formada por los nobles segundones que buscaban la fortuna y las oportunidades que se les había negado en Europa. Será una campaña corta (1097-1099).

⇨ 1097, Toma de Nicea. 1098, Recuperación de Antioquía. 1099, Toma de Jerusalén.

⇨ Se constituyeron cuatro estados latinos en Oriente:

→ Principado de Antioquía.

→ Condado de Edessa.

→ Condado de Trípoli.

→ Condado de Jerusalén.

☞ **Segunda Cruzada.** Proclamada para ayudar a Jerusalén sin éxito.
- ⇨ Aparecerán las órdenes militares como encargadas de defender el territorio.
- ⇨ El reino de Jerusalén.
  - → Fue la **principal posesión** de los latinos en Tierra Santa.
  - → Controla las **rutas comerciales** de Egipto y Arabia con el Lejano Oriente.
  - → **Organización política:** el rey y un consejo, el tribunal supremo.
  - → **Administración:** dirigida por altos dignatarios del séquito del monarca.
  - → **Religión:** a la cabeza estaba el Patriarca de Jerusalén.
  - → **Órdenes militares:** hospitalarios, templarios y teutónicos.

☞ **Tercera Cruzada.** Protagonizada por Felipe II de Francia, Ricardo I de Inglaterra y Federico I Barbarroja.
- ⇨ No consiguió su objetivo prioritario, conquistar Jerusalén, aunque sí algunos lugares secundarios: Chipre, Acre y distintos enclaves de gran importancia en Palestina.
- ⇨ En 1192 Ricardo I pacta con Saladino un tratado por el que los cristianos pudieron visitar los Santos Lugares.

☞ **Cuarta Cruzada.** A principios del siglo XIII impulsada por Inocencio III.
- ⇨ Su objetivo principal fue la conquista de Egipto. No se consigue.
- ⇨ Toman Constantinopla. El Imperio bizantino pasa a ser latino en cuanto a sus dirigentes. No estuvo unido, sino atomizado en poderes feudales.

☞ **Quinta Cruzada.** Proclamada por Honorio III en 1218.
- ⇨ Contra Siria. Fracasó.

☞ **Sexta Cruzada.** Acción diplomática.
- ⇨ Jerusalén será ocupada en 1229 por los francos así como Belén, Nazaret y Galilea occidental.

☞ **Séptima Cruzada.** Realizada por Luis IX el Santo de Francia en 1248.
- ⇨ Intención de conquistar Egipto. Fracasará.

☞ **Octava Cruzada.** Última cruzada. Realizada por Luis IX el Santo de Francia.
- ⇨ Contra Túnez. Fue un intento de dominar todo el norte de África.
- ⇨ Tras la última cruzada el Imperio mameluco acabará con los estados latinos.
- ⇨ Chipre se convertirá en la depositaria de los intereses occidentales.

CONSECUENCIAS DE LAS CRUZADAS

- ⇨ Las aportaciones espirituales fueron escasas.
- ⇨ Los **estados latinos** se formarán por intereses espirituales, pero el resultado fue la institución de **intereses económicos,** contrarios al espíritu cruzado.

⇨ Impulso considerable del **comercio marítimo.**
⇨ **Separación** entres las **Iglesias** de griegas y romana.
⇨ Ruina política de Bizancio.
⇨ Fortalecimiento del islam.

LA PLENITUD DEL PODER PONTIFICIO

☞ Los papas alcanzarán su máximo poder entre los siglos XI y XIII:
⇨ Este poder le viene determinado por tres elementos:
→ **Riqueza.** Bienes, propiedades y limosnas.
→ **Autoridad.** Apoyada en la teología y el derecho. Se afianza a través de los tribunales eclesiásticos: anatemas y excomuniones.
→ **Prestigio.** Intervenciones en el gobierno civil. Dominio de la cultura.
⇨ La Iglesia se constituye en la mayor fuerza de Occidente, lo que cristaliza en el **régimen de cristiandad** (todo debía ser cristiano).
→ **Fundamento:** existencia de un único orden cuyo fin es Dios. La humanidad es un solo cuerpo cuya cabeza es Jesucristo.
→ Los reyes actuarían como delegados del papa **(agustinismo político).**

LA CUESTIÓN DE LA SUPREMACÍA

☞ Impedimentos a la teórica superioridad de la Iglesia sobre el Imperio ya que eran instituciones que compartían el mismo espacio geográfico. Esta lucha se realizó en Italia, parte del Sacro Imperio Romano Germánico y los Estados Pontificios. Dos grupos rivales claramente definidos.
⇨ **Güelfos.** Partidarios del papa.
⇨ **Gibelinos.** Partidarios del Imperio.
☞ La lucha entre ambos poderes comienza a raíz de la reforma hecha por los papas para alcanzar esa primacía.

LA REFORMA GREGORIANA

☞ Las reformas de los siglos XI-XIII tienen como gran figura a Gregorio VIII.
⇨ Los monarcas europeos imitan al emperador e intervienen en las **elecciones eclesiásticas,** que pasan a ser un derecho del señor que otorga al elegido la **in-**

vestidura de su cargo. Se le entregaba el báculo y el anillo, símbolos de autoridad espiritual, al tiempo que el elegido juraba vasallaje al señor. La consagración se conseguía del obispo metropolitano.

- ⇨ La primera consecuencia fue la **simonía** (compra-venta de cargos eclesiásticos). Todos los que deseaban un obispado hacían promesas de cualquier tipo o compraban el cargo a precio de oro. Fue una práctica usual.
- ⇨ Otra consecuencia fue el **nicolaísmo** (clero de hombres sin virtud ni vocación).
- ⇨ **Reformas de Gregorio VIII.** Promulgación del *Dictat Papae* (1075).
  - → Defiende la **primacía de la sede de Roma.**
  - → Hay que eliminar las **investiduras laicas.**
  - → Expone la capacidad del **papa como autoridad suprema** en temas de moralidad y fe.
  - → Se quería alcanzar la **teocracia pontificia** capaz de someter y deponer al emperador.

LA QUERELLA DE LAS INVESTIDURAS

- ⇨ Con el Concordato de Worms o Pacto Calixtino, **Calixto II** y **Enrique V** llegan a un acuerdo: la investidura será por un lado eclesiástica y por otro lado feudal.
  - → Esta reforma afectó a toda Europa occidental, aunque se acomodó a las costumbres de cada país.
  - → El Pacto Calixtino se rompe con la subida al trono de **Federico I.** Defiende que el poder imperial es la única forma de derecho. El papa **Alejandro III** defiende que el poder imperial es un don dado a los reyes por los papas. El emperador es derrotado por el papa en 1176.
  - → Representa el **triunfo del Pontificado.** Se lleva a cabo el **agustinismo político.**
- ⇨ La **teocracia pontificia** continuará en el siglo XIII hasta **Bonifacio VIII** (1294-1303).
  - → Representa la última esperanza de seguir esta política.

DESARROLLO DE LA VIDA MONÁSTICA

- ⇨ Los **cluniacenses** o «monjes negros» se convirtieron en un factor importante en las reformas de la Iglesia de su tiempo, al restablecer la disciplina eclesiástica:
  - → Espíritu monástico (regla de San Benito).
  - → Obediencia al abad.
  - → Organización semifeudal (monasterios vasallos del monasterio de Cluny).

⇨ En el siglo XII se crea el **monasterio de Císter,** nueva rama del tronco benedictino.
  → Prohíbe todo lo que no esté de acuerdo con la regla de San Benito.
  → Promueve el trabajo manual.
  → Contribuyen a la roturación de nuevas tierras.
⇨ Estas órdenes responden a las necesidades de la sociedad de su tiempo, rural y caracterizada por los fuertes lazos vasalláticos.

LAS MONARQUÍAS FEUDALES EN EUROPA OCCIDENTAL

CARACTERÍSTICAS GENERALES

☞ **Rey** como máximo mandatario. Su poder venía directamente de Dios.
  ⇨ El rey era el máximo responsable de la justicia.

☞ El **órgano de gobierno** fundamental era la **curia** (el rey y sus colaboradores más próximos).
  ⇨ Institución ambulante que se movía con el monarca.
  ⇨ Cumple las **obligaciones feudales** de consejo y ayuda al señor en administración, justicia y economía.

☞ La **influencia de la Iglesia** era grande (juicios de Dios).

☞ El **derecho romano** uniformará la justicia en los reinos.

☞ No existían **ejércitos** permanentes. Todos los feudatarios tenían la obligación de contribuir a la defensa del reino, pero se limitó mediante pactos feudales.

FRANCIA

⇨ **Siglo XI.** Poder basado en la posesión del suelo y el control de las rutas comerciales.
  → Hacia el año 1000 las bases de la monarquía capeta eran muy débiles.
  → Consiguieron mantener la herencia monárquica mediante la asociación al trono del heredero y el apoyo ideológico de la Iglesia.
⇨ **Siglo XII.** Crecimiento demográfico, expansión agraria, desarrollo urbano y revolución comercial.
  → Los reyes hicieron de las relaciones feudales un instrumento de sus intereses.
⇨ **Siglo XIII.** Consolidación de la monarquía con Luis IX (1226-1270).
  → Control de las sublevaciones nobiliarias, después cruzadas.
  → Tras la cruzada contra los mamelucos inicia una política con dos vertientes:

— Realeza como preparación de la «ciudad de Dios» agustiniana.
— Reforzamiento de la administración central y provincial.
→ Ampliación territorial (Poitu, Auvernia y condado de Tolosa).

INGLATERRA

⇨ **Introducción del feudalismo.** Guillermo el conquistador (1066).
→ Feudalismo normando sobre estructuras anglosajonas.
→ Mediante el derecho de conquista adquirió un importante dominio patrimonial.

⇨ **Enrique II** (1154-1189). Artífice de la consolidación monárquica.
→ Impuso el derecho romano y controló los ingresos fiscales de la Corona; se suprimieron las inmunidades de la Iglesia.

⇨ Reacción nobiliaria: **la Carta Magna** (1215).
→ Crecimiento del poder de la nobleza y de algunas ciudades (Londres).
→ Política de cruzada del rey **Ricardo Corazón de León.** Luchas internas.
→ Promulgación de la *Carta Magna.*

⇨ **Enrique III** (1216-1272). Confirma la *Carta Magna* y reprime la rebelión nobilaria.

REINO NORMANDO DE LAS DOS SICILIAS

⇨ Los normandos actuaron como mercenarios del papa contra los ataques del Imperio.

⇨ Roberto y Roger Guiscardo conquistaron la Sicilia musulmana en 1091.

EL SACRO IMPERIO ROMANO GERMÁNICO

⇨ La muerte de **Otón III** desemboca en el desmoronamiento del **sistema otónida.**

⇨ Se transformará en una **hegemonía federal** basada en el derecho feudal.

⇨ El emperador es sólo el **nexo federativo** incapaz de realizar un obra centralizadora.

⇨ Dinastía salia.
→ Reforzamiento del poder imperial.
→ Constitución de un dominio patrimonional: Alemania, Borgoña e Italia.

⇨ Querella de las Investiduras.
→ Derivada de la política eclesiástica de Enrique IV (1056-1106): intervencionismo del emperador en los nombramientos eclesiásticos.

- → Separación del poder temporal del espiritual.
- → El poder real tuvo que hacer concesiones a la nobleza.

⇨ Federico I Barbarroja (1152-1190).
- → Creación de un sólido dominio territorial administrado por ministeriales.
- → Intento de creración de una pirámide de relaciones vasalláticas.
- → Reorganización del reino de Italia.
- → Política de enfrentamiento con la Iglesia.

⇨ Federico II.
- → Centralización monárquica en Sicilia: *Constituciones de Melfi.*
- → En Alemania, concesión de privilegios a príncipes laicos debido a la necesidad de soldados.

LA EXPANSIÓN DE LOS REINOS CRISTIANOS ESPAÑOLES

☞ Este periodo se conoce con el término de **Reconquista,** proceso de reconstrucción política de la unidad peninsular dirigida por las monarquías cristianas.

☞ Es indiscutible la existencia de **varios reinos cristianos** con personalidad propia.

☞ **La expansión,** que supuso la imposición del feudalismo, se realizó en tres fases:
- ⇨ Formación de los primeros núcleos fuera del control musulmán.
- ⇨ Expansión por los territorios fronterizos tras la caída del califato cordobés.
- ⇨ Durante el siglo XIII se produce la **crisis andalusí,** que facilita una nueva expansión. Al-Ándalus, excepto Granada, pasa a estar en poder cristiano.

LA EXPANSIÓN TERRITORIAL EN LOS SIGLOS XI-XIII

☞ Desaparición del califato y aparición de los reinos taifas.

☞ Tras la muerte de Sancho el Mayor **nueva configuración territorial:**
- ⇨ Castilla se une a León en 1037.
- ⇨ Organización de Aragón como reino.
- ⇨ Hegemonía del **condado de Barcelona** en Cataluña.

Castilla y León

☞ **Fernando I** unificó Castilla y León.
- ⇨ Recuperación de territorios castellanos que habían correspondido a Navarra. Política de parias con al-Ándalus.
- ⇨ Sienta las bases para la expansión y repoblación de finales del XI.

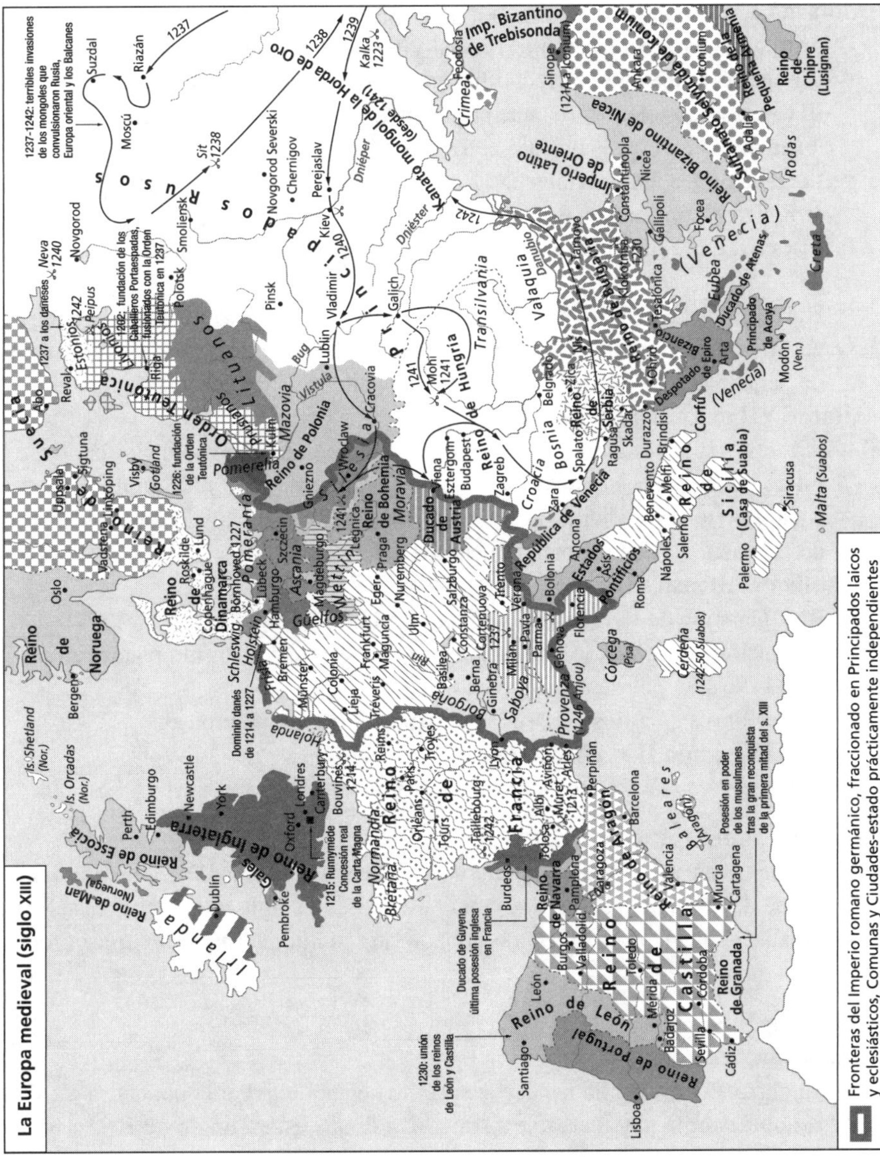
La Europa medieval (siglo XIII)
Fronteras del Imperio romano germánico, fraccionado en Principados laicos y eclesiásticos, Comunas y Ciudades-estado prácticamente independientes
1237-1242: terribles invasiones de los mongoles que convulsionaron Rusia, Europa oriental y los Balcanes
Kanato mongol de la Horda de Oro (desde 1241)
Reino de Portugal
Reino de León
Reino de Castilla
Reino de Navarra
Reino de Aragón
Reino de Granada
1230: unión de los reinos de León y Castilla
Ducado de Guyena última posesión inglesa en Francia
Posesión en poder de los musulmanes tras la gran reconquista de la primera mitad del s. XIII
Reino de Francia
Reino de Inglaterra
Reino de Escocia
Irlanda
Reino de Man (Noruega)
1215: Runnymede Concesión real de la Carta Magna
Reino de Noruega
Reino de Suecia
Reino de Dinamarca
Dominio danés de 1214 a 1227
Orden Teutónica
1226: fundación de la Orden Teutónica
1202: fundación de los Caballeros Portaespadas, fusionados con la Orden Teutónica en 1237
Lituanos
Reino de Polonia
Reino de Bohemia
Ducado de Austria
Reino de Hungría
República de Venecia
Estados Pontificios
Reino de Sicilia (Casa de Suabia)
Reino de Bulgaria
Imperio Latino de Oriente
Reino Bizantino de Nicea
Sultanato Selyúcida de Iconium
Imp. Bizantino de Trebisonda
Reino de la Pequeña Armenia
Reino de Chipre (Lusignan)
Despotado de Epiro
Ducado de Atenas
Principado de Acaya
Principados Rusos

☞ **Alfonso VI.**

⇨ Primera fase de expansión territorial y repoblación de la zona sur del Duero.

⇨ Conquista de Toledo: la ciudad fue entregada a Alfonso VI en 1085.

⇨ El rey entregó unos fueros que recogían las normas del funcionamiento de las diversas comunidades que allí convivían.

⇨ Llegada de los almorávides. Derrotaron a los castellanos en Sagrajas (1086) y se hicieron con todo al-Ándalus.

☞ **Guerra civil** entre los partidarios del futuro Alfonso VII y Alfonso I el Batallador de Aragón.

⇨ Fue un enfrentamiento entre la alta nobleza contra la burguesía y la pequeña nobleza.

⇨ Terminará a la muerte de la reina Urraca. Se devuelve a Navarra las posesiones de Sancho el Mayor y se reconoce la independencia de Portugal.

☞ **Alfonso VII el Emperador.**

⇨ Alfonso VII se proclamará emperador y se impondrá al resto de los cristianos. Inició una política expansiva y llevó la frontera hasta Sierra Morena.

⇨ A su muerte el rey dividió sus posesiones (1157): Galicia y León para Fernando II. Castilla y Toledo para Sancho III.

☞ **Castilla de Alfonso VIII.**

⇨ Recuperación de terrenos fronterizos con León y Navarra.

⇨ Expansión por territorio musulmán hasta la derrota con los almohades en Alarcos (1195). Se pierde el campo de Calatrava.

⇨ En las Navas de Tolosa (1212) se destruye el Imperio almohade.

☞ **León de Fernando II y Alfonso IX.**

⇨ Se centrará en la expansión por Extremadura.

Los orígenes del reino de Portugal

⇨ La guerra civil tras la muerte de Alfonso VI fue aprovechada por **Enrique de Lorena,** conde de Portugal, para apoyar a uno u otro bando en la guerra civil castellana.

⇨ Finalizada la guerra nadie pudo impedir que su hijo **Alfonso Enríquez** proclamase la independencia.

El reino de Navarra

☞ **Unión con Aragón.**

⇨ Su derrota con Castilla le hace aceptar su hegemonía. Para oponerse a Castilla la nobleza opta por acercarse a Aragón, a la que estará unido de 1076 a 1134.

⇨ La muerte de **Alfonso el Batallador** (1134) deja Navarra en manos de las órdenes militares, lo que no es aceptado por los navarros. Eligen como rey a García Ramírez que gobierna el reino independientemente del de Aragón.

☞ **Siglo XII.** Se debate entre aragoneses y castellanos. Su encerramiento geográfico les cortó la posibilidad de expansión y se tuvieron que ofrecer como mercenarios. Para evitar su desaparición a manos de castellanos o aragoneses se vincularon Francia.

El reino de Aragón

☞ **Orígenes.** Pequeña franja cedida por Sancho el Mayor a su hijo Ramiro.
- ⇨ Para afianzar su reino Sancho Ramírez lo infeudó a la Santa Sede.
- ⇨ La unión con Navarra (1076), la crisis de Zaragoza y la debilidad castellana permitió el inicio de su expansión.

☞ **Alfonso I el Batallador** (1104-1134).
- ⇨ Tras la guerra civil castellana se dedicó a la expansión por el valle del Ebro.
- ⇨ Los almorávides cortan el avance aragonés (1134).

☞ Conflictos con la nobleza y **unión con Cataluña.**
- ⇨ Alfonso I había dejado su reino a las órdenes militares, lo que no contentaba a la nobleza.
- ⇨ Matrimonio del conde de Barcelona —**Ramón Berenguer IV**— con la heredera aragonesa —Petronila—. Como contraposición se compensó económicamente a las órdenes y se renunció a Navarra.

☞ **Expansión** y repoblación catalanoaragonesa por el valle del Ebro.
- ⇨ La repoblación debía tener en cuenta la población musulmana y mozárabe.
- ⇨ Los campesinos se sometieron a la nobleza feudal, mientras que las ciudades son ocupadas por arteasanos francos o catalanes.

Los condados catalanes

☞ **Siglo XI.**
- ⇨ Proceso de feudalización, realizado de forma violenta, en la primera mitad del siglo XI.
- ⇨ Limita el poder condal y pone al campesino en manos de la nobleza.
- ⇨ Tendrá lugar un enfrentamiento entre la nobleza y los condes de Barcelona.
- ⇨ La victoria sobre los nobles (1058) permitirá la reanudación de la expansión.

☞ **Ramón Berenguer III** (1097-1131).
- ⇨ Consolida la expansión por el sur de Francia.
- ⇨ Intensifica la repoblación de la comarca de Tarragona.
- ⇨ Renueva la infeudación del condado a Roma.

LA GRAN EXPANSIÓN DEL SIGLO XIII

☞ Coincide con la caída sucesiva de los dos grandes imperios norteafricanos de **almorávides** y **almohades.**

La Corona de Castilla

☞ Victoria de las **Navas de Tolosa** (1212): consolidación de la frontera y apertura de la expansión por Andalucía.
- ⇨ Este espacio se caracterizó por el predominio de la ganadería, la escasez de población y la imoprtancia de las órdenes militares.

☞ Unión de Castilla y León con **Fernando III.**
- ⇨ Inicia una espectacular expansión y completa la conquista de Extremadura, Córdoba y Sevilla.

☞ **Alfonso X** terminó con la independencia de Cádiz y Niebla. Sólo quedaba Granada.

☞ Organización de las conquistas y repoblación.
- ⇨ La población musulmana era obligada a emigrar.
- ⇨ La repoblación de las ciudades se hizo mediante el reparto de propiedades urbanas entre los repobladores. Los más beneficiados fueron los nobles, el clero y las órdenes militares.
- ⇨ La repoblación rural se basó en la permanencia de la población musulmana.

La Corona de Aragón

☞ Expansión peninsular.
- ⇨ La derrota de **Pedro II** en Muret liberó a la corona de problemas con los franceses.
- ⇨ **Jaime I** conquista Mallorca y Valencia, término de la expansión aragonesa en la península.

☞ Organización de las conquistas y repoblación.
- ⇨ Repartimiento en las zonas urbanas. En las rurales la nobleza constituyó señoríos.
- ⇨ Proceso de feudalización.
- ⇨ La agricultura de regadío será sustituida por una de secano.

El reino de Portugal

☞ El **fortalecimiento de la monarquía** durante el siglo XIII se vio condicionado por la influencia de la Iglesia. Los monarcas deben reconocer privilegios y exenciones a los religiosos.

☞ Los **problemas fronterizos con Castilla** se solucionaron con el establecimiento del Guadiana como frontera (1267).

☞ **Alfonso III** (1248-1279).

- ⇨ Política de apoyo a los concejos y al comercio.
- ⇨ Eliminó la exención de impuestos de que disfrutaban los nobles.
- ⇨ Estableció una monarquía centralizada.
- ⇨ Promovió un incipiente comercio atlántico.

ECONOMÍA Y SOCIEDAD PLENOMEDIEVALES

☞ A partir del siglo X se produce una transformación económica.

☞ En la Alta Edad Media el Mediterráneo se convertirá en un territorio de frontera: Islam (Bagdad), Bizancio (Constantinopla) y Europa occidental (Aquisgrán).

☞ Al iniciarse el siglo X Europa era una unidad, una cristiandad latina. También era común la manera de vivir: estaban ligados a la tierra. Era una sociedad campesina y rural.

DESARROLLO DEMOGRÁFICO

☞ A partir del siglo X se produce un continuo crecimiento en la población que llegará hasta el siglo XIII. Causas:

- ⇨ Corrientes migratorias en Europa occidental.
- ⇨ Aumento de habitantes urbanos. Crece el número de ciudades en toda Europa.
- ⇨ Aparecen nuevos núcleos de población y se explotan nuevos territorios.

EXPANSIÓN AGRARIA

☞ Las zonas de expansión fueron dos: tierras nuevas de viejos países y tierras nuevas en nuevos países.

- ⇨ En Flandes se inicia la desecación del mar: construcción de diques y canales de drenaje.

- ⇨ Los reinos hispanocristianos, aprovechando la caída del califato de Córdoba avanzan hacia el sur: Valle del Tajo (siglo XI), la Mancha y Extremadura (Alfonso VIII de Castilla y Alfonso IX de León), Andalucía occidental (Fernando III), Valencia (Jaime I) y Murcia (Alfonso X).

☞ Las **comunidades de trabajo** fueron la base del avance económico.
- ⇨ La unidad fundamental en la sociedad medieval era la familia: parientes, servidores y animales de tiro (un equipo de trabajo).

☞ Animales de trabajo.
- ⇨ Destacan los bueyes. Son criados para tirar del arado.
- ⇨ Había carestía de animales de tiro.

☞ Sistemas de cultivo.
- ⇨ Producción de grano para la fabricación de pan o en su consumición como gachas.
  - → Selección de mejores especies.
- ⇨ Campos: yermos y bosques se convirtieron en zonas cultivables.
- ⇨ La ganadería se subordina a la agricultura.

☞ Técnicas de cultivo.
- ⇨ A partir del siglo XII aumentaron los rendimientos gracias a las mejoras de las medidas fertilizantes por la mejor utilización del arado.
- ⇨ Aperos de labranza más efectivos, provistos de una reja de hierro.

☞ **La tierra** se convierte en el catalizador que regula las relaciones sociales.
- ⇨ Aparece el **señorío juridiscional:** superioridad política, mando administrativo y militar, exención de impuestos y prerrogativas de carácter judicial y procesal.
- ⇨ Se pasa del concepto de **aristocracia** al de **nobleza.**

☞ El campesinado.
- ⇨ Dedicación exclusiva a actividades agrícolas. **Ausencia de privilegios.**
- ⇨ Campesinos propietarios **(libres)** y los que no lo eran **(dependientes).**
  - → Dentro de los dependientes había varios grupos: **libres** y **siervos.**
- ⇨ El modelo de la **servidumbre** fue causa de rebeliones y movimientos rurales que intentan modificar las relaciones entre señor y siervos.
  - → La primera rebelión se produjo en 966 y tuvo como protagonistas a los campesinos normandos, modelo para posteriores sublevaciones.
- ⇨ En el siglo XI aparecen las **Cartas de franquicia** (obligaciones del campesino, impuestos y multas y abolición de prestaciones indignas).

RENACIMIENTO URBANO

☞ Indicador de una civilización en **expansión y crecimiento.**

☞ **Rasgos** que definen a esta nueva ciudad:
- ⇨ Existencia de un poder municipal.
- ⇨ La muralla.
- ⇨ Una feria o un grupo cualificado de mercaderes y artesanos.
- ⇨ Solidaridad entre sus habitantes para la defensa de intereses comunes.

☞ Destacan **tres zonas** de creación de nuevas ciudades:
- ⇨ **Europa del norte y oriental:** las ciudades serán nuevas creaciones urbanas y surgirán en lugares estratégicos (encrucijadas, al amparo de fortificaciones).
- ⇨ **Europa occidental:** las ciudades flamencas surgieron gracias al impulso de la industria textil.
- ⇨ **Mediterráneo:** influencia de Roma, ciudades con territorios más amplios fuera del casco urbano.

☞ La sociedad urbana.
- ⇨ En la Alta Edad Media los artesanos y mercaderes se agruparán en **gremios** para defender sus intereses.
  - → Los primeros aparecen en el siglo XII en el norte de Francia y Alemania.
  - → Estaban **dirigidos** por cónsules, alcaldes o síndicos designados por los integrantes del gremio o por la autoridad pública.
  - → Contaban con **reglamentos** internos que fijaban horarios, salarios, calidades y precios de los productos.
  - → El **oficio está jerarquizado:** maestros; oficiales y aprendices.
- ⇨ Existían dos tipos de artesanos:
  - → Quienes venden su propia mercancía.
  - → Los especialistas en la elaboración de una fase del producto.
- ⇨ Tipos de mercaderes:
  - → Mercader errante con un pequeño volumen de negocio.
  - → Mercader dedicado al tráfico de productos de lujo a escala internacional.
- ⇨ Formas de asociación mercantil:
  - → La comenda.
  - → La compañía.
- ⇨ Surgimiento del **espíritu urbano:**
  - → Mayor responsabilidad del individuo sobre sí mismo.
  - → Necesidad de practicar la curiosidad laboral.

→ Jerarquización laboral.
→ Empleo de la moneda.
⇨ En la ciudad residían **representantes** de todas las categorías: linaje nobiliario, clero urbano, masa popular.
⇨ Nace la **alta burguesía,** fusión de nobles con ricas familias de mercaderes.

LA EDUCACIÓN Y LA CULTURA

☞ En la Plena Edad Media existieron dos ámbitos de **educación:**
⇨ Escuelas catedralicias.
⇨ Escuelas monásticas.
☞ El eje principal de la enseñanza era la **literatura.**
⇨ También se enseñaba gramática, retórica y oratoria *(trivium);* y aritmética, geometría, astronomía y música *(quadrivium).*
☞ Para los **monjes,** la cultura era un medio para encontrarse con Dios.
☞ Los intelectuales del siglo XII pretenden ser hombres nuevos.
⇨ Se los llamará *moderni,* aunque se nutran de los clásicos.
☞ En el **siglo XII** se importan manuscritos de obras **grecorromanas** —obras de Aristóteles, Platón, Euclides, Galeno— desde el islam.
⇨ Serán traducidos al árabe en Náoples, Sicilia, y la península Ibérica (escuela de Traductores de Toledo).
→ Se hacían traducciones en equipo al latín: europeos asesorados por mozárabes que conocen el árabe y que han vivido en al-Ándalus, judíos y árabes.
⇨ Los traductores aportarán las matemáticas de Euclides, la astronomía de Ptolomeo, la medicina de Hipócrates y Galeno.
→ Con estos autores se reincorpora el **razonamiento científico.**
⇨ También se reciben saberes propiamente musulmanes: aritmética, álgebra, y la medicina de Raschid y Avicena.
☞ Centros de estudio en el siglos XII.
⇨ **París,** favorecida por los Capeto, que la convirtieron en capital. Profesores y estudiantes se reúnen en las facultades y escuelas. Destacan los estudios de teología y filosofía.
⇨ **Chartres.** Su escuela se caracteriza por un espíritu de curiosidad, observación e investigación. Dos tendencias: humanista y naturalista.
☞ Las universidades.

- ⇨ La jerarquía religiosa quedará relegada a un segundo plano y en 1229 la Universidad de París se sustraerá del poder eclesiástico.
  - → Se produce una renovación: las ciencias se convertirán en un fin en sí mismas.
- ⇨ A finales del **siglo XII** existían cuatro universidades: **París, Oxford, Bolonia** y **Salerno.**
- ⇨ A inicios del **siglo XIII** se fundan las de **Salamanca** y **Lérida.**
- ⇨ Gozan de privilegios:
  - → Autonomía juridiscional.
  - → Derecho a la huelga y a la secesión.
  - → Monopolio en la concesión de grados: Bachillerato, *licencia docendi* y *magisterium.*
- ⇨ El **método de enseñanza** constaba de tres partes:
  - → *Leccio.*
  - → *Protestatio.*
  - → *Disputatio.*

EL TRÁNSITO A LA MODERNIDAD

☞ Se llama **Baja Edad Media** al periodo de transición desde las instituciones medievales al mundo moderno, y suele marcarse su inicio con la muerte del papa Bonifacio VIII (1303):

- ⇨ **Crisis de la idea de Imperio,** ya con un poder más simbólico que real.
- ⇨ Los emperadores fueron **incapaces de crear una monarquía feudal** en Alemania.
- ⇨ Reforzamiento del poder monárquico:
  - → Difusión del derecho romano.
  - → Perfeccionamiento del aparato administrativo y burocrático.
  - → Aparición de un sentimiento nacional.
  - → Limitación del poder real por las asambleas (nobleza, clero y ciudades).
  - → Ejércitos de mercenarios.

EL ORIGEN DE LOS ESTADOS MODERNOS

☞ **Definición de Estado:** organización política y administrativa que se materializa en unas instituciones.

- ⇨ Es el máximo órgano de poder político plasmado en:
  - → Poder coercitivo: legislativo, ejecutivo y judicial.
  - → Poder administrativo y burocrático.
  - → Poder ideológico.
- ⇨ Estas formas de poder necesitan recursos económicos: hacienda pública.

☞ **Estado moderno:** organización política y administrativa de carácter unificado.
- ⇨ Se impone sobre los poderes particulares en beneficio de un supuesto interés popular.
- ⇨ Un solo gobierno y una administración.

☞ **Interpretación liberal** o institucionalista del origen del estado moderno.
- ⇨ Para los liberales de los últimos años el estado moderno hunde sus raíces en las monarquías feudales y su apoyo es la nobleza.
- ⇨ El **crecimiento económico** y la recuperación del **derecho romano** explican el proceso de construcción del Estado en el siglo XII. Surgen **instituciones** importantes como el Tesoro, el Tribunal de justicia, el Consejo real.
- ⇨ Los **rasgos del Estado moderno** aparecen entre 1100 y 1300.
- ⇨ En el **siglo XIV** la fórmula dominante es la del **Estado soberano** frente al **Imperio.**
- ⇨ A partir de 1450 surgen las **nuevas monarquías** europeas.

☞ Interpretación marxista.
- ⇨ Diferencian monarquías feudales centralizadas (autoritarias) de las descentralizadas.
- ⇨ Unificación política y la creación de una burocracia especializada.
- ⇨ El **interés dinástico** tiende a identificarse con el nacional.
- ⇨ La **autoridad monárquica** consigue imponerse a los señores.

LAS MONARQUÍAS EUROPEAS EN LA BAJA EDAD MEDIA

LA IGLESIA BAJOMEDIEVAL

☞ El gran poder dominante hasta el momento —el Soberano Pontífice— queda sometido a Francia y a Aragón, cuando es trasladada la residencia de los papas desde Roma a la ciudad de Aviñón.

☞ El Pontificado de Aviñón y el Cisma de Occidente (1303-1415).
- ⇨ Se produce una **crisis** económica, social y del Pontificado.
- ⇨ El papado se traslada a Aviñón.
- ⇨ Tras el regreso a Roma se produce el **Cisma de Occidente:** llegará a haber hasta tres papas simultáneamente.
- ⇨ Termina con la elección de Martín V en el **Concilio de Constanza.**

☞ La Iglesia en el siglo XV.

- ⇨ **Secularización** de la teoría política. La teocracia pontificia se resquebraja a nivel teórico.
- ⇨ Separación radical entre la Iglesia y el Estado.
  - → La Iglesia esta compuesta por el conjunto de fieles cristianos.
  - → El poder espiritual no puede estar por encima del poder terrenal.
- ⇨ **Maquiavelo** finalmente concibe en *El príncipe* el poder separado de la teología.

FRANCIA

- ⇨ Reforzamiento del poder real con **Felipe IV el Hermoso (1285-1314).**
- ⇨ Imposición de las ordenanzas reales a todo el reino. Triunfo sobre el papa **Bonifacio VIII.**
- ⇨ Supresión de órdenes militares para obtener recursos económicos.
- ⇨ La Guerra de los Cien Años (1337-1475).
  - → Entre Inglaterra y Francia. Origen en el control del comercio de la lana.
  - → Empresa nacional, ayudó al fortalecimiento real.
- ⇨ Luis XI (1461-1483).
  - → Artífice del fortalecimiento real, reorganizó las finanzas y el ejército.
  - → Incorporación de territorios del duque de Borgoña, Provenza y Anjou.

INGLATERRA

- ⇨ Destaca la figura de **Eduardo I (**1272-1307).
  - → Incorporó Gales y Escocia a la monarquía inglesa.
- ⇨ **Eduardo II** (1307-1327).
  - → Victorias en la Guerra de los Cien Años.

LOS REINOS PENINSULARES EN LOS SIGLOS XIV Y XV

GENERALIDADES

☞ **Inestabilidad política y social** (guerras civiles) y vitalidad económica y social.

☞ **Cinco reinos:** Castilla, Aragón, Navarra, Portugal y Granada.

- ⇨ Isabel y Fernando unirán Castilla y Aragón y anexionarán Navarra y Granada.

☞ Situación socioeconómica.
- ⇨ Época de renovación. Siglos de gran conflictividad (revueltas campesinas y xenofobia).
- ⇨ La economía propició un despegue general en toda Europa.

☞ Cultura.
- ⇨ En los primeros años del siglo XIV se halla dominada por la Iglesia.
- ⇨ La nueva cultura laica será impulsada por la Corona, señores y ciudades.

☞ Interrupción del crecimiento demográfico (peste negra, malas cosechas).

CORONA DE CASTILLA

☞ Siglo XIV.
- ⇨ **Alfonso XI** consolida el poder monárquico que permite terminar la Reconquista.
- ⇨ Guerra civil entre **Pedro I** y **Enrique II** de Trastámara. Dará lugar a la entronización de una nueva dinastía.
- ⇨ El monarca era la cabeza del reino con una importante administración central: Casa y Corte, Cancillería, Chancillería, Consejo Real.

☞ Siglo XV.
- ⇨ Enfrentamiento entre nobleza y monarquía en la primera mitad. Regencia de Fernando de Antequera hasta 1416.
- ⇨ **Enrique IV** sucede Juan II (1454), pero es depuesto con intrigas. «Farsa de Ávila» (1465). Es nombrado el rey Alfonso, pero su muerte hace que haya una división entre los partidarios de Enrique e Isabel.
- ⇨ A la muerte de Enrique IV sucedió una guerra civil que terminó con la coronación de los **Reyes Católicos.**
  - → Nueva etapa: participación en **conflictos internacionales,** fin de la **Reconquista.**

☞ Clases sociales.
- ⇨ Aristocracia: grupo de los privilegiados. Su riqueza no se basa en el trabajo, sino enla herencia. Establece linajes.
- ⇨ La clase «media» (burgueses, profesiones liberales, comerciantes): alcanzó un gran desarrollo. Poseía una cultura superior y una economía próspera.
- ⇨ Campesinos y trabajadores agrícolas.
  - → La encomendación: un pequeño campesino se situaba bajo la protección del señor, que adquiría ciertos derechos sobre su tierra y su persona.

- ⇨ El clero.
  - → Diferencia entre alto y medio (obispos, canónigos) y el bajo (curas, capellanes).
  - → El clero era el principal perceptor de rentas. El diezmo eclesiástico era la mayor fuente de ingresos.
- ⇨ Judíos, mudéjares y conversos.
  - → Su diferente cultura y religión les impide una total fusión con la sociedad.
  - → El **antijudaísmo.** Los judíos vivieron una de sus peores épocas. Fueron perseguidos por haber apoyado a Pedro I el Cruel. Su control de los préstamos, la recaudación de impuestos les hizo muy impopulares.

☞ La **peste negra:** recurrente en todo el siglo XIV, desemboca en despoblación, hambre, subida de precios y conflcitivadad social.

- ⇨ Recuperación demográfica en el siglo XV. Los rebrotes de peste no fueron tan virulentos.

☞ Movimientos sociales.

- ⇨ La tensión entre la monarquía y la nobleza fue constante.
- ⇨ Guerras irmandiñas.
  - → En Galicia la señorialización era muy intensa.
  - → Fue muy violenta y dirigida contra los poderosos.
  - → La heterogeneidad de su composición y la traición de algunos nobles la hicieron fracasar.
- ⇨ Los movimientos contra **judíos** y **conversos.**
  - → El decreto de expulsión de los Reyes Católicos fue la culminación de una política que se había seguido en toda Europa. Este decreto motivó numerosas conversiones y dieron lugar a los conversos.
  - → Persecuciones contra ellos a finales del siglo XV.
  - → Instauración de la Inquisición.

LA CORONA DE ARAGÓN

☞ Siglo XIV.

- ⇨ Cristalizan dos aspiraciones:
  - → Salida al mar para los aragoneses.
  - → Incorporación catalana a las empresas del Mediterráneo.
- ⇨ **Unión de todos los reinos:** Aragón, Valencia, Mallorca y Cataluña.
- ⇨ La Corona se basaba en un pacto entre el rey y sus súbditos **(pactismo).**

⇨ Destaca el reinado de **Pedro el Cermonioso** (1336-1387). Nacimiento de la **Generalitat.**

☞ Siglo XV.

⇨ Recuperación económica excepto en Cataluña.

⇨ Siglo de gran conflictividad social.

⇨ **Fernando de Antequera** gobernó simultáneamente Aragón y Castilla.

⇨ Fue sucedido por **Alfonso el Magnánimo** que impulsó la cultura y la política mediterránea (conquista de Nápoles).

⇨ El reinado de **Juan II** estuvo caracterizado por la tensión social, que derivó en una guerra civil.

⇨ A su muerte subió al trono **Fernando II** el Católico, casado con Isabel de Castilla.

☞ Clases sociales.

⇨ **Aristocracia:** la base de su riqueza era el dominio del campesinado y la propiedad feudal.

⇨ La **clase media:** las capas altas forman un patriciado urbano que llegaron a dominar los muncipios (Barcelona).

⇨ Campesinado: payeses de remensa.

⇨ El clero.

⇨ Judíos.

☞ La **peste negra.**

⇨ La peste incidió en una población muy debilitada. Apareció en Mallorca (1348).

⇨ Algunos estiman que tres cuartas partes de la población de la Corona fueron diezmadas.

☞ **El movimiento remensa.**

⇨ Rebelión de los campesinos adscritos a la tierra: revolución armada y acción sindical.

⇨ Época de gran violencia, aunque desorganizada hasta la creación del sindicato remensa.

⇨ En 1447 consiguieron del rey Alfonso V la promesa de la abolición de los malos usos, a cambio de una compensación económica.

⇨ El conflicto se solucionó en la época de Fernando el Católico mediante la **sentencia de Guadalupe** (1486), que abole la adscripción a la tierra y los malos usos.

☞ **La Biga** y **La Busca.** Partidos de la oligarquía y de los mercaderes y artesanos respectivamente.

⇨ Protagonistas de fuertes enfrentamientos en la Barcelona del siglo XV.

☞ Movimientos antijudíos.

⇨ Realizados por la clase media en Mallorca, campesinos y menestrales en Barcelona.

⇨ Para escapar de ellas muchos aceptaron la conversión.

REINO DE NAVARRA

☞ Siglo XIV.

⇨ El **rey** era la máxima autoridad del reino.

⇨ Continuó la **vinculación a Francia** iniciada en el siglo anterior hasta la llegada de Juana y Felipe de Evreux que realizaron mejoras en el **Fuero General.**

⇨ El reinado de **Carlos el Malo** estuvo caracterizado por las revueltas.

⇨ **Carlos III el Noble** supuso la solución a los problemas internacionales.

☞ Siglo XV.

⇨ Carlos III fue sucedido por su hija **Blanca de Navarra,** casada con Juan II de Aragón, hasta la subida al trono de Carlos, príncipe de Viana.

⇨ Las diferencias entre Carlos y su padre Juan II desembocaron en una guerra civil entre facciones nobiliarias.

☞ Clases sociales.

⇨ La nobleza.

⇨ **Clase media:** clase privilegiada que vivía de la artesanía y el comercio.

⇨ **Campesinos:** villanos, pecheros o labradores, «mezquinos».

⇨ Judíos, conversos y mudéjares.

☞ La incidencia de la **peste negra** fue tan importante como en Castilla.

☞ Enfrentamiento entre agramonteses y beaumonteses.

REINO DE PORTUGAL

☞ Siglo XIV.

⇨ Su relación con Castilla fue cambiante: matrimonios, campañas de Reconquista.

→ Estas relaciones desembocaron en guerra tras la muerte de Fernando I: no tenía hijos y su única hija estaba casada con el rey de Castilla.

→ Castilla fue derrotada en Aljubarrota (1385) y se impuso la casa de Avis.

☞ Siglo XV.
 ⇨ Su política se orientará hacia el Atlántico.
  → Destaca la figura de Enrique el Navegante y su escuela naval de Sagres.
  → Bartolomé Díaz dobla el cabo de Buena Esperanza.
  → Vasco de Gama llega a la India.
 ⇨ **Alfonso V** intervendrá en la guerra civil castellana contra Isabel y Fernando.
☞ **Organización social** similar a la castellana.
☞ La **peste negra** tuvo una enorme repercusión:
 ⇨ Descenso demográfico, emigración de campesinos.
 ⇨ Se produjeron revueltas y desórdenes.
☞ La población más mísera engrosará las filas del ejército y de las expediciones marítimas.

LA SOCIEDAD BAJOMEDIEVAL EUROPEA

☞ En el siglo XIII se produce un estancamiento demográfico y la población sufre un retroceso. Tres factores:
 ⇨ Hambre.
 ⇨ Guerra.
 ⇨ Peste.
☞ La **peste negra** (1347-1352).
 ⇨ **Consecuencias sociales:** éxodo del campo a la ciudad.
 ⇨ **Consecuencias económicas:**
  → Escasez de mano de obra.
  → Subida de salarios.
  → Alza de los precios.
☞ Recuperación demográfica a partir de 1430.
 ⇨ Se trató de una recuperación lenta.
 ⇨ Consecuencias:
  → Expansión de las ciudades.
  → Auge del sector agropecuario. Expansión de la **ganadería ovina** en España y en el Reino Unido para la obtención de lana. Aparece la **trashumancia.** Se crea la **Mesta** en Castilla.

→ Aparición de cultivos especializados (viñedos) que se asentarán en torno a las ciudades para abastecer los mercados.

CONFLICTOS SOCIALES EN LA BAJA EDAD MEDIA

☞ Movimiento del Flandes marítimo (1323-1328).
- ⇨ Surge frente al aumento de las cargas impositivas.
- ⇨ Las luchas y acciones de los rebeldes fueron violentas y cruentas. Sólo serán aplastados gracias al rey de Francia (1328).

☞ **Jacquerie** (París, 1358).
- ⇨ Los campesinos protestan contra los grandes señores.
- ⇨ Las actuaciones de estas bandas, que serían aniquiladas rápidamente, serán muy duras.

☞ Movimiento inglés de 1381.
- ⇨ El detonante será la imposición de excesivos impuestos.
- ⇨ Tendrá lugar cerca de Londres. Se unirán a los campesinos grandes sectores de la población londinense. El gobierno de la ciudad se hará tan duro a partir de entonces que Tyler será asesinado. Los rebeldes se dispersarán.
- ⇨ **Reivindicaciones:** abolición de diversos impuestos. Desaparición de ciertas servidumbres y prestaciones indignas.
- ⇨ Todas sus reivindicaciones serán recogidas en el **Estatuto de los Trabajadores.**

☞ Revolución husita en Bohemia.
- ⇨ El crecimiento de algunas ciudades y el empobrecimiento dará lugar a enfrentamientos. Los campesinos serán derrotados y se convertirán en soldados a sueldo (mercenarios).
- ⇨ En Bohemia se produce la revolución husita (dirigida por **Jan Hus).**
- ⇨ En Alemania (1476), revueltas como la de «el tambor de Niclaus Hauser», donde se exponen ideas de igualdad para todos los hombres.

RETROCESO DEL DESARROLLO URBANO

☞ Se producen numerosas **rebeliones urbanas** causadas por:
- ⇨ Subida de los impuestos.
- ⇨ Alteraciones de precios y salarios.
- ⇨ Diferencias entre producción y consumo.
- ⇨ Diferencias entre maestros y oficiales.

☞ Se utilizarán medios específicamente urbanos para hacer presión:

- ⇨ **Huelgas.**
- ⇨ **Destrozos** del material de trabajo.

☞ Durante los **siglos XIV** y **XV** se producirán en cinco zonas: Flandes, Italia, Francia, Alemania y reinos hispánicos.

☞ **Consecuencias** de los movimientos urbanos:

- ⇨ Entrada en el gobierno urbano de una representación de los artesanos.
  - → Mejor reparto de beneficios.
  - → Control de la producción y los intercambios.
- ⇨ Desaparecerá el señorío.

LAS ÓRDENES MENDICANTES

☞ Las **órdenes mendicantes** (franciscanos y dominicos).

- ⇨ En el siglo XIII la cristiandad llega a la plenitud. El papado estaba en la cúspide con Inocencio III, propulsor de la **teocracia pontificia** y se sirve de las órdenes religiosas de nueva creación.
- ⇨ Cobra fuerza la clase urbana y nacen nuevos conceptos sociales, políticos y culturales. **Francisco de Asís**, **Domingo de Guzmán** y otros adaptan la vida monástica a estos tiempos.
- ⇨ Fundan conventos en el interior de las **ciudades.**
- ⇨ Se basan en el cumplimiento de los **preceptos evangélicos** de pobreza, obediencia y castidad.

LAS GRANDES HEREJÍAS MEDIEVALES

☞ La **unidad de la fe** domina en la Edad Media.

- ⇨ Las tendencias heterodoxas fueron de carácter individual.

☞ Las herejías aparecen con gran fuerza impactando en regiones o naciones enteras y alguna de ellas nace de la exaltación de la pobreza por las órdenes mendicantes.

☞ Destacan las herejías de **valdenses** y **cátaros.**

☞ La **Iglesia** trató de oponerse con distintos procedimientos:

- ⇨ **Entrevistas** con los dirigentes valdenses, patarinos o cátaros.
- ⇨ **Cruzada** contra los herejes (convocada por **Inocencio III** en 1209 contra los albigenses o cátaros).
- ⇨ Instauración de la **Inquisición** (para la defensa de la fe).

FUNDAMENTOS DEL MUNDO MODERNO

☞ La Historia Moderna se inicia con el **descubrimiento de América** y comprende los siglos XVI, XVII y XVIII.

- ⇨ Es una época de **transición.**
- ⇨ La **tecnolología,** los usos y costumbres son semejantes a los **medievales.**
- ⇨ Con el **Humanismo** y el **Renacimiento** se recuperan los conocimientos de la Antigüedad Clásica.
- ⇨ Se mantienen el **señorío** y los **privilegios** de la sangre.
- ⇨ Aparecen los **Estados modernos.**
- ⇨ Se sientan las **bases del capitalismo** (marxistas: etapa de transición del feudalismo al capitalismo).

EL FEUDALISMO EN LA EDAD MODERNA

☞ Características:

- ⇨ Jurisdicción de un señor sobre sus vasallos, bajo el entramado del Estado.
- ⇨ Los súbditos feudales también lo son del Estado y pagan impuestos.

☞ **Diferencias** entre un señor y un burgués libre:

- ⇨ Señor natural:
  - → **Intereses:** aumento de las prestaciones de los vasallos y territorios.
  - → **Economía:** maximización de beneficios para acumularlos (capitalismo primitivo).
- ⇨ Burgués:
  - → **Intereses:** aumento de rentas en metálico.

- → **Economía:** maximización de beneficios para acumularlos, mientras que el burgués quiere reinvertirlos.

CAUSAS DE SU DESAPARICIÓN

- ⇨ **Dinámica histórica:** deja de tener sentido por la estructura política y social de los Estados modernos.
- ⇨ La **expansión del comercio** cambia las relaciones siervo-señor.
- ⇨ Las **ciudades** se rigen por la a**ctividad comercial.**
- ⇨ En los siglos XV-XVI aparece el **capitalismo comercial.**
  - → Los productores acumulan capital que invierten en comercio.
  - → El comerciante supedita sus inversiones a intereses particulares.
- ⇨ La estructura económica cambia:
  - → Las **crisis demográficas** del siglo XIV producen grandes parcelas de tierra sin explotar y la expansión de la ganadería.
  - → Los **excedentes del campesino** se pagan al señor en dinero: a causa de la **inflación,** el poder adquisitivo del señor disminuye y el del campesino aumenta.
  - → Comienza una **lenta emigración** de siervos libres a las colonias americanas y a zonas más favorecidas.

FASES DE EVOLUCIÓN

- ⇨ Desde mediados del siglo XV hasta mediados del XVI, se expanden los señoríos.
- ⇨ Fin del siglo XVI: estabilización del sistema feudal moderno.
- ⇨ Siglo XVII: recesión de los señoríos por la inflación.
- ⇨ Siglo XVIII: expansión de los señoríos por acumulación de riquezas.
- ⇨ Fin del siglo XVIII: desaparición parcial de los señoríos desde las revoluciones.

DEMOGRAFÍA EN LA EDAD MODERNA

ESTRUCTURA DEMOGRÁFICA

- ⇨ Moderada mortalidad.
  - → Elevada mortalidad infantil.
- ⇨ Elevada natalidad.
  - → Natalidad ilegítima elevada.
  - → Elevado índice de celibato eclesiástico y voluntario.

- ⇨ La **emigración a América** afectó negativamente a la demografía europea.
- ⇨ Tendencias de desarrollo de poblaciones:
  - → **Estabilización** en regiones del sur (península Ibérica, sur de Francia, Italia, Balcanes)
  - → **Aumento** acusado en las regiones del norte (norte de Francia, Países Bajos, Sacro Imperio, islas Británicas, Escandinavia).
  - → **Migraciones de población europea** a tierras nuevas (sobre todo castellanos, franceses, portugueses y holandeses).

CRISIS DEMOGRÁFICAS

- ☞ **Recurrentes** durante el periodo.
- ☞ Subalimentación generalizada.
- ☞ Tipos:
  - ⇨ Por guerras.
    - → Mala **alimentación.**
    - → Transmisión de **enfermedades.**
    - → Descenso de la población agrícola y **despoblamiento** del campo.
    - → **Armamento** más mortífero (pólvora y armas de fuego).
    - → Aumento de **impuestos** por gastos militares.
    - → **Matanzas** en conflictos religiosos y en ciudades sitiadas.
  - ⇨ Por hambre.
    - → **Desequilibrio** población/recursos.
    - → Malas cosechas de cereal por **cambio climático** («Pequeña Era Glacial»).
    - → **Tala de bosques** para aumentar la superficie cultivada.
  - ⇨ Por epidemias. Normalmente potenciadas por guerras y crisis alimentarias.
    - → **Peste:** transmitida por las ratas y la saliva —muy contagiosa—, pervive aletargada en la población, despierta con cada crisis alimentaria. Tipos: **bubónica, pulmonar** y **septicémica.**
    - → **Tifus:** transmitido por el piojo humano, asociado a la subalimentación.
    - → **Viruela:** transmisión por contacto directo y favorecida por la concentración de las poblaciones.
    - → **Paludismo** y **malaria** (origen americano): transmitidas por el mosquito anófeles en el sur de Europa.
    - → **Cólera:** el vector de transmisión es el agua estancada.

DEMOGRAFÍA DE LA PENÍNSULA IBÉRICA EN LA EDAD MODERNA

☞ Factores:

- ⇨ Crecimiento marcado por altísima natalidad y alta mortalidad.
- ⇨ **Crisis alimentarias.** Recurrentes en los tres siglos.
- ⇨ **Epidemias:** fundamentalmente gripe, tifus, peste y cólera. Paludismo endémico. Principales: 1596-1602, 1629-1630, 1647-1654, 1678-1684.
- ⇨ **Conflictos bélicos** de mayor impacto demográfico.
  - → **Guerras europeas.**
  - → **Conflicto de Cataluña.**
  - → **Guerra con Portugal.** Levas en Extremadura.
- ⇨ **Colonización de América:** salida de excedentes de población, fundamentalmente de la Corona de Castilla.
- ⇨ Movimientos de población.
  - → **Expulsión de los judíos:** afecta a la economía, pero no al desarrollo demográfico global.
  - → **Expulsión de los moriscos:** deja despobladas amplias zonas en los reinos de Granada, Valencia y Aragón, y en las tierras de Castilla la Nueva.

☞ Geografía regional:

- ⇨ **Corona de Aragón: Cataluña** región española más poblada. **Valencia** es la ciudad más poblada de la península. **Aragón** y **Mallorca** aumentan su población.
- ⇨ **Corona de Castilla:** aumenta su población y aumenta la superficie cultivada.
  - → Mayor densidad de población está en la **cornisa Cantábrica** y **Galicia** (30 h/km^2).
  - → **La Meseta:** desarrollo de grandes ciudades (Toledo, Valladolid, Madrid, Medina del Campo, Segovia) frente a grandes terrenos agrícolas poco poblados. La Mancha, casi despoblada y dedicada a agricultura extensiva.
  - → **Andalucía occidental:** aumento de la población urbana. Sevilla, gran orbe, puerto de América.
- ⇨ **Reino de Navarra:** población estancada por ruralización y peste.
- ⇨ **Reino de Granada:** aumento demográfico tras la conquista. La ciudad de Granada mantiene e incrementa su población. En las Alpujarras, población musulmana.

☞ Fases:

- ⇨ Fin del siglo **XV:** reurbanización de todos los territorios. Expulsión de los judíos (1492).

⇨ Siglo XVI: desarrollo intermitente, pero siempre positivo. Colonización americana.
→ **Catastro de Carlos I.**
→ **Catastro de Felipe II.**

⇨ Siglo XVII: ruralización y crisis demográficas. Grandes recesiones. Expulsión de los moriscos (1609).

⇨ Siglo XVIII: momentos de recuperación. Fin de siglo, recesión. Elaboración de los grandes censos:
→ **Catastro de la Ensenada** (1749-1753).
→ **Censo de Aranda** (1768-1769).
→ **Censo de Floridablanca** (1786-1787).
→ **Censo de Godoy-Larruga** (1796-1797).

ECONOMÍA EN LA EDAD MODERNA

GENERALIDADES

⇨ La mayoría de la población se dedica a **actividades agrícolas.**

⇨ Economía frágil de subsistencia local.

⇨ El encarecimiento de los transportes no permite el **comercio a gran escala.**

⇨ **Capitalismo industrial,** dedicado a proveer las necesidades primarias.
→ Aparición de zonas industriales (XVI-XVII).
→ Mercantilismo (XVII).
→ Fisiocracia (XVIII).

RASGOS ECONÓMICOS DE LA EDAD MODERNA

☞ Precedentes:

⇨ Finales del XV → **descubrimiento de América** → expansión de la producción minera, de las rutas comerciales e introducción de nuevos cultivos.

⇨ Siglo XVI → **expansión demográfica** → aumento del consumo.
→ Devaluación de la moneda.
→ Subida de los precios.

⇨ Aumento de **población.**
→ **Emigración** a las ciudades → busca de **trabajo** → aumento de **mendigos.**
→ **Abastecimiento** de las ciudades → aumento de superficie cultivada.

Economía monetaria

⇨ Economía regida por el **peso real** de la moneda.
  → Siglo XVII → **adulteración** de la moneda.
  → **Oro** → se retira de la circulación (hacia 1640).
  → **Plata** → desde América, saturación del mercado.
⇨ Escasez de **moneda fraccionaria** → dificultades comerciales.
  → Acuñación de monedas de **vellón** (de cobre).
⇨ **Mala calidad** de la moneda → alza de **precios.**

Economía agrícola

☞ Siglos XVI-XVII.
⇨ Aumento de superficie cultivada:
  → **Tala** de bosques.
  → Desaparición de **tierras comunales.**
  → **Enajenación** de tierras de la Corona.
  → Aumento de **terrenos baldíos.**
⇨ **Rendimientos** decrecientes.
  → **Abono** era estiércol→ necesidades de ganado.
  → No hay barbecho → **empobrecimiento** del suelo.
⇨ Épocas de **escasez** → **importaciones** de trigo.
⇨ Aumento de **precios** del cereal → **inflación** → **impuestos** en especie.
⇨ **Inglaterra** → aparición de los *enclosures* → lana para industria textil.

☞ Siglo XVIII.
⇨ **Base agrícola** de la economía → aumento demográfico.
⇨ Agricultura **científica.**
  → Aparecen **tratados agronómicos.**
  → Aumento del **rendimiento.**
  → **Fisiocracia.**
⇨ Expansión de nuevos cultivos:
  → **Patata** → para alimentar al ganado → consumo humano por hambre.
  → **Maíz** → «trigo» de tierras húmedas.
⇨ Venta generalizada de **tierras públicas** → acumulación de tierras en manos privadas.
⇨ **Cercado** de las fincas.
⇨ Estabilización de los **precios** → pago de impuestos en metálico o en especie.

- ⇨ Grandes **diferencias** entre los campesinados:
  - → Castilla → **campesino libre.**
  - → Francia, Alemania, Europa oriental → **campesino no libre** → sistema feudal.

Revolución verde

☞ **Gran progreso** agrícola ocurrido en Inglaterra durante el siglo XVIII.
- ⇨ Mejor alimentación de la población.
- ⇨ **Nuevos cultivos** para alimentar ganado → animales viven más.
- ⇨ Aparición de la **sembradora** de Jethro Tull → aumento de productividad.
- ⇨ Generalización de *enclosures.*
- ⇨ **Alternancia de cultivos:** trébol → trigo → remolacha o nabo → cebada → trébol.
- ⇨ **Capitalización** del sistema agrario → fincas y casas de campo.
- ⇨ **Fisiocracia:** el bienestar de la nación se basa en una buena agricultura.

Desarrollo industrial

☞ Factores que **inciden negativamente** en el desarrollo.
- ⇨ **Población pobre:** no incita ni estimula el desarrollo industrial.
- ⇨ Tendencia a la **autosuficiencia** de la familia campesina.
- ⇨ Escaso desarrollo técnico.

☞ Factores que **inciden positivamente** en la producción industrial.
- ⇨ Dos **sectores** motores de la industria:
  - → La industria textil.
  - → La construcción.
- ⇨ Expansión ultramarina:
  - → Tendrá grandes repercusiones en Europa.
  - → Aparecen nuevos mercados.
- ⇨ Aumento de las **ciudades.**
- ⇨ El lujo:
  - → Los estratos superiores de la sociedad estimularán el comercio de lujo: textil, fabricaciones artesanales e industriales.
  - → Afecta a la mejora de algunos productos (carros, carruajes, etc.).
  - → En este consumo estarán presentes las tensiones sociales.

→ El clero será el freno de la expansión del lujo.
→ Durante los siglos XVI-XVII se inundará el mercado europeo de productos sin terminar (los estambrados), más baratos, teñidos con vivos colores.

⇨ La guerra.
→ En los siglos XVI-XVII se produce un **aumento de la belicosidad** y de la capacidad de destrucción.
→ Produce desarrollo de industrias siderúrgicas, de construcción naval y de armas de fuego.

Organización de la producción

☞ Desarrollo de los **gremios** en el siglo XVI como organizaciones cerradas que impiden las transformaciones que demanda la sociedad.

⇨ Regidos por unas regulan sus actividades, lo que constituye un impedimento para la producción.
⇨ Se produce la atomización de los gremios.

☞ Aparición del **espíritu burgués** o **capitalista** (persona con grandes beneficios que quiere reinvertirlos en otro sector diferente a la tierra). Es la siguiente:

⇨ Paralelo al sistema gremial, el **Verlag System** o **Domestic system,** el sistema de trabajo a domicilio.
→ El **capitalista** entrega la **materia prima** a una persona que la trabaja y la transforma. Se la devuelve al capitalista y éste se encarga de su comercialización.
→ El **propietario de la materia prima** es el burgués y no el trabajador, a diferencia de los gremios.

⇨ El **trabajador rural** encontrará un gran beneficio al trabajar en el Domestic System cuando las tareas agrarias se hayan acabado.
→ Incide principalmente en los **textiles.** También se fabrican componentes náuticos: cordaje, velamen, piezas de artillería.

⇨ Los **países** donde se produce el Verlag System son aquellos donde los gremios han ido perdiendo fuerza:
→ **Holanda** e **Inglaterra.**
→ Ciudades de **Castilla,** como Segovia y Cuenca (lana) o Toledo y Córdoba (cuero).

⇨ Aparecen los **intermediarios,** beneficiosos para la economía, que permitirá (adelantándole dinero) un aumento de la producción y un descenso de los costes.

- ⇨ **Novedades** en la producción.
  - → **Vidrio:** su precio baja un 25% por el aumento de la producción.
  - → **Vivienda:** se sustituye la madera por el ladrillo.
  - → **Minerales:** su extracción se hace en superficie, pues no hay medios para hacer túneles. El hierro es un elemento secundario.

☞ Industria **textil.**

- ⇨ Su **dispersión** hace que pronto se pueda subsistir con esta industria.
- ⇨ En varios países contribuye a sustentar el Producto Nacional Bruto.
  - → En **Castilla** buena parte de la economía está basada en la industria textil.
  - → En **Inglaterra** la industria lanera nace por el impulso dado por la textil.
  - → Tras la separación de los Países Bajos, **Holanda** intenta colapsar el tráfico castellano por el Canal de la Mancha, influyendo en la industria textil.

Comercio, transportes y comunicaciones

☞ Es la época mercantilista:

- ⇨ El comercio es la base de la economía.
- ⇨ Aumento de las exportaciones.
- ⇨ Disminución de las importaciones.

☞ Contradicciones estructurales:

- ⇨ Comercio fácil con América.
- ⇨ Comercio interior y con países europeos muy difícil.

☞ El **comercio marítimo** adquiere una gran importancia.

- ⇨ Las rutas de cabotaje pierden pujanza a favor de las travesías atlánticas.

☞ Dos grandes grupos de rutas.

- ⇨ Rutas sin dominio español.
  - → **Europa Central.** Momento de apogeo en los siglos XV-XVI, de origen medieval. Se comercia con productos que vienen de América, pasan por Italia y terminan en los Países Bajos.
  - → **Ruta báltica.** Tiene ciertas semejanzas con el Mediterráneo. Se comercia con materias primas y grano. Las Hansas alemanas dominaban esta ruta durante la Edad Media. Desde finales del siglo XVI, pasará a manos holandesas. El papel de la Hansa alemana en el siglo XVI es fundamental para España, que recurrirá a ella como intermediaria y país neutral en los momentos de guerra.

⇨ Rutas de dominio español.

→ **Ruta Atlántica norseptentrional.** De la cornisa cantábrica a los Países Bajos, con ramificaciones a Francia y a Inglaterra. Es una de las rutas principales. Holanda y España se convirtieron en enemigos complementarios. España exporta materias primas e importa gran parte de la producción que va a América y productos para la supervivencia española.

→ **Ruta americana.** Conocida como **Carrera de Indias,** todos los fenómenos implicados entre América y España pasan por ella. Protegida por el sistema de flotas y galeones (buques mercantes y de escolta) impuesto tras la aparición de la piratería.

RASGOS ECONÓMICOS REGIONALES

☞ Países Bajos.

⇨ La **marina mercante** holandesa es la más importante de Europa.

⇨ Control del comercio con lejano Oriente, el Báltico y América.

☞ Alemania y Europa Central.

⇨ Economía muy castigada por las **guerras** de Religión y la de los Treinta Años.

☞ Francia.

⇨ En potencia la economía más poderosa de Europa.

⇨ Desarrollo frenado por la **inestabilidad religiosa.**

⇨ Posee unos grandes **recursos naturales.**

☞ Inglaterra.

⇨ La exportación de **paños ingleses** hará convertirse a la industria textil en la principal fuente de riqueza del país.

⇨ La **aparición de la piratería** les permitirá desarrollar un importante dominio marítimo.

☞ Italia.

⇨ Se puede dividir en dos zonas:

→ Norte: rica y comercial.

→ Sur: pobre y rural.

⇨ A mediados del siglo XVIII la nobleza —antigua burguesía comerciante— se convertirá en burguesía terrateniente: comprar tierras es más que buscar el beneficio en la producción y su distribución.

ECONOMÍA DE ESPAÑA

☞ La economía española en los siglos XVI y XVII se **caracteriza** por:
- ⇨ Ser una economía rural.
- ⇨ Alto consumo.
- ⇨ Autarquía.
- ⇨ Escaso movimiento monetario.

Agricultura y sector primario

☞ A lo largo del siglo **XVI** se produce una privatización de la propiedad.

☞ En el siglo **XVII** (1620) nos encontramos con el estancamiento de la producción, que se recuperará hacia 1680.

☞ En el siglo **XVIII** se continúa utilizando el barbecho en una estructura agraria similar a la de los siglo precedentes.

Sector secundario. Industria en España

☞ Destacan la industria lanera de Castilla y la industria de la seda.
- ⇨ La lana tiene una gran expansión geográfica y llega a gran parte de la población.
- ⇨ La manufacturación es hecha por los gremios y por los dedicados al **Domestic system.**

☞ **Minería:** la Corona puede actuar sobre las minas de la forma que quiera.
- ⇨ Búsqueda de nuevos yacimientos.
- ⇨ **Castilla** es el gran productor de **hierro.**

☞ **Siderurgia:** los altos hornos son la gran innovación del XVIII que harán desaparecer a las fraguas.
- ⇨ Desarrollo de la construcción naval.

☞ **Innovaciones** en el sector industrial:
- ⇨ Aparición de la **fábrica.**
- ⇨ Introducción del **algodón** en la industria textil: telares catalanes.

SOCIEDAD EUROPEA EN LA EDAD MODERNA

GENERALIDADES

☞ **Estructuras medievales** con la introducción de obligaciones hacia el Estado. Tres grupos diferenciados:
- ⇨ **Privilegiados** (aristócratas y clérigos). No pagan impuestos.

⇨ **No privilegiados** (el resto). Pagan impuestos.
→ **Libres** (burgueses y colonos).
→ **Dependientes** (colonos adscritos, siervos).
⇨ **Esclavos** (primero por guerra o deudas, luego del comercio de humanos).
☞ Aparece el **dinero** como elemento de desestructuración social.
☞ El **fortalecimiento del Estado** redundó socialmente en:
⇨ Aparición de impuestos.
⇨ Venta de títulos nobiliarios y de hidalguías.

ELEMENTOS DE LA SOCIEDAD EUROPEA

☞ La sociedad europea de los siglos XVI y XVII era una **sociedad rural,** en la que la **Iglesia** desempeñaba un importante papel.
☞ El tipo de gobierno ciudadano era el siguiente:
⇨ **Asamblea de vecinos** (Francia) o **concejo** (España) a los que pertenecían todos los mayores de edad.
⇨ En la práctica, dirigidos por minorías.
☞ La **familia** pasó de ser numerosa a nuclear, aunque su tamaño dependía de las condiciones sociales.
☞ El nivel de mortandad fue muy alto:
⇨ Hambre.
⇨ Guerras.
⇨ Epidemias.
☞ Efectos económicos del descubrimiento de América:
⇨ Se abre la posibilidad de conocer **nuevas tierras.**
⇨ El comercio intercontinental crea un nuevo mercado financiero: las bolsas.
☞ El uso del **dinero.**
⇨ **Papel modesto** en la sociedad europea.
⇨ El pueblo casi no usa el dinero.
⇨ El **mundo financiero** se enriquece con el comercio intercontinental.
⇨ Los **bancos privados** nacieron como entidades independientes: **usura.**
⇨ Innovaciones bancarias:
→ Los **créditos.**
→ Las **letras de cambio.**
→ Las innovaciones llevaron a la **quiebra a los antiguos modos de producción,** lo que produjo unos cambios de inversión y mano de obra.

LOS ESTAMENTOS SOCIALES

☞ En Europa eran reconocidos tres estamentos;

⇨ Nobleza.

⇨ Burguesía.

⇨ Campesinado.

☞ Ni tenían las mismas funciones ni se comportaban del mismo modo dentro del contexto de la sociedad.

La nobleza

⇨ Las guerras de finales del siglo XV aumentaron el **número de títulos nobiliarios.**

⇨ Su principal fuente de riqueza provenía de la tierra.

⇨ Su rango les confería varios **derechos,** sociales y económicos.

⇨ Los **burgueses adinerados** se incorporan a la nobleza.

→ Posibilidad de alcanzar un título mediante pago.

→ La nueva nobleza burguesa no tiene aversión a los negocios y da lugar a la aparición de una incipiente industria.

⇨ Los nobles fueron **perdiendo prerrogativas,** aunque sus riquezas siguieran intactas.

La burguesía

☞ Élite que obtenía su situación social por medio del **comercio,** las **finanzas** y los **cargos públicos.**

☞ La **alta burguesía** hizo grandes inversiones en rentas públicas a cambio del pago anual de unos intereses.

⇨ En algunos países la burguesía controlaba financieramente al Estado.

→ Cuando los gobiernos necesitan dinero, venta de cargos.

→ Los cargos más codiciados eran los hereditarios.

☞ **Desarrollo** de la burguesía:

⇨ Esta clase alcanza en el **siglo XVIII** su máximo desarrollo.

⇨ Se avanzará mucho más en los **países protestantes.**

⇨ La contradicción entre la moral tradicional y la moral burguesa dará lugar a la Revolución francesa.

El campesinado

☞ **Sector más importante** de la producción, antes de la implantación del capitalismo.

☞ La mayor parte de la **tierra estaba en manos de los campesinos,** aunque muy pocos eran propietarios.

☞ Las **privaciones** empobrecieron al campesinado. **Consecuencias:**
- ⇨ La **diferencia** entre campesinos ricos y pobres aumenta.
- ⇨ De la expropiación de propiedades se pasa a una concentración de las tierras.
- ⇨ La burguesía acapara las tierras.

☞ **Crisis** del campesinado en el siglo XVII.

EL AUMENTO DEL ESTADO

☞ La sociedad europea en estos siglos se caracteriza por un **aumento de los poderes y del tamaño del Estado** frente a los particulares.
- ⇨ Los planteamientos críticos de la **Ilustración** debilitan a la nobleza y a la Iglesia.

☞ **Despotismo ilustrado** (monarquía absoluta): los nuevos monarcas reforzarán el poder de la monarquía para llevar a cabo un programa de reformas.

LA FAMILIA

☞ Se pasa de la familia lineal a la **familia nuclear.**

☞ La **casa** se convierte en **hogar.**
- ⇨ Con la industrialización, la casa también es **lugar de trabajo.**

☞ El **padre de familia** tiene los poderes jurídicos y de transmisión de la herencia.

☞ Aparición del amor paterno-filial y del concepto de responsabilidad paterna.

LA MUJER

☞ Está **sometida jurídicamente** al varón, como hija, esposa o hermana.

☞ Adquiere plenitud jurídica en la **viudedad** sin hijos menores.

☞ Su estado es muy favorecido por los movimientos **reformistas católicos** y **protestantes.**
- ⇨ Desaparición de las **ventas de novia** o de las dotes excesivas.
- ⇨ Participación de la mujer en la **vida eclesial:** las reformas de órdenes religiosas.
- ⇨ **Protagonismo** de mujeres en los **movimientos reformistas:** Teresa de Jesús, Madamme de Chantal, Pietismo.

PENSAMIENTO POLÍTICO EN LA EDAD MODERNA

GENERALIDADES

☞ Desarrollo del **absolutismo** (siglos XVII-XVIII).
- ⇨ Origen: monarquías autárquicas del siglo XVI.
- ⇨ Forma final: **Despotismo Ilustrado** del siglo XVIII.

☞ Surgimiento de los **nacionalismos** frente a otros valores de cohesión del Estado.
☞ Las **confesiones religiosas** tienen valor de estructuración política.
☞ **Consolidación** de los Estados:
- ⇨ Paulatina **separación de erario** real y estatal.
- ⇨ Surgimiento de **burocracias** estatales.
- ⇨ Aparición de ejércitos nacionales.

☞ Corrientes de pensamiento:
- ⇨ Humanismo.
- ⇨ Reforma y Contrarreforma.
- ⇨ Discusión sobre la **naturaleza del poder** del Estado y del poder de la Iglesia.
- ⇨ Desarrollo del pensamiento empírico.

EVOLUCIÓN DEL PENSAMIENTO POLÍTICO MODERNO

El pensamiento político durante el siglo XVI

☞ **Búsqueda de soluciones** a los conflictos intelectuales, religiosos y políticos.
☞ El principio medieval del origen del poder deja paso al **derecho divino de los reyes** (el poder emana de Dios y va directamente a lo reyes).
- ⇨ Esta teoría tendrá una amplia aceptación entre católicos y protestantes.
  - → **Protestantes.** Obediencia pasiva a la autoridad. **Jacobo I** de Inglaterra.
  - → **Católicos.** Actitud conformista hacia la autoridad por el bien común. **Bossuet.**

☞ Teoría del Derecho y Estado natural.
- ⇨ Será desarrollada por los grandes teóricos del liberalismo **(Rousseau, Locke).**
- ⇨ La nueva teoría política se centrará en dos aspectos:
  - → La cuestión del Estado. Desembocará en el **absolutismo.**
  - → El descubrimiento de las **normas jurídicas *naturales*** de la sociedad.
- ⇨ La filosofía jurídica contribuyó a crear el **sistema moderno de valores.**

☞ Invención del término **Estado.**
☞ Fundación y desarrollo del **derecho internacional.**
☞ **Maquiavelo** (1469-1527).
- ⇨ Pensamiento social: «el fin justifica los medios»; carencia de teorías grandiosas; análisis clarividente de la realidad.
- ⇨ Obra libre de dogmatismos: saber cómo se consiguen o se pierden las cosas.
- ⇨ Fundador de la ciencia política moderna.
- ⇨ Principal escrito, *El príncipe.*

☞ Las utopías.
  ⇨ Surgen cuando algunos escritores exponen una **visión ideal** de la realidad.
  ⇨ Describen la **organización de la sociedad** para vivir más humanamente.
  ⇨ La *Utopía* de Tomás Moro (1516).
☞ El pensamiento político de la **Reforma.**
  ⇨ Lutero y Calvino en Europa.
    → **Teocracias.** Derecho divino de los reyes.
    → **Conciliarismo.** Gobierno autónomo de las iglesias.
  ⇨ **La escuela española.** Distinción entre sociedad civil y sociedad religiosa.
    → **Sociedad civil.** Debe tender al bien común.
    → **Sociedad religiosa.** Se ocupa de cuestiones sobrenaturales.
    → Representantes: **Francisco de Vitoria** (1483-1546) y **Francisco Suárez** (1548-1617).
    → Origen del **derecho internacional.**

El pensamiento político durante el siglo XVII

☞ Laicización política, derivada del racionalismo.
  ⇨ Supondrá un importante **apoyo al absolutismo.**
  ⇨ **Asalto final al absolutismo** (Spinoza, Locke) a finales de siglo XVII.
  ⇨ En el siglo XVIII triunfarán las **ideas liberales** (liberalismo anglosajón, Ilustración).
☞ El absolutismo religioso.
  ⇨ Estimulado en Francia por **Luis XIII** y **Enrique IV.**
  ⇨ **Luis XIV:** *Reflexiones sobre el Oficio de Rey,* identificación entre el rey y el Estado.
    → **Bossuet** (1627-1704): teoría del «dirigismo divino».
  ⇨ **Jaime I de Inglaterra:** *Verdadera ley de la Monarquía libre*. El rey es el legislador supremo instituido por Dios.
☞ El absolutismo laico y radical.
  ⇨ Comenzado por **Maquiavelo,** que defiende el absolutista como el mal menor.
  ⇨ Fuerte autoridad como única solución de los males de la sociedad.
  ⇨ **Bodino** (1530-1596): los seis *Libros de Historia;* apoyo al absolutismo.
  ⇨ **Hobbes:** *Leviatán* (1651), visión materialista y pesimista de la condición humana.
☞ **Los jusnaturalistas.** Altusher, Pullendor, Hugo Grocio.
  ⇨ Nueva concepción del derecho natural, libre de cualquier dependencia teológica.
    → Basado en el principio de la utilidad general.

- ⇨ **Hooker:** la obediencia al Estado debe buscarse en la razón y sólo mediante el contrato puede existir la sociedad política.

☞ Crítica al absolutismo.

- ⇨ Durante el siglo XVII va apareciendo un **frente contra el absolutismo:**
  - → **Jansenistas.**
  - → **Hugonotes.** Protestantes franceses.
  - → Sectores de la **aristocracia** (Saint Simon) y de la **Iglesia** (Pietismo).
- ⇨ **Levellers:** igualdad en el ámbito político y religioso.
  - → El **derecho político fundamental** es el haber nacido.
- ⇨ **Diggers:** objetivo fundamental, mostrar la injusticia de las **desigualdades económicas.**
  - → Propone la sociedad común de la tierra.
- ⇨ **Spinoza** (1632-1677): *Tratado teológico político,* la **función del Estado** es garantizar la paz y la seguridad.
- ⇨ **Locke** (1632-1704): individualismo liberal.
  - → El **fin de la política** es la búsqueda de una felicidad que reside en la paz.
  - → Los **derechos naturales** son los límites del poder legislativo.

El pensamiento político durante el siglo XVIII

☞ El liberalismo anglosajón.

- ⇨ Origen: **revolución puritana** del XVII y en la revolución de **Cromwell.**
- ⇨ Este **despotismo** no duró mucho y en 1688 tuvo lugar una revolución pacífica.
- ⇨ Consecuencias:
  - → Inglaterra y Escocia como **monarquía parlamentaria.**
  - → Mayor importancia de la **Cámara de los Comunes.**
  - → **Abolición de la censura** y mejora de la administración.
  - → Posibilidad de pertenencia a **diferentes religiones.**
- ⇨ **Hume** (1711-1776).

☞ La Ilustración.

- ⇨ El **movimiento espiritual** más importante desde la Reforma.
- ⇨ Sus **raíces** están en:
  - → El **humanismo.**
  - → El **racionalismo.**
  - → El auge de las **ciencias naturales.**

- ⇨ Características básicas:
  - → La **razón** comenzó a ser considerada la facultad que debía guiar al hombre en sus relaciones.
  - → Fe en el **progreso** y en la capacidad transformadora de la razón.
- ⇨ **Difusión de las Luces:** desde Holanda e Inglaterra pasó a Francia, Alemania...

☞ Principales autores ilustrados:

- ⇨ **Voltaire:** *Cartas inglesas,* tolerancia y respeto hacia la inteligencia.
- ⇨ **Montesquieu:** *Cartas persas,* tolerancia religiosa. *El espíritu de las leyes,* método experimental aplicado al estudio de la sociedad.
- ⇨ **Rousseau:** los orígenes de la desigualdad entre los hombres.
  - → La naturaleza del hombre depende de la sociedad, no al contrario.
  - → **El contrato social:** la comunidad se convierte en sujeto de derecho político.

☞ La transmisión de las ideas ilustradas:

- ⇨ La Ilustración es un movimiento intelectual.
- ⇨ Los ilustrados pusieron énfasis en **reformar la enseñanza.**
- ⇨ *La Enciclopedia* de **Diderot** y **D'Alembert.**

☞ El Despotismo Ilustrado:

- ⇨ Es la plasmación de la **crisis del absolutismo.**
- ⇨ Bases de desarrollo:
  - → Difusión de las **ideas ilustradas.**
  - → Política como medio de **combatir los privilegios nobiliarios** y **eclesiásticos.**
  - → **Fortalecimiento de la monarquía.**
  - → Política del **bien común.** «Todo para el pueblo, pero sin el pueblo».
- ⇨ En el Imperio, desde María Teresa de Austria (1740) a José II (1790).

LA REFORMA

TRASFONDO POLÍTICO Y RELIGIOSO DE REFORMA Y CONTRARREFORMA

☞ La Reforma (protestante) y la Contrarreforma (católica) tienen su origen en la **continua reforma eclesiástica** para liberar al cristianismo de excrecencias y volver a la piedad primera.

☞ Periodo de máxima hostilidad entre las partes: entre la **rebelión de Lutero** (1517) a la **Paz de Augsburgo** (1555).

☞ Los **movimientos de reforma religiosa,** tanto protestantes como católicos, no fueron de carácter general, involucraron a las clases dominantes.

☞ Causas de la Reforma:

- ⇨ Los movimientos reformistas coinciden con los **de creación del Estado Moderno.**
- ⇨ La consolidación del **absolutismo.**
- ⇨ Consolidación de las **nacionalidades** que suplantarán el universalismo (catolicidad) medieval.
- ⇨ La **situación interna de la Iglesia:** venta de oficios, el culto, la moral del clero, etc.

☞ Principales movimientos reformistas:

- ⇨ La Contrarreforma católica.
- ⇨ La reforma anglicana.
- ⇨ Reformas protestantes:
  - → **Reforma luterana** (Alemania y Países escandinavos).
  - → **Iglesias reformadas:** reforma suiza y francesa, con Zwinglio (Zúrich), y Calvino (Ginebra y Francia).

LA REFORMA CATÓLICA

☞ La Reforma católica —luego Contrarreforma— **precede a los movimientos reformistas** protestantes.

☞ Se dio principalmente en **España** gracias al acuerdo entre la monarquía y la Iglesia, y por el dominio español en Italia y Flandes.

- ⇨ Protagonista, Francisco Jiménez de Cisneros (1436-1517), arzobispo de Toledo, inquisidor general (1507), y dos veces regente de Castilla (a la muerte de Isabel en 1504 y a la de Fernando en 1516).
- ⇨ En 1517 explotó la rebelión de Lutero.

☞ La **reforma católica anterior al Concilio de Trento** tuvo un carácter abierto a aceptar las demandas protestantes respecto:

- ⇨ Al matrimonio de los clérigos.
- ⇨ A la comunión bajo ambas especies.
- ⇨ A la traducción de las escrituras a las lenguas vernáculas.
- ⇨ A la doctrina de la justificación por la fe.
- ⇨ A los días de guardar, a los ayunos, a las indulgencias.

☞ Los movimientos de reforma católicos fueron de dos clases:
- ⇨ **Generales:** afectaron a instituciones que existían o gravitaban sobre todas las naciones, como, por ejemplo, el papado y las órdenes monásticas y religiosas.
- ⇨ **Nacionales:** propios de la Iglesia de cada uno de los países europeos.

☞ Los ámbitos de la reforma católica:
- ⇨ **Reforma de las costumbres:** lectura de las sagradas escrituras por el pueblo y en lengua vernácula, celebración de la misa en la lengua común, eliminación del fiscalismo y la simonía (venta de indulgencias).
- ⇨ **Reforma del clero:** combate contra la relajación del celibato eclesiástico, planteamiento inteligente de los estudios eclesiásticos, asimilación del humanismo, individualización de la piedad, abandono del hieratismo y de la hierocracia.
- ⇨ **Reforma de la estructura de la Iglesia:** independencia de las iglesias nacionales, eliminando el centralismo de la curia romana, etc.

Desarrollo regional de la reforma católica

☞ Estados Pontificios e Iglesia católica.
- ⇨ Concilios universales (Vienne en 1311, Pisa en 1409, Constanza en 1414, Basilea en 1431, Ferrara-Florencia en 1438 y Letrán en 1512). Ninguno concluyó nada sustancial.
- ⇨ Movimientos reformistas de las costumbres liderados por predicadores estables e itinerantes: **Vicente de Ferrer** (1350-1419), **Bernardino de Siena** (1380-1444), **Juan Capistrano** (1386-1456), **Juan Geiler** (1477-1510), el maestro **Eckart** (1260-1327), Juan **Colet** (1466-1519), Jerónimo **Savonarola** (1452-1498), etc.
- ⇨ Se producen movimientos de reforma dentro de las órdenes religiosas.
  - → Dominicos, franciscanos, jerónimos, benedictinos y carmelitas vuelven a una **observancia estricta** de la regla y renuncian a exenciones disciplinarias concedidas por Roma.
- ⇨ Nuevas órdenes religiosas:
  - → Los clérigos regulares, alrededor del 1530.
  - → Las salesas. Las órdenes de enseñanza.

☞ Italia.
- ⇨ El espíritu de vuelta al cristianismo primitivo se manifestó en Italia por las llamadas Compañías u **Oratorios** del Divino Amor (Felipe Neri).
- ⇨ Hermandades de caridad y beneficencia, dedicadas al culto eucarístico y a la fundación de hospitales para incurables, etc.

☞ Países Bajos.
- ⇨ La llamada ***devotio moderna,*** de Gerardo Groote, institucionalizada en los llamados **Hermanos de la Vida Común** y en la congregación de **canónigos regulares** de Windesheim.
  - → Se **forman** muchos de los reformadores católicos.
  - → Difundirá uno de los manuales de mística de mayor influencia, *La Imitación de Cristo* de Tomás de Kempis.

☞ Francia: la reforma galicana
- ⇨ La Iglesia de Francia fue de las **más identificadas con el poder civil** entre todas las de Europa.
- ⇨ La reforma católica se llevó a cabo en la **Universidad de París:**
  - → El colegio Montaigu, de **Juan Standonck** (1450-1504), seguidor de la *devotio moderna* y de los preceptos de los Hermanos de la Vida Común.
- ⇨ **Pietismo:** movimiento piadoso, no oscurantista, en París hacia fines del siglo XV y comienzos del siglo XVI y en él destaca **Lefevre de Etaples** (1450-1536).

☞ España.
- ⇨ Características especiales:
  - → La **Reconquista** hispana fue un movimiento de carácter religioso, una **cruzada**.
  - → Detrás de está todo el **poder del Estado** para el que la Iglesia era una fuerza unificadora.
- ⇨ Principal problema: **absentismo de los obispos** y la alta proporción de **extranjeros** en el episcopado.
  - → Los Reyes Católicos se opusieron mediante el **patronato regio.**
  - → Bula ***Orthodoxae fidei.***
- ⇨ La Corona recobra el **derecho de patronato y presentación** para todas la iglesias y monasterios del reino de Granada y de las islas Canarias.
- ⇨ **Reforma de la teología,** obra de los dominicos Francisco de Vitoria (1483-1546) y Melchor Cano (1509-1560).

LAS REFORMAS PROTESTANTES

La Reforma en el Continente

☞ **Martin Lutero** (1483-1546), profesor de teología en la Universidad de Wittemberg, clavó en las puertas de la iglesia del castillo sus **noventa y cinco tesis,** el 31 de octubre de 1517:
- ⇨ Ataca los abusos de la Iglesia de Roma en la venta de indulgencias.

☞ Los príncipes alemanes vieron ocasión para fortalecerse frente al Imperio y a la Iglesia, creando ***iglesias nacionales:***

- ⇨ Autonomía política, financiera y religiosa.
- ⇨ Privatización de los bienes de la Iglesia de Roma.

☞ El emperador **Carlos V** intenta lograr la paz religiosa mediante la intervención pública de la **Dieta;** el papa dejara de ser árbitro de la política europea.

- ⇨ La **Dieta de Worms** (1521) pide a Lutero la retractación, a lo que él se niega: es condenado.
- ⇨ La **Dieta de Espira** (1526) acuerda que cada príncipe determina la religión de su territorio *(cuius regio, eius religio).*
- ⇨ La **Dieta de Espira** (1529): prohíbe la norma anterior y la difusión del luteranismo.
    - → Los príncipes minoritarios presentan una **protesta** formal (de ahí el nombre de *protestantes).*

☞ Principales **diferencias dogmáticas** entre católicos y protestantes:

- ⇨ Los protestantes afirman la **justificación por la fe,** sin que las obras tengan virtud salvífica.
- ⇨ Las **sagradas escrituras** son la única autoridad en asuntos de fe.

☞ Los hombres que llevaron a cabo la Reforma protestante.

- ⇨ Martin Lutero (1483-1546).
- ⇨ Ulrico Zwinglio (1484-1531).
- ⇨ Juan Calvino (1509-1564). La reforma religiosa calvinista llegará a ser el movimiento protestante de mayor fuerza, junto con el luteranismo, y tendrá particular influencia en Suiza, Francia, los Países Bajos, Hungría, Polonia, Inglaterra, Escocia y Norteamérica.

La Reforma anglicana

☞ En Inglaterra se dio un movimiento cismático, una separación de la disciplina de Roma y repudio de la supremacía pontificia.

☞ La cuestión fundamental fue la solicitud de **Enrique VIII** para que se **declarara nulo su matrimonio** con Catalina de Aragón, hija de los Reyes Católicos.

- ⇨ La negativa del papa llevó a Enrique VIII a disolver por su propia autoridad regia el matrimonio y a declararse cabeza suprema de la Iglesia inglesa.
- ⇨ En 1534 estableció la Iglesia anglicana y disolvió las órdenes religiosas.
    - → La nobleza y la Corona acaparan las propiedades eclesiásticas.

☞ Principales **reformas:**
- ⇨ La **cabeza de la Iglesia** es el rey, no el papa.
- ⇨ Los obispos siguen la **línea apostólica,** es decir, realizan culto legítimo.
- ⇨ Se eliminó el celibato eclesiástico.
- ⇨ La liturgia se practica en **lengua vernácula.**
- ⇨ Se traduce la Biblia al inglés.

CONSECUENCIAS DE LA REFORMA EN LA PRÁCTICA RELIGIOSA

☞ **Católicos:**
- ⇨ Aparecen **devocionarios** y **misales** para uso del pueblo durante la misa en latín.
- ⇨ Las iglesias crean **registros de la vida sacramental** (bautismos, matrimonios, etc.).
- ⇨ Se mantendrán las **asociaciones,** fraternidades y peregrinaciones.
- ⇨ Serán más comunes las predicaciones populares (misiones), se difundirá la oración privada, el culto a la Eucaristía, la dirección espiritual y el examen de conciencia.

☞ **Protestantes:**
- ⇨ Gran intervención de la sociedad en la **piedad individual.**
- ⇨ Desarrollo del culto en el **seno familiar:** lectura de la Biblia, oración en común con canto de salmos, lectura del catecismo y de la Biblia, recitación de oraciones.
- ⇨ Se instituyeron **servicios dominicales** (culto, conversión e instrucción).
- ⇨ La **Eucaristía** era celebrada por luteranos y calvinistas cuatro veces al año, en Navidad, Pascua, Pentecostés y al inicio del otoño.
- ⇨ La reforma fue muy importante en la **lucha contra el analfabetismo** (lectura de la Biblia).

LA NUEVA CIENCIA

GENERALIDADES

☞ En el siglo XVII se produce un **cambio radical** con respecto a las concepciones empíricas anteriores.
- ⇨ Destacan figuras individuales: Nicolás Copérnico, Galileo, Newton, Kepler.
- ⇨ **Crítica de la antigua ciencia** y su sustitución por nuevos planteamientos.

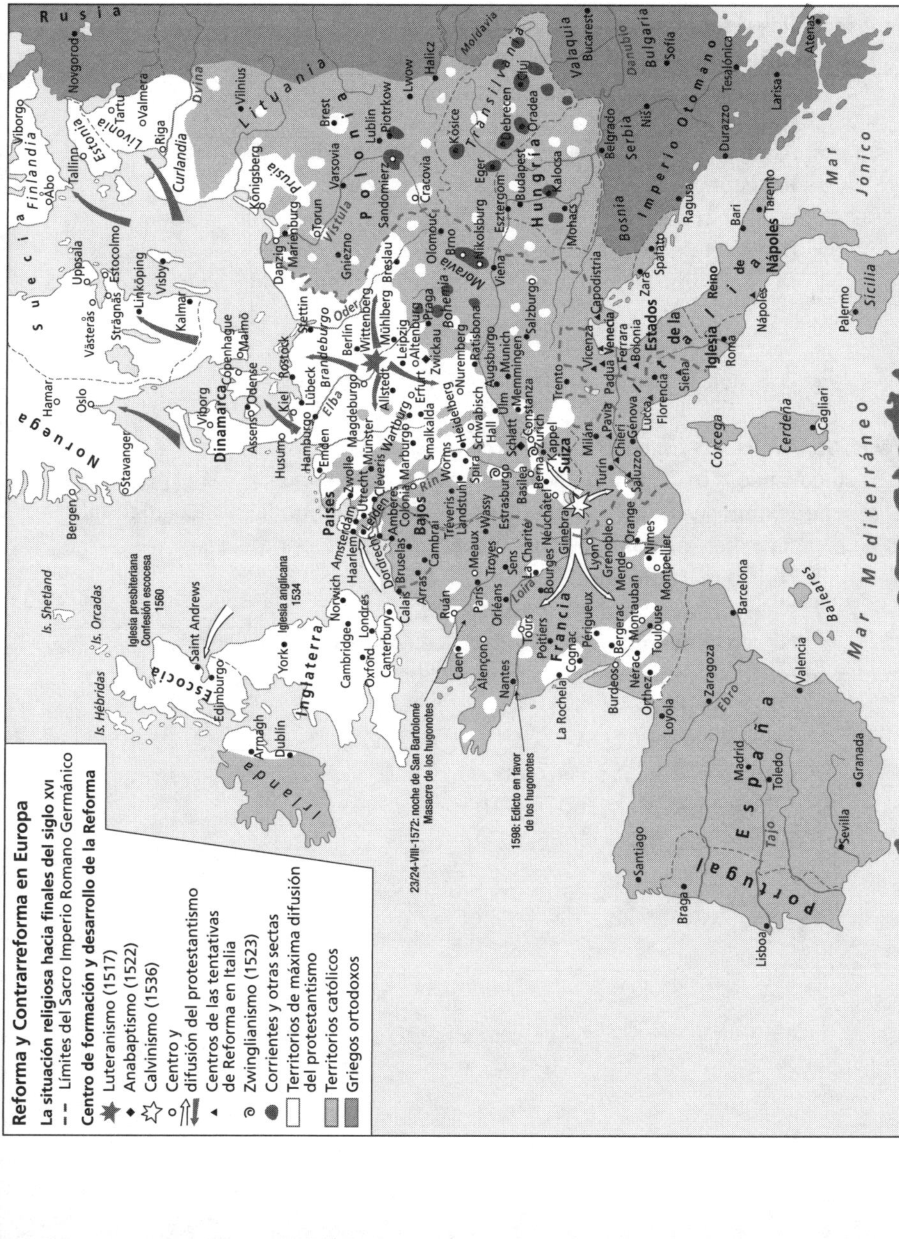
Reforma y Contrarreforma en Europa
La situación religiosa hacia finales del siglo XVI
Límites del Sacro Imperio Romano Germánico
Centro de formación y desarrollo de la Reforma
Luteranismo (1517)
Anabaptismo (1522)
Calvinismo (1536)
Centro y difusión del protestantismo
Centros de las tentativas de Reforma en Italia
Zwinglianismo (1523)
Corrientes y otras sectas
Territorios de máxima difusión del protestantismo
Territorios católicos
Griegos ortodoxos
Iglesia presbiteriana Confesión escocesa 1560
Iglesia anglicana 1534
23/24-VIII-1572: noche de San Bartolomé Masacre de los hugonotes
1598: Edicto en favor de los hugonotes
Rusia
Suecia
Noruega
Finlandia
Estonia
Livonia
Curlandia
Lituania
Polonia
Prusia
Dinamarca
Escocia
Inglaterra
Irlanda
Países Bajos
Francia
Suiza
España
Portugal
Hungría
Transilvania
Valaquia
Moldavia
Bulgaria
Serbia
Bosnia
Imperio Otomano
Moravia
Bohemia
Reino de Nápoles
Estados de la Iglesia
Venecia
Mar Mediterráneo
Mar Jónico
Baleares
Córcega
Cerdeña
Sicilia

DESARROLLO HISTÓRICO

☞ Se distinguen **dos periodos:**

⇨ Hasta 1650:

→ **Individualidades** muy notables.

→ Algunas **investigaciones no son comprendidas.**

→ **Resistencia** de los organismos a estos avances.

⇨ A partir de 1650:

→ **Difusión** de los conocimientos.

→ Mejora **tecnológica:** se perfecciona el **instrumental** (microscopio, telescopio).

→ Se crean las **Academias.**

→ Difusión de **libros científicos** (en francés y latín).

COMPRENSIÓN NUEVA DE LA NATURALEZA

☞ Sustitución de la **física aristotélica,** basaba en la observación, por la **experimentación.**

☞ **Mecanicismo:** sustitución de modelos orgánicos por modelos mecanicistas.

☞ La ciencia experimental tiene **tres características** importantes:

→ Nuevo **método científico.**

→ Nuevo **concepto de la Naturaleza.**

→ Nuevo **concepto de la utilidad** de la investigación científica.

☞ El **avance de las matemáticas** permitió el desarrollo de otras ciencias.

⇨ Figuras principales:

→ Francis **Bacon** (1561-1626).

→ Galileo **Galilei** (1564-1648).

→ Johannes **Kepler** (1571-1630).

→ Renato **Descartes** (1596-1650).

LA HEGEMONÍA ESPAÑOLA

La España de los Reyes Católicos

☞ El reinado de los Reyes Católicos es el límite entre Edad Media y la Edad Moderna. Se destaca por tres acontecimientos:

- ⇨ La **unión política** de los reinos peninsulares.
- ⇨ La conclusión de la **Reconquista.**
- ⇨ El **descubrimiento** de América.

LA SOCIEDAD

☞ La población disminuye. Causas:

- ⇨ Expulsión de judíos.
- ⇨ Aparición de la sífilis (1494).
- ⇨ Malas cosechas (1506-1507): hambre.

☞ **Grandes ciudades:** Burgos, Valladolid, Medina del Campo, Toledo, Sevilla, Valencia y Granada.

☞ La **jerarquización social** medieval se mantiene.

- ⇨ Los Reyes Católicos se apoyan en la **nobleza** para organizar el Estado.

ECONOMÍA

☞ Intervencionismo y preocupación estatal: **premercantilismo.**

☞ Restauración del orden interno y **saneamiento monetario.**

☞ Medidas en favor de **la Mesta.**

- ⇨ Comercio internacional: construcciones navales, industria pesquera, exportaciones de hierro y comercio de la lana.

LA ORGANIZACIÓN DEL ESTADO

☞ La monarquía hispánica.
- ⇨ Unión personal de los reinos hispánicos.
  - → Se mantiene la **frontera** de Castilla con Aragón **(Polisinodia).**
  - → Las **cortes de los reinos** se reúnen con independencia.
  - → La **moneda** era diferente.
  - → Se mantienen las **diferencias legislativas.**
- ⇨ Empresas comunes:
  - → Lucha contra los **franceses** (Francisco I) y **portugueses** (Alfonso V).
  - → La **toma de Granada.**
  - → **Política internacional:** extensión desde Nápoles hasta Centroamérica.
- ⇨ Política fiscal. Las campañas de Granada e Italia suponen gastos:
  - → Reorganización de los impuestos.
  - → **Ingresos eventuales:** la cruzada, subsidios de la Iglesia, servicios impuestos a los musulmanes.

☞ Los órganos de poder.
- ⇨ La familia, cuya autoridad la tenía el padre.
  - → Salvo el derecho a la vida o a la muerte, el padre tiene todos los derechos respecto a los hijos.
- ⇨ El municipio (de base territorial): dominados por la nobleza.
  - → Los **cargos municipales** no eran retribuidos.
  - → Las **atribuciones** del municipio muy amplias, mayores que las del Estado.
- ⇨ El corregidor: una especie de gobernador civil con mayores poderes, pero con limitaciones; el cargo comenzó siendo anual y acabó siendo trienal.
  - → Felipe II extendió el modelo de regidurías para intervenir en los municipios.
  - → Normalmente, ejercido por la baja y media nobleza.
  - → Función de trasladar a las autoridades municipales las órdenes de la corte.
- ⇨ El señorío (territorial y señorial): delegación del poder real en favor de una persona privada.
  - → Más de la mitad de las villas de España estaban sometidas al régimen señorial.
- ⇨ La autoridad real: recibía una sanción religiosa y civil.
  - → Carácter absoluto, no ligado a leyes ordinarias, aunque sí a las morales y divinas.
  - → La contraposición entre una sociedad dotada de poderes autónomos y el rey suprema autoridad es el rasgo más característico de la monarquía hispánica.

- ⇨ Las Cortes: representación del reino y órgano de colaboración con el rey.
  - → Existían cortes de Castilla, las de Navarra y las tres de los reinos de la Corona de Aragón.
  - → Atribuciones: hacer jurar los fueros a los reyes y votar los impuestos extraordinarios.
- ⇨ Los secretarios reales: colaboradores más directos del rey.
  - → Se distinguen los secretarios de Estado y los personales del rey.
  - → Procedían de la media y baja nobleza.
- ⇨ Los consejos: órganos asamblearios consultivos encargados de asuntos específicos. Principales consejos:
  - → El **Consejo de Estado:** era el único órgano común a todos los reinos, especializado en cuestiones internacionales.
  - → El **Consejo de Castilla:** era el órgano fundamental de la administración castellana.
  - → El **Consejo de Aragón:** era el órgano fundamental de la administración aragonesa.
  - → El **Consejo de Indias:** para la administración del Nuevo Mundo.
  - → El **Consejo de Hacienda:** para la recogida de impuestos.

☞ La Iglesia en el **Estado nacional español.**
- ⇨ Doctrina del regalismo: conjunto de derechos que los reyes de España reclamaban de la Iglesia referentes a la presentación de los cargos eclesiásticos, el pase regio y los recursos de fuerza.
- ⇨ Interferencias entre Iglesia y Estado: jurisdiccionales, económicas y políticas.
- ⇨ **Desamortización eclesiástica** mediante la autorización pontificia (de las órdenes militares, etc.).
- ⇨ La **Bula de la cruzada** se convirtió en un ingreso regular que se extendió a las Indias.

LA EXPANSIÓN ATLÁNTICA HASTA 1517

☞ **El afán descubridor estaba presente en tres naciones:** Génova, Portugal y Castilla.

☞ Tratado de Alcaçobas: **dominio de la fachada atlántica para Portugal.**
- ⇨ Islas Canarias para los Reyes Católicos.

☞ **Móviles de los** Reyes Católicos:
- ⇨ **Espíritu misional** de los Reyes Católicos.

  - ⇨ Romper el cerco que Portugal había impuesto a Castilla en la expansión atlántica mediante el anterior tratado.
- ☞ Descubrimiento de América **en 1492:**
  - ⇨ Tratado de Tordesillas: cesión a Portugal del actual Brasil.
- ☞ Primera administración:
  - ⇨ Las Indias fueron incorporadas a Castilla, ya que fue la que aportó los recursos humanos y económicos necesarios.
  - ⇨ Las **instituciones** que se implantaron en las Indias era imitaciones de las castellanas: el **municipio,** la **audiencia.**
  - ⇨ El **virreinato** fue establecido por **Carlos I.**
  - ⇨ El Consejo de Indias, creado por Carlos I, instancia superior en los asuntos de las Indias.

EL IMPERIO UNIVERSAL DE CARLOS V

- ☞ Carlos V llega a Villaviciosa en septiembre de 1517 con sus consejeros flamencos.
- ☞ **Causas** del descontento castellano: la **guerra** de las Comunidades de Castilla.
  - ⇨ La **venta de cargos,** la altanería de los extranjeros, la imposición de la alcabala a la nobleza, la del diezmo estatal sobre las rentas de la Iglesia.
  - ⇨ Ante la **investidura imperial, Carlos** exige dinero y sale hacia Alemania.
  - ⇨ Su marcha fue seguida del estallido de las **Comunidades** en Castilla y las **Germanías** en Valencia y Baleares.
- ☞ La españolización del **emperador, después de designado y ungido.**
  - ⇨ Aprendizaje del **castellano.**
  - ⇨ Matrimonio con Isabel de Portugal.
  - ⇨ Desaparición de los **consejeros flamencos** y su sustitución por españoles.
- ☞ La banca y **Carlos I.**
  - ⇨ Hasta 1530 fue predominante la actuación de los banqueros alemanes Fugger y Welser.
    - → Pago de créditos con arriendos de los Maestrazgos de las órdenes militares y explotación de minas de Almadén.
  - ⇨ Desde 1530, banqueros genoveses y castellanos.
- ☞ Guerras contra Francia: el Tratado de Cambrai.
  - ⇨ En **Pavía** se capturó a Francisco I, al que se dejó libre tras la **Paz de Madrid,** por la que se recupera Borgoña.

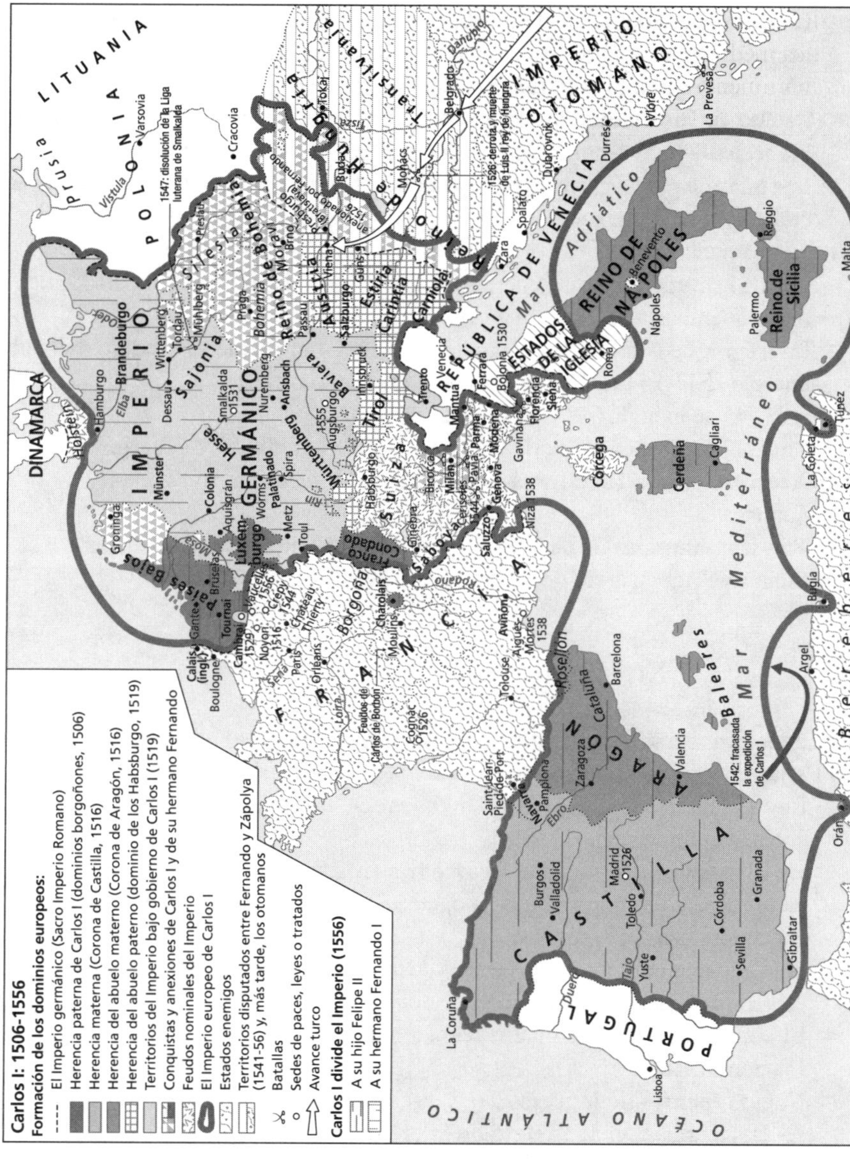
Carlos I: 1506-1556
Formación de los dominios europeos:
El Imperio germánico (Sacro Imperio Romano)
Herencia paterna de Carlos I (dominios borgoñones, 1506)
Herencia materna (Corona de Castilla, 1516)
Herencia del abuelo materno (Corona de Aragón, 1516)
Herencia del abuelo paterno (dominio de los Habsburgo, 1519)
Territorios del Imperio bajo gobierno de Carlos I (1519)
Conquistas y anexiones de Carlos I y de su hermano Fernando
Feudos nominales del Imperio
El Imperio europeo de Carlos I
Estados enemigos
Territorios disputados entre Fernando y Zápolya (1541-56) y, más tarde, los otomanos
Batallas
Sedes de paces, leyes o tratados
Avance turco
Carlos I divide el Imperio (1556)
A su hijo Felipe II
A su hermano Fernando I
IMPERIO GERMÁNICO
IMPERIO OTOMANO
REPÚBLICA DE VENECIA
ESTADOS DE LA IGLESIA
REINO DE NÁPOLES
Reino de Sicilia
FRANCIA
CASTILLA
ARAGÓN
PORTUGAL
POLONIA
LITUANIA
DINAMARCA
Océano Atlántico
Mar Mediterráneo
Mar Adriático
1547: disolución de la Liga luterana de Smalkalda
1526: derrota y muerte de Luis II rey de Hungría
1542: fracasada la expedición de Carlos I

⇨ El **asalto de Roma** por parte de las tropas imperiales mandadas por el Condestable de Borbón fue motivo para que Inglaterra se uniera a Francia, Génova y Venecia en una nueva guerra en Italia contra los españoles (1528).
⇨ La **Paz de las Damas o de Cambrai** (1529) pone término a la disputa entre Francisco I (que renuncia a Italia) y Carlos I (cesión de Borgoña a Francia).
⇨ Los años de paz le permiten luchar contra la piratería berberisca y turca con la **conquista de Túnez.**

☞ Últimas campañas:
⇨ Carlos I invade Provenza en 1540, aunque hubo de retirarse ante la política de tierra quemada que llevaron a cabo los franceses.
⇨ La **tregua de Niza** no soluciona el problema, por lo que se produjo una nueva guerra (1542-1545), de nuevo con un resultado incierto.
⇨ En 1545 se inauguró el **Concilio de Trento.**
⇨ En 1547 muere Francisco I y se consigue la **victoria de Mülberg.**
⇨ **Acercamiento a Inglaterra** con el matrimonio del futuro Felipe II con María Tudor.
⇨ Tras las **renuncias de Bruselas** de 1556 el emperador vuelve a España y se refugia en el monasterio de Yuste. Muere en 1558.

EL IMPERIO ESPAÑOL DE FELIPE II

☞ Contraposición con el imperio de Carlos V: **gobierno de un rey español, residente en España y con consejeros españoles.**
⇨ Rey sedentario que apenas hizo viajes. De este rasgo se derivan dos consecuencias importantes:
→ El establecimiento de una **corte fija** (Madrid).
→ El desarrollo burocrático (apogeo del **sistema polisinodal).**

☞ Bases económicas del **Imperio:**
⇨ Sólo **Castilla** contribuía a los gastos de la Corona, por lo que el rey la eligió como centro permanente de su Imperio.
⇨ El pilar básico de la reorganización administrativa es el robustecimiento de la **Hacienda Real.**
⇨ Nuevas **fuentes de ingresos:**
→ Regularización de la **Bula de la cruzada.**

- → El **subsidio eclesiástico** y el excusado, por los que obligaba al clero a contribuir en proporción con sus riquezas.
- → Las **Cortes de Castilla:** las alcabalas, las salinas y la plata de las Indias.

☞ Primeros años de reinado: **liquidación de la sociedad heredada del reinado anterior.**
- ⇨ Paulo IV se alía con el rey de Francia para **expulsar a los españoles de Nápoles,** al mismo tiempo que se combatía en la frontera franco-flamenca.
- ⇨ Felipe II apareció por primera y última vez en un campo de batalla en **San Quintín** (1557).
- ⇨ En 1559 se firma el **Tratado de Cateau-Cambrésis** por el que España y Francia mantendrán buenas relaciones hasta fin de siglo.
- ⇨ Se mantiene una **paz relativa** en Europa hasta 1568.

☞ **Problemas** en el Imperio hispánico **(1567-1593):**
- ⇨ Los piratas ingleses rompen la vía marítima Flandes-España.
- ⇨ Levantamiento morisco de las Alpujarras en 1567.
- ⇨ Guerra de Flandes.

☞ **Cruzada** contra los turcos otomanos.
- ⇨ Formación de la **Santa Alianza** (Repúblicas italianas, Estados Pontificios, España).
- ⇨ La victoria de los aliados en **Lepanto** (1571) supondrá el inicio de una etapa de tranquilidad en el Mediterráneo a partir de 1574.

☞ La Armada Invencible.
- ⇨ La **decapitación de la reina María Estuardo** de Escocia por la reina Isabel de Inglaterra provocó la decisión de Felipe II de realizar una acción directa.
- ⇨ La **Gran Armada** llegó al Canal de la Mancha en 1588 y fue dispersada por una tormenta.

☞ Las guerras de religión en **Francia.**
- ⇨ La guerra entre **calvinistas** y **católicos** en Francia interesa a Felipe II, quien apoya a los católicos.
- ⇨ Cuando el protestante **Enrique de Navarra** cerca París, Felipe II manda a Alejandro Farnesio para ayudar a la ciudad y pacificar Flandes.
- ⇨ Enrique se convierte al catolicismo (1593).
  - → Francia se mantiene en el bando católico.

☞ La unificación peninsular.
- ⇨ Reunión de las Coronas de España y Portugal en la persona de Felipe II.
- ⇨ Formación del **Imperio de mayor extensión** de la Historia.

LA CRISIS DEL SIGLO XVII: FELIPE III, FELIPE IV Y CARLOS II

☞ El **siglo XVII** fue un siglo de estancamiento con **moderada progresión** en países como Polonia, Inglaterra y Holanda, y claros descensos en Alemania y en las regiones mediterráneas.

- ⇨ Causas:
  - → Coste de las **monarquías absolutas.**
  - → **Adversidades climáticas** («Pequeña Era Glacial»).
  - → Las **guerras continuadas** (de Religión, de los Treinta Años).
  - → Descenso de **metal procedente de las Indias.**

☞ Aspectos económico-sociales:

- ⇨ Disociación entre los fenómenos materiales y los culturales: crisis económica frente al máximo brillo de las artes del primer tercio del siglo XVII.
- ⇨ Gran crisis demográfica (1.000.000 de habitantes menos que en el siglo XV).
- ⇨ Las grandes ciudades: Madrid crece gracias a la ruina de Toledo y Valladolid. Granada, Valencia y Salamanca mantuvieron sus efectivos. Se hundieron las que basaban su prosperidad en la industria y el comercio: Burgos, Medina del Campo y Sevilla.
  - → Las ciudades acogen **población rural** abocada a la miseria.
  - → Abundan los **despoblados.**
- ⇨ Recursos irregulares de los Austrias:
  - → Venta de cargos.
  - → Alteraciones monetarias: **Revolución de los Precios.**
- ⇨ Cambios sociales.
  - → La **nobleza media** mejoró gracias a las haciendas municipales.
  - → Formación de una **nueva burguesía** formada por hidalgos, caballeros y plebeyos hidalgados, económicamente inútiles.

FELIPE III (1598-1621)

- ⇨ El monarca **carecía de las características** necesarias para ser un gobernante absoluto: energía, independencia y gusto por el trabajo.
- ⇨ La **situación financiera** requería austeridad.
  - → La penuria impide la creación de nuevos impuestos.
  - → Aumento de circulación de la moneda de vellón.
- ⇨ Política exterior: unión entre Flandes e Italia.
  - → Se ataca a Venecia **(conjura de Venecia).**

FELIPE IV (1621-1665)

☞ Política general.
  ⇨ Aunque con virtudes de gobierno, delegó su poder en el **Conde Duque de Olivares,** partidario de una política agresiva y expansionista.

☞ Política económica.
  ⇨ El comienzo del reinado coincidió con una agravación de la crisis económica.
  ⇨ Los envíos de plata de las Indias disminuyen y se requisa plata de particulares:

☞ Revolución de los precios.
  ⇨ Aumento de la **venta de señoríos y cargos.** Una nueva nobleza cortesana, sin ambiciones feudales surgió de esta venta.
  ⇨ **Banqueros** genoveses reemplazados por portugueses.

☞ Política exterior. La guerra de los Treinta Años.
  ⇨ En 1626, Paz de Monzón con la Francia de Richelieu.
  ⇨ Guerras de Flandes.
    → Marcadas por las **dificultades financieras** de la Corona.
    → Misma solución de siempre: **nuevos sacrificios a Castilla.**
    → El ejército fue dirigido por el cardenal infante don Fernando. **Victoria de Nordlingen** sobre los suecos (1634).
  ⇨ 1635: Francia declara la guerra a España para no verse atrapada territorialmente.
    → **Frente en los Pirineos** para aliviar la presión sobre Flandes y Saboya.
    → Corte francés de la línea **Milán-Flandes.**
  ⇨ Vuelta a la **ruta marítima:** el almirante Oquendo derrotado por el holandés Tromp, consecuencia del declive naval español.
  ⇨ 1640: **sublevaciones de Cataluña y Portugal.**
    → 1641: fracasó el asalto a Barcelona del ejército del marqués de los Vélez.
    → 1642: pérdida del Rosellón.
    → Los movimientos andaluces no tuvieron gravedad.
    → 1651: sitio imperial a Barcelona.
    → 1653: Felipe IV confirma los fueros catalanes.
    → Portugal aprovecha esta situación para independizarse.
  ⇨ América hostigada por holandeses, ingleses y franceses, junto a los filibusteros y bucaneros.
    → Ocupación de **Jamaica** por una expedición inglesa.

⇨ 1647: Revolución napolitana.

⇨ 1648: firma de la **Paz de Westfalia,** donde España reconoce la independencia de Holanda.

→ **Declive de la hegemonía** de los Austrias españoles.

→ Auge de los **particularismos germánicos.**

→ **Preeminencia de Francia:** el Rey Sol, Luis XIV.

⇨ 1659: firma de la Paz de los Pirineos con Francia: se entregan Artois, algunas plazas de Flandes y el Rosellón.

CARLOS II (1665-1700)

⇨ Mariana de Austria regente del rey, que padecía retraso físico y mental.

⇨ Situación social:

→ La **alta nobleza** inicia el asalto del poder central. Aumentó el descrédito y la impotencia del poder.

→ Incremento de la **mendicidad** y del **bandolerismo.**

⇨ Situación económica:

→ Desastres naturales, devaluación de la moneda, disminución del dinero circulante, empobrecimiento general.

→ 1679: creación de la Junta de Comercio para frenar la decadencia industrial.

→ Resurgimiento económico en Cataluña.

⇨ La cuestión de la sucesión al trono.

→ Carlos II no dejó descendencia.

→ **Luis XIV** quería el trono español para su nieto **Felipe de Anjou,** y el emperador **Leopoldo** para su hijo el **archiduque Carlos.**

→ Luis XIV otorga a España condiciones favorables en la **Paz de Ryswick** y logra de Carlos II el **testamento** que establecía a los Borbones en el trono español (1700).

LA INQUISICIÓN ESPAÑOLA

☞ Fundación.

⇨ **Creación de la Inquisición** pontificia por el Santo Padre en 1478 para examinar a los judíos y a los conversos.

⇨ La Inquisición, **Consejo de la Suprema y General Inquisición,** existió a partir de 1480, fundada por Pedro González de Mendoza.
  → Instrumento de la política real.
  → Tribunal eclesiástico, competencia de la Iglesia de Roma.

☞ Gobierno de la **Inquisición.**
⇨ Estaba gobernada por un **inquisidor general** en el Consejo: la Suprema.
⇨ Los **reglamentos de Torquemada** en 1484 diponían la organización de los tribunales y el procedimiento judicial.
⇨ 1492: se nombran inquisidores en las diócesis de Ávila, Córdoba, Jaén, Medina, Segovia, Sigüenza, Toledo y Valladolid.
⇨ En Aragón existía un tribunal desde el siglo XIII que hacía las veces de la Inquisición, por lo que se opuso a la creación de este tribunal, al igual que sucedió en Valencia.
⇨ La Inquisición sólo podía actuar contra personas bautizadas y no contra judíos no bautizados.

☞ Expulsión general de los judíos en **1492:**
⇨ Originó problemas que no se lograrán resolver, tales como el vacío comercial y de capital.
⇨ La expulsión judía hizo que el número de conversos aumentara.
  → Los Reyes Católicos pidieron al papa que estableciera la Inquisición.
  → Primer resultado, huida masiva de conversos.

☞ En la historia de la Inquisición hubo **tres movimientos importantes** de represión contra los conversos **(1480, 1650, 1720).**
⇨ 1547: instauración de la Inquisición portuguesa: decadencia de la comunidad sefardí.

☞ **Persecuciones** de grupos protestantes.
⇨ 1525: se prohibieron las obras de **Erasmo** y **Lutero.**
⇨ 1557: cuando fue detenido **Juan Ponce de León,** un **grupo de Valladolid** y otros.
⇨ Para impedir la introducción de herejías exteriores se **prohibió salir fuera de España** a estudiar y se impuso una fuerte **censura sobre los libros.**

☞ Los musulmanes conversos **(moriscos).**
⇨ 1562: obligación de los musulmanes a convertirse al cristianismo.
  → Cisneros ordena el **bautismo de todos los moriscos.**
⇨ 1568: **levantamiento de los moriscos** a causa de las persecuciones.

  - ⇨ Las órdenes militares, los colegios universitarios y las órdenes religiosas establecieron la **limpieza de sangre.**
- ☞ Fin de la Inquisición:
  - ⇨ La **revolución burguesa** española destruyó las bases de la Inquisición.
  - ⇨ Felipe V: Inquisición española en decadencia.
  - ⇨ Cortes de Cádiz: el principal escollo fue la Inquisición.
    - → Los liberales consiguen que la Inquisición sea abolida.
    - → Fue restituida por el apoyo popular con el que aún contaba y luego abolida en 1820.
  - ⇨ El Consejo de la Suprema y General Inquisición deja de existir en 1834.

EL SISTEMA DE WESTFALIA: EUROPA 1648-1700

INTRODUCCIÓN

☞ El **sistema de Westfalia** significa el final del sistema imperial creado por Carlos V que perduró durante todo el siglo XVI.

- ☞ Este sistema significaba la **laicización de la política** y la diplomacia.
  - ⇨ Viejo orden: el Imperio es regulado por el poder espiritual y terrenal (universitas cristiana).
  - ⇨ Nuevo orden: los franceses predican los derechos de las potencias, el poder y la virtud.
    - → El poder del papado había terminado. Sólo contaba la hegemonía del país más fuerte.
    - → Al caer derrotados el Imperio y España se pudo firmar el **Tratado de Westfalia.**
  - ⇨ Los Tratados de Westfalia, Oliva y los Pirineos constituyen el «espíritu de Westfalia».
- ☞ Efectos inmediatos:
  - ⇨ Fin de la guerra de los Treinta Años.
  - ⇨ La **hegemonía** de España pasa a Francia.
  - ⇨ Inglaterra y Holanda se convierten en el **motor económico** de Europa.
  - ⇨ El **protestantismo** se convierte en la religión de la Europa rica.
    - → **Ruptura** entre las diversas confesiones religiosas cristianas.
    - → **Tres Europas:** católica, luterana y calvinista.

REORDENACIÓN TERRITORIAL DEL SACRO IMPERIO

☞ La **caída del Imperio** condicionó el orden internacional en los siglos XVII y XVIII.
- ⇨ **Fernando II** intentó un poder imperial fuerte con centro en Viena.
  - → Frustrado por la guerra y por la oposición de los señores protestantes.
- ⇨ **Fernando III** mantiene esa política y claudica con la destrucción del Imperio.
- ⇨ A partir de Westfalia, los Habsburgo austriacos se abrirán paso hacia **Oriente.**

☞ Nueva ordenación:
- ⇨ 354 soberanías independientes.
- ⇨ Se otorga a los príncipes un **decreto de supremacía territorial** con potestad administrativa y de gobierno.

☞ Fronteras del **Imperio afectadas:**
- ⇨ Dentro del espacio alemán.
  - → Potenciación del **Ducado de Brandeburgo** —apoyado por Francia.
  - → **Baviera** se anexiona el **Alto Palatinado.**
  - → **Sajonia** tendrá como centro la Lusacia.
  - → **Suiza** se independiza.
- ⇨ Contribuciones a Francia
  - → Recibe Alsacia, Metz, Verdún, la prefectura sobre la Decápolis Renana.
- ⇨ Contribuciones a Suecia.
  - → Recibe la Pomerania occidental y enclaves en el mar Báltico.

INDEPENDENCIA DE LAS PROVINCIAS UNIDAS

☞ La independencia de las Provincias Unidas se firmaron con la **Paz de Münster.**
- ⇨ Se crean dos países:
  - → Los Países Bajos del norte, independientes (Holanda).
  - → Los Países Bajos del sur, bajo la soberanía española (Bélgica).

FRANCIA HEGEMÓNICA

☞ Con la muerte de Richelieu y Luis XIII **(1643) Francia entra en crisis política.**
- ⇨ El consejo de gobierno nombrado por **Luis XIII,** compuesto por la reina Ana de Austria, Luis de Borbón y Mazarino.
- ⇨ Descontento dará lugar a la **rebelión de la Fronda.**

☞ El largo reinado de **Luis XIV** estabiliza la hegemonía francesa frente a la debilidad española.
- ⇨ Reúne todo el poder en su mano: **absolutismo.**

⇨ Crea las **secretarías,** que serán el origen de los ministerios.
⇨ Intenta la imposición del **galicanismo,** enfrentándose con la Iglesia católica.
☞ Cambios sociales: **una nueva nobleza,** los parlamentarios.

LA PAZ DE LOS PIRINEOS

☞ Paz de los Pirineos, **1659: final de la guerra hispanofrancesa.**
⇨ Cláusulas territoriales:
→ **Rosellón** y **Cerdaña** pasan a Francia.
→ La **frontera** se establece en los **Pirineos** (teoría de las fronteras naturales).
→ **Flandes** cedió a Francia parte de **Artois.**
→ Abandono de **Lorena, Portugal** y **Borgoña.**
⇨ Cláusulas políticas:
→ Matrimonio de la infanta **María Teresa** con **Luis XIV: unión dinástica.** María Teresa renuncia a sus derechos sobre el trono español.
→ Luis XIV reivindicó territorios que conquistará en la **guerra de Devolución.**

SISTEMA DE OLIVA

☞ Antecedentes:
⇨ Intento de expansión y dominación de **Suecia** sobre Noruega, Polonia, Prusia oriental, y varios territorios rusos.
⇨ Se plantea la **guerra del Norte:** aparecen en escena austriacos, daneses y holandeses.
⇨ **Paz de Roskilde,** entre Suecia y Dinamarca.
☞ **El sistema Oliva** sustituye a la Paz de Roskilde y permite la aceptación del final de la guerra entre todos los países implicados.

LA CONQUISTA Y COLONIZACIÓN DE AMÉRICA

INTRODUCCIÓN

- El **descubrimiento de América** se produjo en una época marcada por los adelantos técnicos.
  - La nueva tecnología naval permite la construcción de naves, galeras y carabelas.
  - Se facilita la navegación en mar abierto: portulanos (cartas marinas) y astrolabio (posición de la estrella polar).
- **Llegada de Cristobal Colón** al continente americano en 1492.

ETAPAS DE LA CONQUISTA Y COLONIZACIÓN DE AMÉRICA

- Etapa de 1493 (2.º viaje de Colón)-1519 (conciencia de estar en un nuevo continente).
  - **Testamento de Isabel la Católica:** los indígenas, ciudadanos libres de Castilla.
  - Establecimiento de las **encomiendas.**
  - Leyes de Burgos.
  - Protagonistas: Cristóbal Colón, Ovando, Diego Colón y los frailes jerónimos y franciscanos.
- **Conquista y colonización:** 1519-1573.
  - 1519: Magallanes termina su vuelta alrededor de la Tierra y Hernán Cortés inicia la penetración continental.

- ⇨ Características:
  - → Escalonada.
  - → Centrada en las costas.
  - → Controlada mediante un sistema de capitulaciones.
  - → Conquista urbana. Construcción de ciudades.
- ⇨ Leyes: ordenanzas de descubrimiento.
- ⇨ Población y pacificación de las Indias (Felipe II).
  - → Estudio y conocimiento del continente.
  - → Crecimiento económico.
  - → Primacía de la Iglesia en América.
  - → Búsqueda del Dorado.

☞ **Asentamiento:** 1573-1700.

- ⇨ Proceso de regionalización por las dificultades de comunicación entre España y las Indias.
- ⇨ Ascenso económico y cultural.
- ⇨ Nuevas relaciones Iglesia-Estado mediante el **Regio Vicariato** (extralimitación del Patronazgo Regio).

☞ **Remodelación:** 1700-1824.

- ⇨ Se llevará acabo una serie de reformas **(Reformismo borbónico).**
- ⇨ Reforma político-administrativa —Decretos de Nueva Planta.
  - → El **Consejo de Indias** pierde atribuciones en detrimento de las **Secretarías de Indias** (o de Ultramar).
  - → Decadencia de la **Casa de Contratación,** trasladada a Cádiz en 1711 y disuelta en 1790.
  - → Se crean dos **nuevos virreinatos** (Nueva Granada y Río de la Plata) con funciones militares, judiciales y de recaudación.
- ⇨ Evolución económica.
  - → **Desplazamiento** de la actividad económica hacia la **fachada atlántica.**
  - → **Regionalización** y aumento de la producción.
  - → **Minería:** introducción de mejoras técnicas y formas de financiación (bancos estatales).
  - → **Comercio:** fin del monopolio Cádiz-Sevilla (apertura de La Coruña) y del sistema de Flotas.
  - → Reglamento de libre Comercio (1778).

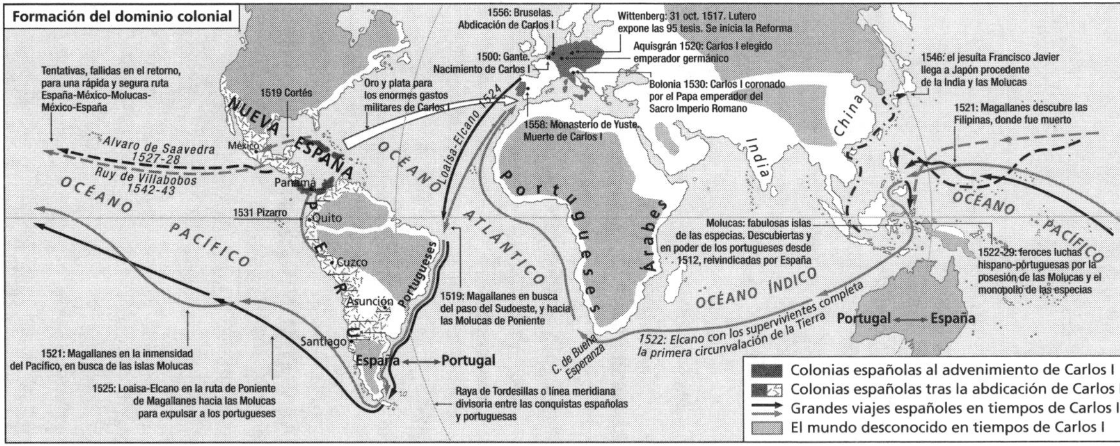

América: conquista y colonización durante el reinado de Carlos I

1516: Fundación de Santa María del Buen Aire (Buenos Aires).

1519-1521: Hernán Cortés conquista México.

1523: Pedro de Alvarado inicia la conquista de Guatemala.

1524: Constitución del Consejo de Indias.

1527: Francisco de Montejo inicia la conquista del Yucatán.

1528: Álvar Núñez Cabeza de Vaca llega a Texas. Inicio de la conquista y colonización de Venezuela.

1531-1532: Francisco Pizarro acaba con el Imperio inca.

1534: Constitución del virreinato de Nueva España (México).

1535: Fundación de la ciudad de Lima. Fin de la conquista del Yucatán.

1536: Diego de Almagro emprende la conquista de Chile.

1537: Rivalidad entre Francisco Pizarro y Diego de Almagro: inicio de la guerra civil en Perú.

1538: Batalla de las Salinas. Ejecución de Almagro. Fundación de Santa Fe de Bogotá

1539: Pedro de Valdivia conquista Chile. Hernando de Soto explora las regiones al oeste de Misisipi.

1539: Fundación de la provincia de Nueva Granada (Colombia, Ecuador, Venezuela y Panamá).

1541: Asesinato de Francisco Pizarro. Viaje de Orellana por el Amazonas.

1542: Promulgación de las Leyes Nuevas: gobierno del Nuevo Mundo.

1543: Constitución del virreinato del Perú.

1544: Rebelión en Perú: Gonzalo Pizarro.

1548: Establecimiento del trabajo forzado de los indios en las minas de Potosí. Derrota de los sublevados en Perú. Ejecución de Gonzalo Pizarro.

1550: *Brevísima relación de la destrucción de las Indias,* de Bartolomé de las Casas.

1551: Fundación de la Universidad de San Marcos en Lima.

⇨ Novedades sociales.
→ Criollismo.
→ La Ilustración y la independencia de los Estados Unidos, base ideológica de las independencias americanas.
⇨ Papel de la **Iglesia.**
→ Regalismo borbónico.
→ Expulsión de los jesuitas en 1767.
→ Recorte de las atribuciones eclesiásticas: independencias.
⇨ **Sistema de Ayacucho (1824):** derrota española e independencias americanas.

DOCUMENTOS CLAVES PARA LA COLONIZACIÓN AMERICANA

☞ **Bulas alejandrinas** (1493): *Inter Caetera I, II; Eximinae Devotionis; Piis fidelium; Dudum guidem.*
⇨ Donación de territorios y exclusividad castellana.
⇨ Las misiones con fines evangélicos están bajo el poder del papa.
☞ **Tratado de Tordesillas** (entre Juan II de Portugal y los Reyes Católicos):
⇨ Reparto de las conquistas en América (se estableció como frontera el meridiano 40º 35' a 370 millas de las islas de Cabo Verde).
⇨ Provoca dos **conflictos:**
→ **Molucas.** Es cedida a Portugal en 1529.
→ **Sacramento** (Paraguay). Pasará de unas manos a otras.

ORGANIZACIÓN POLÍTICA Y ADMINISTRATIVA

ADMINISTRACIÓN CENTRAL

☞ El máximo poder era el **rey.**
☞ Consejo de Indias.
⇨ **Máxima autoridad** en materia legislativa y judicial.

CASA DE CONTRATACIÓN

☞ Creada en Sevilla en 1503. Inspirada en la Casa de Indias y Guinea Portuguesa.

☞ Funciones:
- ⇨ Controlar el comercio en América (1503).
- ⇨ Controlar y organizar el tráfico (pasajeros y mercancías) con las Indias.

ADMINISTRACIÓN PROVINCIAL

☞ **Virreinatos** y **virreyes** (delegados del rey).
- ⇨ Siglo XVI: dos virreinatos:
  - → 1535: **Nueva España** (México, Guatemala).
  - → 1542: **Perú.**
- ⇨ Siglo XVIII: dos nuevos virreinatos:
  - → 1717 (1739): Nueva Granada.
  - → 1776: Río de la Plata.
- ⇨ **Funciones** del virrey:
  - → Representación de la persona del rey: mando político superior.
  - → Capitán general: mando militar.
  - → Presidente de la audiencia: vigilar la acción y administración de la justicia.

☞ **Audiencias.** Representación de la justicia real.
- ⇨ Tres funciones:
  - → Tribunales de justicia.
  - → Organismo consultivo.
  - → Institución eventual de gobierno.
- ⇨ Tres clases de audiencias:
  - → Las que actuaron en las **capitales virreinales,** presididas por el virrey.
  - → Las de **segunda categoría,** establecidas en algunas gobernaciones y cuyo presidente era algún funcionario público.
  - → Las que tenían a su frente a un **presidente togado** (juez).

☞ **Capitanías generales.** Tienen función militar.

☞ Gobernaciones.
- ⇨ Funciones civiles.
- ⇨ El gobernador ejerce en su territorio jurisdicción ordinaria.

ADMINISTRACIÓN LOCAL

☞ Los **corregidores.** Funcionarios reales encargados de las relaciones entre encomenderos e indios.

☞ **Alcaldes** y **regidores.** Gobierno de ciudades y procurar el bien común.

☞ **Cabildos.** Gobierno municipal, según el ejemplo castellano.
- ⇨ Los cabildos ejercían la función de representación en Cortes.

LA IGLESIA

☞ Su misión era muy importante (evangelizar).

☞ Por el **Patronazgo Regio** la corona concederá una subvención a cambio de la representación y de los servicios prestados.

☞ Tendrán un gran protagonismo las **órdenes religiosas.**
- ⇨ Tendrán una implantación regional:
  - → **Franciscanos** en Nueva España.
  - → **Jesuitas** en Sudamérica.

ECONOMÍA

AGRICULTURA Y GANADERÍA

☞ Desarrollo lento (falta de agricultores en las Indias). Intercambio de productos.

☞ Dos tipos de grandes propiedades.
- ⇨ **Eclesiásticas.** Derivadas de las donaciones.
- ⇨ **Particulares.** A través del sistema de composiciones. Se reglamentan en 1641.

☞ Sistema de usurpación de tierras coloniales. Dos tipos:
- ⇨ **Haciendas.** Autárquicas, el excedente va destinado al mercado local.
- ⇨ **La plantación.** Monocultivo. El excedente va destinado al mercado internacional.

☞ Gran **desarrollo ganadero** tras la introducción de ganado porcino y rumiante (bovino, ovino y caballar).

MINERÍA

☞ Fue la actividad más importante en las colonias.

☞ El 95% de la producción era importando a la metrópoli.

☞ Extracción de oro y plata.

INDUSTRIA

☞ La legislación impedía la existencia de industrias en las colonias para evitar la competencia con la metrópoli.

Bahía de Hudson
Terranova
Miquelon
St. Pierre
Louisbourg
Quebec
Montreal
Boston
Nueva York
Jamestown
Missouri
Arkansas
Ohio
Mississippi
Colorado
San Francisco
Los Ángeles
Santa Fe
San Luis
El Paso
San Agustín
OCÉANO
ATLÁNTICO
Is. Bermudas
Is. Bahamas
Flota de la Plata
de Cádiz
VIRREINATO DE NUEVA ESPAÑA
Golfo de México
La Habana
México
Veracruz
Acapulco
Santo Domingo
a Manila
Cartagena
Caracas
Panamá
Stabrok
Cayena
Bogotá
VIRREINATO DE NUEVA GRANADA
Quito
OCÉANO
PACÍFICO
Amazonas
Olinda
Recife
VIRREINATO DE BRASIL
Callao
Lima
Cuzco
VIRREINATO DE PERÚ
Arequipa
Bahía
Potosí
Paraná
Río de Janeiro
São Paulo
VIRREINATO DE LA PLATA
Santiago
Córdoba
Sacramento
Buenos Aires
América colonial
Posesiones españolas a mediados del s. XVIII
Posesiones portuguesas a mediados del s. XVIII
Posesiones francesas en 1750
Posesiones francesas cedidas a Gran Bretaña (1763)
Posesiones francesas cedidas a España (1763)
Posesiones británicas en 1763
Compañía de la Bahía de Hudson hacia 1750
Las Trece Colonias Británicas (1775)
Posesiones holandesas a mediados del s. XVIII
Límites de los virreinatos
Reducciones jesuitas
Misiones franciscanas
Principales rutas marítimas
Tráfico de esclavos

☞ Existieron dos tipos muy importantes.
 ⇨ Obrajes textiles.
 ⇨ Industria naval.

COMERCIO

☞ Monopolio de la Corona.
☞ Control del tránsito de personas y mercancías a través de la Casa de Contratación.
☞ **La carrera de Indias:** sistema de flotas (1561-1778).
 ⇨ Originada por la presencia de corsarios se reglamenta la salida de las flotas.
  → Se prohíbe a los navíos atravesar el Atlántico sin protección.
  → 1543: obligatoriedad de embarcaciones agrupadas en convoyes con escolta.
  → 1564: dos flotas anuales a América (Nueva España y Tierra Firme).

ASPECTOS SOCIALES

☞ **Dos fenómenos** destacan en la colonización:
 ⇨ **Mestizaje.** Debido a la escasez de mujeres españolas en los primeros treinta años.
 ⇨ **Esclavitud.**
  → Primeros negros fueron introducidos hacia 1511.
  → Dedicados a la agricultura de plantación.
  → Negocio lucrativo **(Asiento de Negros)** controlado por Portugal.
☞ La **Reducciones** (1600-1767).
 ⇨ Tendrán un régimen similar al del **cabildo.**
 ⇨ Dirigidas por **jesuitas** y **franciscanos** en Paraguay (1607).
 ⇨ Organización.
  → Socialismo teocrático.
  → Los **misioneros** estaban al cargo de todas las funciones.
  → **Trabajo** reglamentado.
  → **Matrimonio** monógamo obligatorio.
  → Bosques y tierras comunales.
  → **Aislados** de los españoles.

EL SIGLO DE LAS LUCES

INTRODUCCIÓN

☞ Transformaciones sociopolíticas:
  ⇨ Movimientos políticos burgueses.
  ⇨ Desarrollo industrial.
  ⇨ Paso del absolutismo al **Despotismo Ilustrado.**

☞ La recuperación se inició a fines del siglo XVII y se consolidó en el XVIII.
☞ **Población** más numerosa, rica e instruida.
☞ Expansión de la **agricultura** y auge del **comercio.**
☞ Culturalmente se sientan las bases del **pensamiento liberal** en la **Ilustración.**
☞ Cambios tecnológicos conocidos como **Revolución industrial.**
☞ Adquisición de **derechos legales** por sectores más amplios. **Revolución francesa,** 1789.
☞ Aparición de nuevos países. Independencia de los Estados Unidos.

ECONOMÍA Y SOCIEDAD

DEMOGRAFÍA

☞ **Crecimiento** acelerado de la población.
☞ **Concentración** en los centros urbanos.
☞ Causas:
  ⇨ Los avances de la medicina y la higiene.
  ⇨ La disminución de las grandes epidemias.

LA REVOLUCIÓN AGRÍCOLA

☞ La **sociedad** de principios de XVIII era **agraria.**
☞ **Incremento de producción** para hacer frente al aumento de población.
☞ Introducción de **nuevos cultivos** y **extensión** de los mismos.
☞ Mejoras técnicas:
- ⇨ Selección de semillas.
- ⇨ Rotación de cosechas.
- ⇨ Abandono del barbecho.

☞ El aumento de productividad favoreció el desarrollo del sector secundario y del terciario.

LA INDUSTRIA Y LAS COMUNICACIONES

☞ Los **gremios.**
- ⇨ Durante el siglo XVIII se mantuvo la organización gremial.
- ⇨ Funciones: proveer de una previsión social al trabajador (enfermos, impedidos).
- ⇨ Sus ideas anacrónicas para la producción le condenaron a la desaparición.
  - → Los mercaderes-fabricantes abandonaron los gremios.
  - → Los maestros más valiosos y emprendedores se establecieron fuera de las ciudades.

☞ **Producción** artesanal y producción fabril.
- ⇨ Crisis gremial, auge del trabajo a domicilio en el campo y aparición de las primeras fábricas.
- ⇨ Protagonismo real y estatal (impulso de industrias de grandes dimensiones).

☞ Los **transportes.**
- ⇨ En el siglo XVIII el gran objetivo fue la mejora de los medios tradicionales.
- ⇨ Uso de la **corvea** (seis días de trabajo obligatorios al mes) para la mejora de caminos.
- ⇨ Construcción de la **red de carreteras** (las radiales en España por Floridablanca).
- ⇨ Éxito del sistema de **carreteras de peaje** en Inglaterra.
- ⇨ **Sistema de diligencias** y caballos de postas durante Luis XVI.

APOGEO DEL CAPITALISMO COMERCIAL

☞ Intensificación del **comercio intercontinental** durante el siglo XVIII.
☞ Se consolida el Atlántico norte como **área comercial dominante.**

PENSAMIENTO ECONÓMICO-SOCIAL EN EL SIGLO XVIII

☞ El **mercantilismo.**

⇨ Prácticas y medidas de gobierno desde mediados del siglo XV a mediados del XVIII.

⇨ Aplicación de medidas proteccionistas y la creación de manufacturas reales para disminuir la entrada de artículos extranjeros.

LAS TRANSFORMACIONES SOCIALES

☞ Los **estamentos privilegiados:** la nobleza y el clero:

⇨ Enorme diversidad nobiliaria en Europa.

⇨ La **venta de cargos** y títulos cesó en el siglo XVIII, pero no la renovación de la nobleza.

☞ La **burguesía:** agraria y urbana (grandes y medianos comerciantes, industriales, banqueros y usureros, rentistas, miembros de profesiones liberales, funcionarios).

☞ El **campesinado:** pequeños y medianos propietarios, arrendatarios, aparceros y jornaleros.

LA ILUSTRACIÓN

☞ Movimiento intelectual que ejerció gran influencia en Europa durante el **Siglo de las Luces.**

BASES DE LA ILUSTRACIÓN

☞ Basado en el **Racionalismo.**

☞ Pretende **liberar al hombre** de su incultura mediante una actitud intelectual, crítica y reformadora.

☞ Sus ideas fueron difundidas con *La Enciclopedia,* diccionario razonado de las ciencias, las artes.

☞ Fue el instrumento ideológico para eliminar:

⇨ El **Antiguo Régimen.**

⇨ Los **privilegios estamentales.**

⇨ El **pensamiento teocrático.**

☞ Las **nuevas ideas** fueron impulsadas por la burguesía, que promovió las denominadas revoluciones burguesas contra el absolutismo:

⇨ La **igualdad de derechos políticos.**

⇨ La **división de poderes** de John Locke, continuada por Montesquieu.

⇨ La **razón** y la **experimentación** como formas de entender la naturaleza y el hombre. La obra de Isaac Newton es su principal base.

ILUSTRACIÓN Y RELIGIÓN

☞ Fundamentándose en la razón, se pone en entredicho las creencias religiosas. Los filósofos ilustrados se ramifican en dos direcciones: el **deísmo** y el **ateísmo.**

⇨ **Deísmo:** religión natural.
→ Creencia en un Ser Supremo.
→ Moral basada en la tolerancia y la filantropía.

⇨ **Ateísmo:** niega la existencia de Dios.
→ Todo se reduce a la materia y a las sensaciones experimentadas por seres sensibles.

ECONOMÍA ILUSTRADA

Se desarrollan tres teorías principales:

☞ **Mercantilismo.**
⇨ Acumulación de moneda a través del comercio (capitalismo comercial).
⇨ Proteccionismo interno.

☞ **Fisiocracia.** Crítica del mercantilismo.
⇨ Revalorizaron el papel del sector primario, porque sólo con él aumenta la cantidad de productos.
⇨ Apreciación de la industria y el comercio como fenómenos secundarios.

☞ **Liberalismo económico.**
⇨ Basado en el **valor del trabajo** y en el desarrollo de la producción.
⇨ Ordenamiento del mercado por la **ley de la oferta y la demanda.**
⇨ Rechaza el **intervencionismo económico** del Estado.

EL DESPOTISMO ILUSTRADO

☞ Fue el reflejo político del pensamiento ilustrado, y es asumido por muchas monarquías europeas del siglo XVIII.
⇨ Lema: «Todo para el pueblo, pero sin el pueblo».
⇨ Monarquía absoluta que usa el poder para promover reformas en general, pero sin cambios en el sistema político.

⇨ Características:
- → **Política centralizadora:** racionaliza la administración central y local.
- → **Política fiscal sin privilegios:** paso de los impuestos personales a el pago según riqueza.
- → **Política educativa básica:** el Estado asume la responsabilidad de la educación.
- → **Política eclesiástica:** se reducen los privilegios y el poder del clero.

EUROPA ENTRE 1715 Y 1789

☞ Periodo de estabilidad y equilibrio.
- ⇨ Ausencia de guerras religiosas y conflictos sociales.
- ⇨ La monarquía de derecho divino se transforma al **Despotismo Ilustrado.**

LOS ESTADOS ARISTOCRÁTICOS

☞ Los gobiernos europeos, tanto monarquías como repúblicas, son en realidad **aristocracias.**
- ⇨ Terratenientes y burgueses adinerados controlan los gobiernos de Europa.
- ⇨ La aristocracia resurge contra la monarquía absoluta, por lo que el poder real queda reequilibrado.
  - → Tras la Paz de Utrecht las instituciones monárquicas decaen en toda Europa (la Francia de Luis XV y Luis XVI).
- ⇨ Difícil equilibrio entre centralización y descentralización.

LAS RELACIONES INTERNACIONALES

☞ El **equilibrio de poder** entre las grandes potencias de Europa (Inglaterra-Holanda, Francia, España, Portugal, Imperio alemán y Rusia, es el objetivo de la diplomacia.

☞ Desarrollo histórico:
- ⇨ De 1700 a 1713: tras la **guerra de Sucesión de España,** y los Tratados de Utrecht y Rastard, se establece el equilibrio entre Francia-España e Inglaterra-Holanda.
- ⇨ De 1719 a 1730: se generaliza el **pactismo** y el equilibrio entre los pueblos, lo que permite el inicio del desarrollo interno de los diversos países.
- ⇨ De 1733 a 1738: **guerra de Sucesión de Polonia,** con un alcance global europeo.

→ Objetivo inicial: determinar la sucesión de Augusto II de Polonia y Lituania.
→ Convertida en un enfrentamiento entre los Borbones (Francia-España) con la intención de socavar el poder de los Habsburgo en la Europa occidental.
→ Es una continuación de la Guerra de Sucesión española.
→ Resultado a largo plazo: **particiones de Polonia** entre Rusia, Prusia y Austria (1772, 1793 y 1795), que llevan a la desaparición del país.

⇨ De 1740 a 1748: **guerra de Sucesión de Austria.** Primer conflicto armado internacional, que implica a todas la potencias europeas.

⇨ De 1756 a 1763: la **guerra de los Siete Años,** continuación de los conflictos surgidos de la guerra de sucesión austriaca, tras una intensa actividad diplomática.
→ En Europa central se enfrentan Prusia y Austria.
→ En las líneas de comercio internacional y en las colonias americanas, africanas y asiáticas, se enfrentan Inglaterra y Francia-España
→ En la paz de 1763, Inglaterra y Prusia se imponen a Francia y a Austria.

LA FRANCIA DE LUIS XVI

Durante el siglo, Francia vive un **periodo de prosperidad:**
☞ Gran **desarrollo** demográfico y económico.
☞ La **tendencia inflacionaria** aumenta la riqueza de los grandes terratenientes.
☞ El **excedente agrícola** estimula la expansión de la economía francesa.

Sin embargo, el Estado y la sociedad están en **quiebra:**
☞ **Instituciones obsoletas** e ineficientes.
⇨ Controladas por la nobleza hereditaria.
⇨ Ajenas al pensamiento ilustrado.
⇨ Sistema de impuestos ineficaz e injusto.
☞ Durante la década de 1780, Francia entra en una **triple crisis:**
⇨ **Dificultades agrícolas:** malas cosechas y falta de inversiones.
⇨ **Caos financiero:** fracaso del mercantilismo y quiebra de la Hacienda real.
⇨ **Reacción de la aristocracia** en dos frentes:
→ Demandas sobre los campesinos que agravan la miseria del campo.
→ Resistencia a la reforma de impuestos que obstaculiza la renovación de la estructura financiera.

Estas tres crisis, unidas a la incapacidad mediadora del rey **Luis XVI,** son las causas directas del movimiento revolucionario.

EL SIGLO XVIII EN ESPAÑA

GENERALIDADES

☞ Acceso de los Borbones y fin de la Polisinodia Hispánica.
☞ Fin del dominio hegemónico español en Europa.
☞ Política de acercamiento a Francia: **Pactos de Familia.**
☞ Transformaciones políticas importantes: **Decretos de Nueva Planta.**
  ⇨ Fin de la diversidad legislativa de los reinos de España.
☞ **Reformas de Carlos III** para recuperar el control perdido en las posesiones de América.

DESARROLLO HISTÓRICO

☞ **Periodo prerreformista** de los primeros Borbones (1700-1759).
  ⇨ Acceso de Felipe de Anjou al trono. **Guerra de Sucesión española:**
    → **Tratado de Utrecht** (1716): hegemonía inglesa en los mares y francesa en el continente.
  ⇨ Reinados de Felipe V (Luis I) y Fernando VI.
    → **Decretos de Nueva Planta:** fin de los fueros y libertades de los reinos, salvo de Navarra y Vascongadas.
    → Acceso de la **Corona de Aragón** a la explotación americana.
    → Reforma de la **Administración** y del ejército.
    → Política económica **desarrollista:** fomento industrial. Monopolios y fábricas del Estado.
    → Reforma de las **infraestructuras:** puertos, fortificaciones, comunicaciones.
    → Bases de la política reformista de **Carlos III.**
    → **Política exterior:** contraste entre el expansionismo de Felipe V y la política de equilibrio (Carvajal) de Fernando VI.
☞ **El reformismo de Carlos III** (1759-1788). Las reformas en las Indias.
  ⇨ España siguió con la línea de sus predecesores, pero endureciendo el control real.
  ⇨ Expulsión de los **jesuitas** (Motín de Esquilache).
  ⇨ Imposición de las ideas ilustradas (Despotismo Ilustrado).
    → Fomento del **desarrollo científico y técnico.**
    → Creación de **Gabinetes** científicos y **Academias.**
    → Apoyo a las **Sociedades de Amigos del País.**
  ⇨ **Plan de obras públicas:** canal de Castilla, canal imperial de Aragón, etc.

⇨ **Liberalización del comercio** con América para promover el desarrollo peninsular.
→ Creación del **Banco de San Carlos** (banca estatal).
⇨ Aplicación en las Indias. Fueron medidas de carácter burocrático y afectaron a la Iglesia, ejército, administración y comercio.
→ **Administración:** creación de nuevos virreinatos: Río de la Plata y Nueva Granada. Nombramiento de los intendentes, instrumentos del control real. Se garantizó a los indios el derecho a comerciar libremente.
→ **Iglesia:** expulsión de los jesuitas (1767). Oposición a las corporaciones con privilegios especiales. Deseo de poner al clero bajo la jurisdicción común.
→ **Ejército:** extensión del fuero militar para criollos y mestizos, en igualdad con los españoles.
→ **Economía:** ampliación del monopolio estatal del tabaco. Administración directa de la **alcabala** (incremento que da lugar a sublevaciones). Liberalización progresiva del comercio.
⇨ Política exterior:
→ **Pactos de Familia:** alianza francoespañola contra Inglaterra.
→ Participación en las **guerras de sucesión de Austria y Polonia.**
→ Participación en la **guerra de los Siete Años.**
→ Recuperación de **Menorca** y de **Florida.**
→ Tratado con **Portugal** sobre **Sacramento** y el **Asiento de Esclavos.**
⇨ Personajes principales: marqués de **Esquilache**, conde de **Aranda** y marqués de **Floridablanca.**

☞ El gobierno de **Carlos IV** (1788-1808).
⇨ Continuación de las **reformas** carolinas.
⇨ Desquiciamiento social: casticismo entre la nobleza.
→ **Refeudalización** del campo andaluz y extremeño.
→ **Crisis industrial castellana** y desarrollo catalán.
⇨ Política exterior:
→ Guerras contra la **Convención** y **Napoleón.**
→ Conflicto contra **Portugal: guerra de las Dos Naranjas.**
→ **Alianza antibritánica** con Napoleón: desastre de Trafalgar (1805).
→ **Tratado de Fonteineblau** (1807): cesión del trono de España a Napoleón.
⇨ Principales personajes: marqués de **Floridablanca,** Manuel **Godoy.**

LAS INDIAS

☞ **Aumento de población,** expansión de la producción y el comercio.
☞ Conformación de **mentalidades diferentes** de la peninsular.
☞ Reformas de **Carlos III:**
- ⇨ Creación de **nuevos virreinatos,** intendencias (regiones económicas).
- ⇨ Propósitos:
  - → Fomentar el progreso y crecimiento de los territorios.
  - → Que los beneficios repercutieran en la península.

☞ América y el reformismo borbónico:
- ⇨ Verdadero objetivo: **ampliar el control** sobre las colonias.
- ⇨ Crecimiento económico y **formación de una élite** de criollos.
- ⇨ Desarrollo de **nuevas formas de riqueza** y reinversión de los beneficios en la producción.
- ⇨ La **autosuficiencia** de las colonias fue la causante de las reformas.

LA INDEPENDENCIA DE LOS ESTADOS UNIDOS

☞ Las trece colonias inglesas de Norteamérica estaban ocupadas por emigrantes europeos en busca de trabajo o libertad, que habían expulsado a la población indígena preexistente.

UNA NUEVA SOCIEDAD

El proceso revolucionario surge de una **situación económica, política** y **social** que lo hacen viable:

☞ **Economía:** las colonias inglesas tiene un importante desarrollo durante el siglo XVIII.
- ⇨ Base agraria.
- ⇨ Otras actividades:
  - → Comercio, especialmente de pieles.
  - → Pesca de bacalao y ballenas.
  - → Explotación minera.
  - → Construcción naval.

☞ Gozan de **autonomía política.**
- ⇨ **No tenían representantes** en el Parlamento.
- ⇨ Cada colonia era regida por un **gobernador** y un **consejo** nombrados por el rey.

⇨ Existía una **asamblea de colonos** que aconsejaba al gobernador y que se elegía libremente.

☞ La sociedad era eminentemente **rural.**

⇨ El número de **inmigrantes no británicos** alcanza prácticamente la mitad de la población.

⇨ El comercio atlántico posibilita el **desarrollo de los puertos** y **ciudades comerciales** (Boston, Nueva York, Filadelfia).

DESARROLLO DE LOS ACONTECIMIENTOS

☞ 1756-1763: la **guerra de los Siete Años** supone pérdidas económicas para Inglaterra.

⇨ Imposición del pago de **derechos de aduana** a las colonias por la entrada de productos ingleses.

⇨ Aparecen **dificultades financieras** en las colonias, que frenan el desarrollo industrial y comercial.

⇨ El **Tratado de París** (1763) pone fin al imperio colonial francés en América del Norte y consolidaba a Inglaterra como la potencia hegemónica. España controla la Luisiana.

☞ 1773: Nueva York acoge una **reunión de delegado**s de nueve colonias para luchar contra las medidas del rey inglés.

⇨ **Boicot** a las mercancías inglesas.

⇨ Inglaterra acaba imponiendo **nuevos impuestos** en el té, periódicos, papel y vidrio.

⇨ Rebeliones en diversas ciudades **(motín del Té** de Boston).

☞ 1774: **primer Congreso de colonos** en Boston.

⇨ Se decide ir en contra de la servidumbre a los británicos y a favor de una patria independiente.

⇨ Se discuten leyes.

⇨ Algunos colonos apoyan aún al rey Jorge III.

☞ 1775: **segundo Congreso de colonos** en Filadelfia.

⇨ Delegados de las Trece Colonias.

⇨ Se suspende el comercio con Inglaterra.

☞ 1776: el Congreso finalmente aprueba la **Declaración de Independencia de los Estados Unidos,** redactada por Thomas Jefferson.

⇨ Se imprime papel moneda.

⇨ Se iniciaron relaciones diplomáticas con potencias extranjeras.

☞ 1778: los colonos reciben la **ayuda internacional** de Francia (militar) y España (logística y económica).

☞ 1781: **batalla de Yorktown.** El gobierno británico propone la paz.

- ⇨ Proclamación de una primera constitución: los **Artículos de la Confederación.**

☞ 1783: **Tratado de París (de Versalles)** entre Gran Bretaña, los Estados Unidos, España y Francia.

- ⇨ Se reconoce la independencia de los Estados Unidos de América y otorgó a la nueva nación todo el territorio al norte de Florida, al sur del Canadá y al este del río Misisipi.
- ⇨ El paralelo 32º se fijaba como frontera norte.
- ⇨ Gran Bretaña renuncia al valle del Ohio y dio a los Estados Unidos plenos poderes sobre la explotación pesquera de Terranova.
- ⇨ Las colonias se transforman en trece estados soberanos.

☞ 1787: en Filadelfia se redacta la **Constitución americana:**

- ⇨ Aplica la división de poderes:
  - → Un único gobierno federal —que controla los asuntos de defensa, la política extranjera y el comercio exterior—, con un presidente de la república.
  - → Dos cámaras legislativas (Congreso y Senado).
  - → Un sistema judicial independiente.
- ⇨ Está inspirada en los principios de igualdad y libertad, y establece un régimen republicano y democrático.

☞ 1788: aceptación de la Constitución por las Trece Colonias.

☞ 1791: proclamación de la **Declaración de Derechos,** diez enmiendas agregadas a la Constitución:

- ⇨ Libertades de culto, de prensa y de palabra.
- ⇨ Derecho de los ciudadanos a portar armas y de protección contra arrestos ilegales.
- ⇨ Derecho a un juicio justo por un jurado y protección contra castigos crueles e inusuales.

TRÁNSITO AL MUNDO CONTEMPORÁNEO

GENERALIDADES DE LA HISTORIA CONTEMPORÁNEA

☞ Acuñado en Francia por el **positivismo histórico,** se establece su comienzo en 1789, con la caída del Antiguo Régimen en Francia. La fecha tiene carácter **eurocéntrico.**

- ⇨ Época del **colonialismo** proyectado por Europa.
- ⇨ El **ascenso de los Estados Unidos** seguirá las pautas europeas hasta alcanzar la hegemonía mundial.

☞ La **historiografía marxista** dio un gran impulso a la historia económica. Se presenta la **economía** como un factor fundamental en la Historia.

☞ La historia se **universaliza.**

- ⇨ **Los Estados Unidos** y **Japón** hacen competencia a la vieja Europa y sobrepasan su producción.
  - → Derrotan militarmente a países europeos (España y Rusia).
- ⇨ Comienza la **deseuropeización** del mundo.
  - → Países extraeuropeos en la historia de Europa.
  - → Siglo XX: descolonización de los países afroasiáticos.

HERENCIAS DEL SIGLO XVIII

☞ **Economía:** persistencia del mundo rural y de las manufacturas.

- ⇨ Se había desarrollado el **mercantilismo.**
- ⇨ A finales del siglo XVIII aparece una **dinamización de la economía** y se intenta romper con el **proteccionismo.**

☞ **Sociedad** y **política:** persistencia de regímenes autoritarios, la sociedad estamental, el poder de la Iglesia y el analfabetismo.

⇨ **Pensamiento socio-cultural.** Ideas tomadas de Locke sobre el Estado.

→ **Doctrina de la burguesía** que sirve para todas las clases de la sociedad.

→ Se busca la **igualdad** para todos.

LA REVOLUCIÓN FRANCESA

GENERALIDADES

☞ El siglo XVIII, **época de crisis** para regímenes antiguos, concluye con movimientos de carácter revolucionario.

☞ Francia es, en el momento de la Revolución, el **país más poderoso de Europa.**

☞ Fue una revolución social de masas y de gran radicalidad.

☞ Es el tránsito hacia una **sociedad burguesa.**

CAUSAS DE LA REVOLUCIÓN FRANCESA

☞ Políticas: crisis de las instituciones absolutistas.

☞ Nuevas ideas:

⇨ Ideales de la **Ilustración.** Rousseau, Voltaire y Montesquieu.

⇨ Fue protagonizada por la **burguesía.**

☞ Crisis de la sociedad estamental.

⇨ **Tres estamentos:** nobleza, clero y tercer estado (burguesía, clases populares y campesinado).

⇨ Aparece una nueva **clase burguesa** adinerada, que no puede ascender políticamente.

⇨ La **nobleza** molesta con la monarquía absoluta.

⇨ El **campesinado** utilizado por la nobleza en su provecho.

☞ Factores económicos.

⇨ Déficit presupuestario, crisis de subsistencias (malas cosechas).

→ Sube el coste de la vida y baja el poder adquisitivo de las clases populares.

⇨ En 1789, crisis en la industria.

DESARROLLO HISTÓRICO

☞ Desde junio de 1789 hasta 1794 tiene lugar la **plena revolución;** a partir de 1794 se consolida la **revolución burguesa.**

⇨ **Comienzo de la Revolución:** monarquía constitucional (1789-1792).
→ El 26 de agosto de 1789 se proclama la Declaración de Derechos del Hombre y del Ciudadano.
→ Se dividió a los **ciudadanos** en pasivos (gozaban de derechos civiles) y activos (gozaban también de derechos políticos).
→ Se configuran cuatro **tendencias políticas:** constitucionales, girondinos, jacobinos y demócratas.
→ Constitución de 1791.
→ La **Asamblea legislativa** (octubre de 1791-agosto 1792).
⇨ La Convención y el gobierno revolucionario (21/09/1792-25/10/1795).
→ **Represiones** y régimen del Terror.
→ Persecución religiosa.
→ Guerras de la **liga contra la Convención** (Gran Bretaña, España, Austria, Prusia).
⇨ **República burguesa** en Francia (25/10/1795-18/06/1799).
→ El directorio (25/10/1795-4/09/1797; 4/09/1797-18/06/1799).
→ Golpe de Estado, el 18/06/1799, cambio en el Directorio, entran **Ducos** y **Siéyes.**
→ Aparición de Napoleón Bonaparte.

CONSECUENCIAS INMEDIATAS

☞ Una nueva noción de política.
⇨ Proceso que desembocará en el **Estado del bienestar.**
☞ Transferencia de la soberanía del rey a la nación.
⇨ Aparecerá la soberanía nacional.
☞ El Estado asume funciones que ejercía la **Iglesia.**
⇨ Consagración de la separación entre la Iglesia y el Estado.
☞ La **burguesía** conseguirá logros irreversibles:
⇨ Libertades políticas.
⇨ Soberanía popular.
⇨ Principio de elección.
⇨ **Principio de separación de poderes:** ejecutivo, legislativo y judicial.
⇨ Se ponen las bases del **liberalismo.**
⇨ Consolidación del **propietario medio.**
⇨ La **nobleza** se incorpora a la burguesía.

LA ÉPOCA NAPOLEÓNICA

EL NUEVO RÉGIMEN DE FRANCIA

☞ Tras el golpe de Estado de 1799 la restauración borbónica era impensable.
☞ Los nuevos dirigentes de la política francesa —Napoleón, Siéyes y Ducos— eran antirrealistas.
☞ La nueva Constitución:
- ⇨ Establecimiento del Senado.
- ⇨ Establecimiento del Tribunado.
- ⇨ Cuerpo legislativo.

☞ Reforma de las instituciones:
- ⇨ La administración local.
- ⇨ Enseñanza laica.

☞ El Código civil o Código napoleónico:
- ⇨ Ideado para dotar a todas las provincias de las mismas leyes civiles.
- ⇨ Expone los grandes logros de la Revolución:
    - → Libertad individual.
    - → Libertad de trabajo.
    - → Libertad de conciencia.
    - → Laicismo de Estado.

☞ Establecimiento de la **Censura.**
☞ La **pacificación religiosa** (Concordato de 1801).
- ⇨ Napoleón accedió el poder con la sede papal vacante tras la deposición de Pío VI.
- ⇨ El Concordato concluye las persecuciones religiosas, aunque no devuelve ni bienes ni privilegios a la Iglesia.

☞ El consulado vitalicio.
- ⇨ Napoleón logra que su consulado decenal fuese transformado en vitalicio.

EL GRAN IMPERIO

☞ Estructura.
- ⇨ La máxima extensión del Imperio francés fue alcanzada hacia 1811, y contaba con 130 departamentos.
- ⇨ En torno al Imperio se encontraban una serie de territorios —estados vasallos— aliados de Francia, gobernados, la mayoría, por parientes del emperador y príncipes extranjeros de su confianza.

☞ Las instituciones.
  ⇨ Mantiene las instituciones de la **constitución revolucionaria.**
  ⇨ La aplicación de **Código civil** fue una de las tareas más importantes para la administración del Gran Imperio.

LAS GUERRAS NAPOLEÓNICAS Y EL CONGRESO DE VIENA

GENERALIDADES

☞ La guerra de Francia contra Europa comienza en la Revolución.
  ⇨ En 1792 Napoleón es llamado a dirigir un ejército de la Revolución.
☞ Confrontación entre dos bloques: Francia y Gran Bretaña.
☞ Guerra a escala mundial que llega a América:
  ⇨ Compra de la Luisiana por los Estados Unidos.
  ⇨ Guerras de independencia de las colonias españolas.
☞ No ocurre en todos los lugares al mismo tiempo, ni todos los contendientes están en pie de guerra durante todo el proceso.

DESARROLLO HISTÓRICO

☞ Premisas:
  ⇨ La Revolución se exporta con las guerras.
  ⇨ La reacción de Europa busca salvar a Francia de la Revolución.
    → La aparición de la idea revolucionaria de **soberanía nacional** impulsa a los regímenes absolutistas a la presión contra Francia.
  ⇨ Las potencias europeas querían **ensanchar sus dominios** y **frenar el avance francés** en el continente.
☞ **Primera coalición.**
  ⇨ Aparece en 1792 y se enfrentará a un **ejército popular.**
    → En 1793 la Convención proclama la obligatoriedad del **servicio militar.**
    → Este ejército vencerá a la Coalición en **Valmy.**
  ⇨ En Francia, **polémica** entre la idea de **liberación de los pueblos** y la idea de conquista.
  ⇨ **Ocupación francesa** de Niza, Saboya, Bélgica y al orilla izquierda del Rin.

☞ **Segunda coalición.**

⇨ Tras fracasar la conferencia de Raastad se crea la **Segunda coalición**.

⇨ La segunda guerra tendrá como escenarios principales **Egipto** e **Italia.**

⇨ La **Paz de Luneville** terminará con la guerra. Francia había triunfado de nuevo.

⇨ Reorganización del **mapa político.**

→ Ocupación de **Malta** por Inglaterra.

☞ **Tercera coalición.**

⇨ Napoleón prepara la **conquista de Gran Bretaña.** Será un completo fracaso.

→ Intenta contrarrestar la derrota llevando la **guerra al continente.**

→ Sus triunfos le llevan hasta la **frontera rusa.**

⇨ Surgimiento de un **nacionalismo germánico antifrancés** tras la ocupación de parte de su territorio **de Prusia** —incluida Berlín— por Napoleón.

⇨ La **Paz de Tilsit** con Rusia.

→ Establece dos **áreas de influencia:** Oriente para Rusia y Occidente para Francia.

→ Se disuelve el Sacro Imperio Romano Germánico. Se crea la Confederación del Rin y se establece el Gran Ducado de Varsovia.

→ Comienza el **bloqueo** a Inglaterra.

⇨ **Bloqueo a Inglaterra:** intento de ahogar la economía británica cerrando los puertos europeos a sus mercancías.

☞ El **máximo dominio francés** se produjo en 1812. Contaba con estados vasallos y estados satélites. A partir de este año se produce un cambio en el conflicto.

☞ Derrota de Napoleón.

⇨ Se forma un gran ejército cuando **falla el bloqueo** a Inglaterra.

⇨ **Rusia.** El pueblo ruso abandonará sus tierras y quemará sus pertenencias (táctica de **tierra quemada).** Napoleón no encuentra interlocutor para firmar a paz y al llegar el invierno retrocede.

→ Conversaciones entre Rusia y Prusia: **Acuerdos de Taurogen** y **Kalis,** alianzas contra Napoleón.

⇨ **España:** los franceses son expulsados tras la **guerra de Independencia** (1804-1812).

⇨ **Austria:** tras una serie de batallas se firma la **tregua de Pläswit.**

→ **Metternich,** canciller de Austria, apoya a Napoleón hasta el desastre ruso.

→ Se forma una **coalición** formada por Austria, Rusia y Prusia. Napoleón es derrotado en **Leipzig.**

⇨ El 1 de marzo de 1814 se firma el **Tratado de Chaumont** entre Austria, Rusia, Prusia y Gran Bretaña.

⇨ Los **aliados entran en París** a finales de marzo de 1814.

☞ **Restauración borbónica.**

⇨ Se llega a un acuerdo con Francia. Se firma el **Tratado de Fontainebleau** y la **Primera Paz de París.**

→ Napoleón exiliado a Elba.

→ Falta de acuerdo respecto a las fronteras europeas.

→ Se espera a la convocatoria de un congreso internacional.

⇨ Se restaura la monarquía de los Borbones —**Luis XVIII**— y se restablecen las fronteras de 1792.

☞ El **Imperio de los 100 días:** Waterloo.

⇨ Pequeña **crisis de la monarquía borbónica:** incompatibilidad de la antigua administración imperial con la nueva Corte.

⇨ **Napoleón** vuelve de su exilio y es recibido en Francia como **salvador de la Patria.**

⇨ **Liga internacional** frente a las pretensiones expansionistas de Napoleón.

⇨ Derrota de las tropas napoleónicas en **Waterloo.**

⇨ Exilio y muerte de Napoleón en la isla de Santa Elena.

EL CONGRESO DE VIENA

☞ **Principios** del Congreso.

⇨ **Legitimidad.** Reponer a los Borbones y a las dinastías reinantes antes de la Revolución.

⇨ **Equilibrio.** No potenciar a un país para que se convierta en gran potencia.

⇨ **Garantía.** Hay que intentar garantizar el equilibrio.

→ Si no es posible se fija el principio de intervención.

→ Dará paso en 1818 a la Europa de los Congresos: cuando algún país tiene problemas todos acuden ayudarle.

☞ Las **fronteras.** Para conseguir la solución hubo de firmarse un tratado entre Francia, Austria e Inglaterra frente a Rusia y Prusia.

⇨ Polonia.

→ Se crea el Ducado de Varsovia, con tres millones de hectáreas, tres cuartas partes menor que el creado por Napoleón.

La Europa napoleónica
Francia en 1789
El Gran Imperio (1812)
Reinos de la familia Bonaparte
Confederación del Rin y Gran Ducado de Varsovia
Estados bajo la influencia napoleónica
Campaña de Egipto (1798-1799)
Campaña de la península Ibérica (1808-1814)
Campaña de Rusia (1812)
Batallas importantes
Tratados
OCÉANO ATLÁNTICO
GRAN BRETAÑA
Londres
REINO DE NORUEGA
REINO DE SUECIA
Estocolmo
FINLANDIA
San Petersburgo
Riga
Borodino (1812)
Moscú
Vitebsk
Maloiaroslavets
Smolensk (1812)
Kovno
Tilsit (1807)
Königsberg
Danzig
Friedland (1807)
Eylau (1807)
Lübeck
REINO DE PRUSIA
Berlín
Poznan
Varsovia
IMPERIO DE RUSIA
GRAN DUCADO DE VARSOVIA
Kiev
Waterloo (1815)
REINO DE WESTFALIA
Bruselas
Ligny (1815)
Leipzig (1813)
Jena (1806)
Bautzen (1813)
Champaubert (1814)
París
Montereau (1814)
La Rothière (1814)
Dresde (1813)
Austerlitz (1805)
Eckmühl (1809)
Estrasburgo
Elchingen (1805)
Viena (1809)
Wagram (1809)
Presburgo (1805)
Schönbrunn (1805)
Essling-Aspern (1809)
FRANCIA
IMPERIO DE AUSTRIA
Bassano
Rivoli (1797) (1796)
Marengo (1800)
Campoformio (1797)
Turín
Venecia
Lodi (1796)
Arcole (1796)
Mondovi (1796)
REINO DE ITALIA
Odessa
Bucarest
Belgrado
Danubio
Mar Negro
Ancona
Tolentino (1797)
Córcega
REINO DE NÁPOLES (Murat 1808)
IMPERIO TURCO
Estambul
Cerdeña
Sicilia
La Coruña (1809)
Astorga
Vitoria (1813)
Medina de Rioseco (1808)
Torres Vedras (1810-1811)
Somosierra (1808)
Tudela (1808)
Zaragoza
Cintra (1808)
Albuera (1811)
Madrid
Lisboa
REINO DE PORTUGAL
REINO DE ESPAÑA
Barcelona
Valencia
Sevilla
Bailén (1808)
Cádiz
Alicante
Baleares
Trafalgar (1805)
Granada
Ceuta
Melilla
Orán
Argel
Túnez
Malta
Mar Mediterráneo
San Juan de Acre
Monte Tabor (1799)
Jaffa
Abukir (1798)
Gaza
Rosetta
Alejandría
El Arish
Pirámides (1798)
El Cairo
Assiut

→ El zar era el rey de Polonia. Otorga una constitución proclamada por Czartoryski. Se convierte en el reino de Polonia.

⇨ **Italia.**

→ Reino del Piamonte, al que se une Génova.

→ Austria tendrá el control de la Toscana y Parma.

→ Módena estará bajo influencia austríaca.

→ Nápoles duda entre Murat y los Borbones.

⇨ **Países Bajos.** Bélgica se une a Holanda.

⇨ **Suiza.** Confederación de 22 cantones. Berna, Zúrich y Lucerna la gobiernan cada tres años. Neutralidad perpetua.

☞ La **Santa Alianza** y la **Cuádruple Alianza.**

⇨ En 1815 aparecen la Santa Alianza y la Cuádruple Alianza.

⇨ Con la Cuádruple Alianza, **Alejandro de Rusia** pretende convertirse en amo de Europa y **Metternich** eliminar todo intento de **levantamiento liberal.**

☞ **Sistema de conferencias.**

⇨ Realizadas a petición de las potencias firmantes del tratado.

⇨ En 1818 reunión en **Aquisgrán** por demanda francesa.

→ Se reúne Francia con la Cuádruple Alianza.

→ Los franceses piden la retirada extranjera para una pronta restauración.

→ La petición será concedida.

CONSECUENCIAS DE LA GUERRAS NAPOLEÓNICAS

☞ Consecuencias políticas:

⇨ Las guerras dan lugar a unas coaliciones que tras la derrota de Napoleón crean una **nueva organización política** en Europa.

⇨ Surgen los **nacionalismos.**

⇨ Se redactan 26 constituciones basadas en la francesa.

⇨ Las guerras consagran la supremacía política de Inglaterra.

⇨ Se impone el **sistema defendido por Metternich,** que permanecerá hasta la Primera Guerra Mundial.

☞ Consecuencias económicas:

⇨ El **bloqueo** a Gran Bretaña supuso un fracaso para Francia y un triunfo inglés.

⇨ Abolición de la servidumbre.

⇨ Comienzan las **expropiaciones de bienes** de la Iglesia.

⇨ Se abre el mercado iberoamericano.

EL PROCESO DE INDEPENDENCIA DE IBEROAMÉRICA

ORÍGENES DEL MOVIMIENTO INDEPENDISTA

☞ Actuación de los gobernantes españoles respecto a América.
- ⇨ Control de España para hacer los **lazos de unión** más firmes y sólidos.
- ⇨ El continente llevaba desde el XVII sin sufrir el control que se pretendía en el XVIII.
- ⇨ Los territorios a principios del XVIII no pensaban en su independencia.

☞ Cambio de la **política colonial** de la España borbónica.
- ⇨ Objetivo de frenar la independencia económica.
- ⇨ Las élites criollas establecidas, crean grupos de oposición a la metrópoli.
- ⇨ Concepto de gobierno absolutista, sistema económico imperial.

☞ Las reformas de Carlos III en América.
- ⇨ **La Administración:** la segunda conquista de América fue una conquista burocrática.
- ⇨ **La Iglesia:** se expulsó a los jesuitas en 1767. Se consideró un ataque a la independencia de los jesuitas en América.
  - → Los habitantes lo consideraron un acto de despotismo.
  - → Fue causa de resentimiento.
- ⇨ **El ejército:** al aumentar la americanización del ejército España creó un arma que podía volverse contra ella.
- ⇨ **Economía:** el objetivo de Carlos III era destruir la autosuficiencia de los criollos.
  - → Desde España se intentó aplicar la nueva presión fiscal.
  - → Bajaron las tarifas, se eliminó el monopolio de Cádiz y Sevilla. Se amplió el comercio libre.
  - → Las industrias coloniales no tenían protección y las manufacturas europeas lo inundaban todo. La política borbónica incrementó la situación colonial.
- ⇨ **Sociedad:** España no se fiaba de los americanos y comenzó a romper los vínculos entre los burócratas y las familias locales.

LOS NACIONALISMOS AMERICANOS

☞ **Orígenes** del nacionalismo americano. Influencias exteriores.
- ⇨ Las **divisiones administrativas** proporcionaron la estructura política de la nacionalidad. Después de 1810 fueron adoptadas como armazón territorial de los nuevos Estados.

⇨ **Fuentes intelectuales** del nuevo americanismo. Muchos líderes de las independencias visitaron los Estados Unidos.

☞ Repercusiones en América de la **ocupación francesa** de la península Ibérica.

⇨ El **vacío de poder en España** produjo un daño irreparable a las relaciones entre España y América.

⇨ Como consecuencia se adoptó la solución independentista.

CRONOLOGÍA DE LAS INDEPENDENCIAS EN AMÉRICA

☞ **Argentina:** se declaró la independencia de las Provincias Unidas de Sudamérica en 1816.

☞ **Uruguay:** tras un tratado de paz se declaró la independencia de Uruguay en 1828.

☞ **Paraguay:** en 1811 promulgaron la independencia de España.

☞ **Alto Perú (Bolivia):** se declaró la independencia de la nueva nación Bolívar, después Bolivia, en 1825.

☞ **Chile:** San Martín fue nombrado jefe del batido ejército del norte, y el fue concedido el gobierno de Cuyo (1814). Su victoria en Maipo (1818) provocó la retirada de los realistas.

☞ **México:** declara la independencia en 1821.

⇨ Agustín I, emperador: en 1824 se redacta una constitución.

☞ **Centroamérica:** en 1823 una asamblea dominada por guatemaltecos y salvadoreños declaran la independencia de las Cinco Provincias **(Provincias Unidas del Centro de América).**

☞ **Perú:** proclamación de independencia en 1821.

☞ **Venezuela:**

⇨ Unión de Venezuela y Nueva Granada en la República de Colombia (1819).

⇨ La revolución liberal española permite las negociaciones entre los españoles y los venezolanos. Se firma un armisticio de seis meses, pero no es respetado.

⇨ Maracaibo se subleva contra España:

→ Bolívar se enfrenta a los realistas y los derrota en Carabobo (1821).

☞ **Nueva Granada:** se decretó una unión entre Venezuela, Ecuador y Colombia. Gran Colombia.

⇨ Venezuela se separó en 1829 y Ecuador, en 1830.

CONSECUENCIAS DE LA INDEPENDENCIA DE LOS PAÍSES AMERICANOS

☞ No surgieron Estados inmediatamente después de la independencia.
  ⇨ Los Estados precedieron a las naciones.
  ⇨ El crecimiento de la **conciencia nacional** fue lento.

☞ La presencia española fue sustituida por la inglesa en el aspecto económico.
  ⇨ Existían pocos incentivos para invertir y era más cómodo traer manufacturas inglesas.

☞ El fenómeno del **caudillismo** reflejó la debilidad de las instituciones republicanas.

LA REVOLUCIÓN INDUSTRIAL

☞ Proceso iniciado en Gran Bretaña durante el siglo XVIII, y luego exportado al resto del mundo, por el que los sistemas de producción industrial modifican las estructuras sociales y políticas.

CARACTERÍSTICAS DE LA INDUSTRIA ANTIGUA

☞ Estaba **muy dispersada** en las familias, en las aldeas, en pequeños talleres.
☞ Pocas fábricas grandes. La **producción era limitada.**
☞ La mayor parte de la mano de obra se concentraba en **industrias de consumo:** textiles.

CARACTERÍSTICAS DE LA NUEVA ECONOMÍA INDUSTRIAL

☞ Disminución del papel de la **agricultura.**
  ⇨ **Producción agrícola** aumenta por mejoras técnicas.

☞ Nacimiento del **sector secundario** (minería, manufacturas y construcción).
  ⇨ Por primera vez en **Inglaterra.**
  ⇨ Uso extensivo de maquinaria mecánica.
  ⇨ Introducción de nuevas **fuentes de energía inanimadas** (combustibles fósiles).
  ⇨ Uso de **materias primas** que no se encuentran en la naturaleza.

☞ Elevada proporción de mano de obra ocupada en el **sector terciario.**

CAUSAS DE LA REVOLUCIÓN INDUSTRIAL

☞ **Factores endógenos.**
  ⇨ Mejoras tecnológicas.
    → Aparición de la **máquina de vapor** (James Watt) en 1769.

→ **Gran Bretaña** es la gran productora y exportadora de máquinas y de su fuente de energía, el carbón.

⇨ Acumulación de capital e inversiones.

→ Capitales procedentes de la agricultura y de Ultramar.

→ Muchas empresas industriales son capitalizadas por aportaciones de capitales pequeños individuales o familiares.

⇨ Aparición de los **empresarios.**

→ Distinción entre **capitalista** —quien atesora el capital— y **empresario** —quien invierte el capital o administra las aportaciones de otros.

☞ **Factores exógenos.**

⇨ La revolución agrícola.

→ Se ubica en **Gran Bretaña** en la primera mitad del siglo XVIII.

→ Supresión de la rotación trienal y desaparición de los barbechos: **alternancia** de cereales con plantas forrajeras.

→ Obra de **minorías** y hombres individuales.

→ Ampliación de la superficie cultivada.

⇨ El crecimiento de la población.

→ El desarrollo del comercio y la industria facilitan la adquisición de bienes que mejoraron las condiciones de vida de la población.

⇨ La acción del Estado.

→ En Gran Bretaña los gremios habían perdido su poder.

→ La intervención del Estado favoreció el despegue industrial.

⇨ La revolución de los transportes.

→ **1750-1820.** Se intenta mejorar los medios de transporte que se conocen.

→ **1825-1850.** Gran abundancia de inventos: embarcación a vapor y aplicación del hierro a la navegación, el ferrocarril (Stevenson).

☞ El marco institucional.

⇨ El marco institucional de la actividad económica en el XIX es Europa.

⇨ Amplio margen de acción a la iniciativa privada: libre elección de la ocupación y movilidad geográfica y social.

⇨ Apoyo a la propiedad individual y en la legalidad.

⇨ Uso de la racionalidad y la ciencia para la consecución de los fines materiales.

☞ Bases jurídicas:

⇨ La Ley común en Gran Bretaña, que después pasaría a los Estados Unidos.

⇨ Declaración de los Derechos del Hombre y del Ciudadano.

- ⇨ Código civil de Napoleón en 1804.
- ⇨ Código de comercio francés de 1807.

☞ **Pensamiento** y política económica.

- ⇨ Los **fisiócratas** (1760-1770): libertad económica y competencia.
- ⇨ Liberalismo económico.
  - → *La riqueza de las naciones* (Adam Smith, 1776): independencia económica individual.

LOS PRIMEROS PAÍSES INDUSTRIALIZADOS

☞ **Gran Bretaña.**

- ⇨ Las **bases** de la primitiva prosperidad: tejidos, carbón, hierro y mejoras técnicas, pilares de su economía.
- ⇨ El **ferrocarril** y la **construcción naval** factores básicos de su desarrollo.
- ⇨ Al comienzo del siglo XIX era el principal país industrial del mundo y la primera potencia comercial.
- ⇨ Hacia 1870 fue perdiendo gradualmente su primacía frente a los Estados Unidos.
- ⇨ Causas del ocaso inglés:
  - → Dificultad de acceso a las materias primas y a los recursos naturales.
  - → Fracaso empresarial.
  - → Atrasado sistema educativo.

☞ **Los Estados Unidos.**

- ⇨ En el siglo XIX fue el crecimiento económico nacional más rápido.
- ⇨ **Incremento demográfico** gracias al crecimiento natural y a la llegada de inmigrantes.
- ⇨ **Características:** abundancia de tierra, riqueza de recursos naturales, progreso tecnológico, especialización regional, gran mercado interno (libre de barreras comerciales artificiales), vasta red de transportes: ferrocarril, etc.

☞ **Bélgica.**

- ⇨ Primera región de la continental que adoptó el modelo de industrialización británico.
- ⇨ Hacia 1840 era el país más industrializado de la Europa continental.

☞ **Francia.**

- ⇨ El crecimiento económico moderno de Francia empezó en el siglo XVIII.
- ⇨ Gran influencia entre **política** y **economía:**
  - → La **crisis de 1848-1851:** pausa en el desarrollo económico.

→ **Segundo Imperio:** reanudación del crecimiento económico.
→ La **guerra del 1870-1871:** desastre económico, político y militar.
⇨ Índices bajos de **urbanización.**
⇨ Economía **autosuficiente** en alimentos y materias primas.

☞ **Alemania.**
⇨ Escasez de transportes y vías de comunicación frenó el desarrollo económico.
⇨ **Claves** de la industrialización alemana:
→ Crecimiento de la **industria del carbón,** gracias a los yacimientos de Ruhr.
→ Desarrollo de la industria química y la siderurgia.
⇨ **Urbanización** extremadamente rápida.
⇨ **Gran tamaño** de las empresas.
⇨ Estrecha relación entre banca e industria alemanas.
⇨ Frecuencia de **cártels** —convenios entre empresas para fijar precios, limitar la producción, repartirse los mercados o formar monopolios.

LA SEGUNDA REVOLUCIÓN INDUSTRIAL

☞ **Nuevo proceso** industrializador iniciado en los Estados Unidos.
☞ Características:
⇨ Cambio en los métodos de trabajo:
→ El montaje en cadena.
→ Automatización.
⇨ Incorporación de nuevas fuentes de energía:
→ La **electricidad:** descenso de los costos la hace competitiva respecto al vapor. Nuevas aplicaciones (lámpara incandescente, radio, etc.).
→ **Petróleo y gas natural:** fuentes de energía y materia prima para nuevos productos (asfalto, parafina, butano, etc.).
⇨ Los nuevos medios de transporte.
→ Desarrollo de **nuevos sistemas de transporte** (automóvil, avión) y **renovaron los antiguos** (construcción naval, ferrocarril).
⇨ Fabricación industrial de nuevos aparatos: generalización de la **innovación tecnológica.**

☞ El **desarrollo industrial.**
⇨ Nueva estructura del sistema productivo industrial.
→ **Especialización** del trabajo dentro de la fábrica.

→ **Automatización.**
→ **Automación.**

⇨ **Preparación profesional** de obreros y técnicos, alto índice de especialización.

⇨ La producción en masa genera un **consumo en masa** y viceversa: el consumo es el motor de la economía industrial.

☞ El **crecimiento industrial cíclico.**

⇨ Cuatro son los **momentos críticos** por los que ha pasado la historia económica del mundo actual:

→ La Primera Guerra Mundial.
→ La depresión de 1929.
→ La Segunda Guerra Mundial.
→ La crisis del petróleo de 1973.

LA EUROPA LIBERAL REVOLUCIONARIA

MOVIMIENTOS REVOLUCIONARIOS ENTRE 1818 Y 1830

GENERALIDADES

☞ Siguen, en general, el **espíritu burgués** iniciado en la Revolución francesa.
☞ No se desarrollan uniformemente en el continente.
☞ Tendrán reflejo en los **movimientos de independencia** hispanoamericanos.
☞ Son una prueba para la aplicación de los principios del **Congreso de Viena.**
☞ Casi todos ellos tienen **tintes nacionalistas.**

DESARROLLO HISTÓRICO

☞ En la Confederación del Rin.
- ⇨ Los **solucionan internamente** Prusia y Austria para no internacionalizar el conflicto.
- ⇨ Tiene lugar la conferencia de **Carlsbad.**

☞ En **España** se produce el levantamiento de **Riego.**
☞ En **Italia** también se producirán movimientos revolucionarios.
- ⇨ En 1820 se celebra la conferencia de Trouppau.

☞ Inglaterra:
- ⇨ Reconoce la **independencia de las colonias españolas** en 1823, sin hacer referencia a la Cuádruple Alianza.
- ⇨ Recobra influencia sobre **Portugal.**
- ⇨ Se convierte en defensora del liberalismo europeo.

☞ **Diferencias** entre las distintas revoluciones.
- ⇨ Las revoluciones en Europa occidental serán de tendencia **liberal.**

⇨ En la Europa oriental serán **conservadoras,** de carácter **nacionalista.**
→ En 1830 se proclamará la **independencia griega.**

REVOLUCIONES DE 1830

GENERALIDADES

☞ Entre 1815 y 1830 aparecen en Europa **tensiones** de doble sentido:
⇨ Absolutismo contra liberalismo.
⇨ Nacionalismo contra absolutismo.
☞ Destaca la **poca organización** de los movimientos revolucionarios.
☞ Suponen la consagración de los **principios del Congreso de Viena.**

DESARROLLO HISTÓRICO

☞ La Revolución francesa del 1830.
⇨ Primer ataque al principio de legimitidad de Viena.
⇨ La sustitución de **Luis XVIII** por **Carlos X** permite que se hagan con el poder los ultrarrealistas.
⇨ Se **suspende la Constitución,** se aprueba una nueva **ley de censura,** el **voto** es otorgado únicamente a la clase aristocrática.
⇨ Supone un cambio en la dinastía y el ataque al principio legitimista de Viena.
⇨ Aparece una nueva constitución con la **burguesía en el poder.**
☞ Los **Países Bajos:** independencia de Bélgica.
⇨ Se unen pueblos de distinta lengua, origen y religión.
→ Nuevo país que obvia los **movimientos nacionalistas.**
⇨ El **sentimiento belga** propiciará la Revolución de 1830 y su **independencia.**
→ Para su consecución necesitó de la ayuda de las potencias europeas.
☞ Polonia.
⇨ En 1815 quedó bajo la tutela de Rusia.
⇨ Constitución propia.
→ La Dieta era elegida por **sufragio censitario.**
→ **Libertad de prensa** y de **culto.**
→ No tenían la obligación de servir en el **ejército** ruso.
→ Los **funcionarios** eran polacos.

⇨ Los rusos entran en Varsovia (junio de 1831).
→ **Fracasa la revolución.**
→ **Anulación de las libertades. Fuerte represión de la población.**
→ **Masiva salida de emigrantes** hacia París.

☞ España y Portugal.
⇨ La Revolución francesa de 1830 tendrá consecuencias en España.
⇨ Muerto Fernando VII, **María Cristina de Borbón** se hace cargo de la regencia.
→ No existe un reconocimiento por parte de las potencias extranjeras.
⇨ Formación de la **Cuádruple Alianza** de carácter liberal: entre España, Francia, Inglaterra y Portugal.
→ Es un apoyo a las Cortes de España y Portugal.
→ Francia apoya al ala moderada del liberalismo y Gran Bretaña, el radical.

CONSECUENCIA DE LAS REVOLUCIONES DE 1830

☞ No causan grandes transformaciones.
⇨ Sólo existe el cambio de la aristocracia por la **burguesía en el poder político.**

☞ Las revoluciones serán **sofocadas rápidamente** por:
⇨ La **mala organización** de los sublevados.
⇨ La falta de programa.
⇨ La actuación enérgica de los reyes.
→ Cambio de las **relaciones internacionales.**
→ Afianzamiento de las potencias conservadoras.
→ Austria, Prusia y Rusia estrechan lazos de entendimiento y amistad en **Muchengratz** (1833).

☞ Oposición entre Francia e Inglaterra.
⇨ Los **ingleses controlan el Mediterráneo** y no quieren competencia en la zona.
⇨ Francia conquista Argelia.
⇨ Inicio del distanciamiento entre ambas potencias: punto álgido en la **crisis de Egipto.**

Revoluciones de 1848

GENERALIDADES

☞ En 1848 el **mapa europeo** permanece casi idéntico, con excepción de las independencias de Bélgica y Grecia.

☞ Se asiste a un gran desarrollo industrial.
☞ Características principales:
- ⇨ Determinarán el carácter de los países europeos.
- ⇨ En las revoluciones de 1848 **se apela al pueblo.**
- ⇨ Simultáneamente se producen **crisis financieras.**
- ⇨ Aspiración social de sus miembros.
  - → Existen fuertes **diferencias industriales** entre los países.
  - → Comienzan a aparecer **movimientos proletarios.**
  - → Se imprime el *Manifiesto comunista* de **Marx.**
- ⇨ Un aspecto fundamental fue el **nacionalismo,** capaz de unir a todos los sectores de la población.

DESARROLLO HISTÓRICO

☞ Francia.
- ⇨ Se producirá el **enfrentamiento entre la burguesía y el resto del país** y la unión de las clases medias y la burguesía contra el pueblo.
- ⇨ Nacimiento de nuevos movimientos revolucionarios por causas agrícolas (malas cosechas).
  - → El gobierno debe comprar alimentos para la población, pero se le hace responsable de la crisis y estalla la revolución.
- ⇨ En pocos años la situación llevará al nacimiento del **Segundo Imperio** con Napoleón III.

☞ Alemania.
- ⇨ Zona caracterizada por su división en **multitud de pequeños estados,** todos ellos de raíces alemanas.
- ⇨ La **inestabilidad** en 1848 fue debida a dos tipos de causas:
  - → **Económicos:** se crea el Zollverein (1842) o **Unión Aduanera.**
  - → **Intelectuales:** influencia del **pensamiento de Hegel** o **Fitche** que orientan su filosofía hacia el **nacionalismo.**
- ⇨ La situación derivará, bajo la dirección de Prusia, en el proceso de **Unificación de Alemania.**

☞ Italia.
- ⇨ Tiene lugar en el **Piamonte.**
  - → Existe un **proceso de industrialización.**

⇨ El **despertar nacional** será obra de un grupo reducido.
⇨ El aspecto intelectual tuvo una capital importancia: el **Risorgimiento.**
⇨ El proceso llevará a la **unificación italiana** bajo el dominio de los reyes de la casa de Saboya.

FACTORES DEL FRACASO REVOLUCIONARIO

☞ Económicos:
⇨ Hasta 1850 no mejora la **situación de crisis.**
⇨ El **gobierno provisional** en Francia fracasa.
⇨ La mejora de la situación de los campesinos hace que no apoyen la revolución.
⇨ Se produce una **liberalización** en todos los órdenes.

☞ Sociales:
⇨ Las **clases obreras** son muy limitadas.
→ Se retiran tras haber logrado concesiones (Austria-Hungría).
→ Juegan un gran papel como **seguidoras de las élites.**
⇨ **Conflictos de intereses** entre los distintos grupos sociales:
→ **Burgueses:** modernización del Estado.
→ **Trabajadores:** modificación del modo de producción, del tipo de sociedad, abolición de la servidumbre, del régimen señorial.

☞ Políticos:
⇨ **Insolidaridad** y apoyo **del ejército** al régimen anterior.
⇨ **Conservadurismo** en el orden mundial.

CONSECUENCIAS

☞ **Fracaso general del idealismo** que alentaba los movimientos revolucionarios.
⇨ Se pasa del romanticismo al positivismo.
⇨ El socialismo utópico deriva en socialismo científico.

☞ Se logra el **sufragio universal** en Francia, con ciertas limitaciones.

☞ Triunfo de los sentimientos nacionalistas.
⇨ El comienzo de la **unidad nacional en Italia** y **Alemania**.

☞ Comienza a **organizarse el mundo obrero** (Primera Internacional).

ESPAÑA DESDE LA INDEPENDENCIA HASTA 1931

LA GUERRA DE LA INDEPENDENCIA

ANTECEDENTES

☞ **Interés de Francia** por España. Factores:

- ⇨ **Política francesa** para el conjunto del Mediterráneo.
- ⇨ Expulsión de los ingleses de Portugal.
- ⇨ Debilidad militar española.

☞ **España en 1808,** la situación del país:

- ⇨ **Población** de aproximadamente 12 millones.
  - → Auge demográfico.
- ⇨ La **producción agrícola** sigue siendo superior al industrial.
- ⇨ Crecimiento de la **burguesía urbana** y pulso con la nobleza y los gremios.

PODER POLÍTICO: LA FAMILIA REAL Y GODOY, PRÍNCIPE DE LA PAZ

☞ **Falta de acuerdo** entre Carlos IV, el futuro Fernando VII y Godoy, aprovechada por Napoleón para ocupar la península.

- ⇨ El **proceso de El Escorial** y el **Tratado de Fontainebleau,** entre Napoleón y los Borbones, abre las fronteras a los ejércitos franceses para la invasión de Portugal (de hecho, se ocuparán los puntos estratégicos españoles).

☞ **Motín de Aranjuez** (marzo de 1808): promovido por partidarios de Fernando VII, obliga a abdicar a Carlos IV y a dimitir a Godoy.

☞ El **Dos de Mayo de 1808:** Napoleón aprovecha la crisis política española, invita a la familia real española a una **entrevista en Bayona.**

- ⇨ Napoleón obliga a abdicar a Carlos IV y otorga la corona española a su hermano José I.
- ⇨ España invadida por los franceses.

EL CONFLICTO ARMADO

☞ Alzamiento popular en Madrid y en las zonas peninsulares no ocupadas por los franceses.

☞ Los españoles en la guerra:

- ⇨ Afrancesados.
- ⇨ Aprovechados.
- ⇨ Los eclesiásticos.
- ⇨ El pueblo.

☞ Surgen **jefes locales** hasta la formación de las **juntas locales** ocupadas por nobles partidarios del antiguo régimen.

- ⇨ Guerra de guerrillas: bandolerismo andaluz.

☞ Aparece en España el concepto de la honra, la defensa de la patria y la restauración de la monarquía.

LAS FORMAS DE PODER A INICIOS DEL SIGLO XIX

LA POLÍTICA DEL JOSÉ I BONAPARTE

☞ **Política pactista y conciliadora:** no pretende aniquilar al adversario, sino granjeárselo para su causa.

☞ Sus **ambiciosos proyectos de reforma** son difícilmente aplicables.

☞ Se disuelve su autoridad militar.

- ⇨ **Éxodo a Valencia:** hay una deserción masiva de soldados y funcionarios.

EL RÉGIMEN DE LAS JUNTAS: JUNTAS CENTRALES Y PROVINCIALES

☞ Las **juntas locales** son la expresión política de la participación política del pueblo.

- ⇨ El objetivo de las juntas: aunar el esfuerzo bélico —dinero, levas.
- ⇨ Garantes del orden público local.

☞ Junta central:
- ⇨ **Acción reformadora** encaminada a regenerar el país.
  - → Abismo entre las reformas anunciadas y las decisiones adoptadas.
- ⇨ Incapaz de concebir una estrategia, la junta se dedica a cambiar a los militares de sitio.
- ⇨ A finales de enero de 1810 se **disuelve,** transfiriendo su autoridad a una regencia.

LAS CORTES DE CÁDIZ

GENERALIDADES

☞ El 22 de mayo de 1809 la junta central convoca a Cortes.

☞ Primer decreto:
- ⇨ Defiende la soberanía nacional y la división de poderes.
  - → Se justifica el **alzamiento** y la **defensa** contra el usurpador.
- ⇨ Proclamación de **Fernando VII** como único y legítimo rey de España, quien tendrá el **poder ejecutivo.**

☞ Otros decretos reglamentan la **regencia,** las **Cortes** y permitirán la creación de las **Juntas provinciales.**

☞ Limitación de la **libertad de prensa.**

☞ Abolición del régimen señorial.

EL TEXTO CONSTITUCIONAL

☞ Diciembre de 1810: formación de la comisión constitucional (diez españoles y cuatro hispanoamericanos).

☞ Característica esencial: la unión de liberalismo y absolutismo.
- → Es una **manifestación del Antiguo régimen:** se alude a la gracia de Dios.
- → Se reconocen los derechos humanos, la soberanía nacional y la división de poderes.
- → Se proclama al rey como jefe de Gobierno y de Estado.
- → Se establece un **mandato** de dos años para los diputados.

FERNANDO VII

GENERALIDADES

☞ Economía agraria señorial.
- ⇨ Concentración de la tierra mediante una legislación obsoleta y el mantenimiento de las relaciones señoriales.
- ⇨ Estancamiento técnico.

☞ Desigualdad de desarrollo:
- ⇨ **Interior peninsular,** economía agraria cerrada.
  - → **Castilla** produce trigo en exceso y compra tejidos extranjeros.
- ⇨ **Periferia peninsular** —Cataluña, País Vasco, Asturias—, desarrollo industrial.

☞ 1814-1820: intentos del Estado de conservar la **estructura social** y **económica** del Antiguo Régimen.
- ⇨ 1814: caída del **comercio colonial.**

DESARROLLO HISTÓRICO

La Restauración (1814-1820)

☞ El **rey** obtiene **plenos poderes** y se declara **nula** toda la obra de las **Cortes de Cádiz.**

☞ Desastre financiero:
- ⇨ Cese de la llegada **de metales preciosos** de América.
- ⇨ Colapso administrativo del Antiguo régimen.
- ⇨ **Crisis** política y económica en **Europa.**

☞ Tensiones sociales:
- ⇨ Monarquía y **clero** aliadas contra los **liberales.**
- ⇨ La **burguesía,** protagonista en los movimiento revolucionarios de 1814-1820.
  - → Comerciantes de Cádiz y fabricantes de Barcelona interesados en recobrar América.
- ⇨ Crisis del campesinado español.

Trienio liberal (1820-1823)

☞ 1820: clima de desconfianza en contra de Fernando VII.
- ⇨ Ambiente de **crisis política,** acentuada desde los cambios ministeriales de 1818.
- ⇨ Conspiraciones militares.
- ⇨ Desastre económico y de recaudación.

☞ Sublevación de Rafael de Riego en Cabezas de San Juan (Sevilla). 1 de enero de 1820.
- ⇨ Proclamación de la Constitución de 1812.

☞ Reformas del Trienio.
- ⇨ Establecimiento de una monarquía constitucional.
- ⇨ Pago de la **deuda** interna y externa de Estado.
- ⇨ Supresión de las **trabas feudales** de la propiedad.
- ⇨ Proteccionismo económico: la agricultura nacional.
  - → Reducción de costos de producción.
  - → Explotación de nuevas zonas de cultivo.

☞ **La regencia de Urgel (1822).** Regencia creada el 15 de agosto de 1822.
- ⇨ Movimiento para rescatar al rey de manos de los liberales.
- ⇨ Manifiesto de los Persas.

☞ La intervención extranjera (1823).
- ⇨ Consecuencia de la política de la **Santa Alianza.**
- ⇨ Pone fin al Estado liberal en nombre de Fernando VII.
  - → El 7 de abril entran los llamados **Cien Mil Hijos de San Luis.**
  - → El 23 de abril el duque de Angulema entra en Madrid.
  - → El 28 de septiembre las Cortes y el Gobierno liberan al rey.

La Década Ominosa (1823-1833)

☞ Características:
- ⇨ **Política represiva:** plan sistemático de depuraciones, régimen de terror, con el llamado **Ministerio Universal** y los **Tribunales de la Fe.**
- ⇨ Desarrollo hacia el **reformismo.**
- ⇨ Política condicionada por la **bancarrota** de Hacienda.
  - → Crecientes gastos y reducción a la mitad de los ingresos.
- ⇨ Los errores políticos hacen inútiles las reformas.

☞ Reforma hacendística.
- ⇨ Intento de establecimiento **contribución general.**
  - → **López Ballesteros:** reforma tributaria y aumento de la deuda.
- ⇨ **Sistema de hacienda** de 1824 y reforma administrativa.
- ⇨ **Problema de la deuda:** decisión de no reconocer los empréstitos de las Cortes.

☞ Crisis al final del reinado (1830-1833).
- ⇨ Las **invasiones liberales** debilitan a los moderados.
  - → Asociación del rey y los absolutistas.
  - → Depuración política.

⇨ La **revuelta de los «agraviados»,** primer levantamiento carlista.
⇨ Choque entre las **facciones cortesanas** (1830-1832).
→ Sucesos de la Granja (1832): se fuerza a Fernando VII a derogar la Pragmática Sanción.
⇨ Fracaso del reformismo absolutista.
→ Tránsito pacífico de la sociedad estamental al orden burgués.
→ Sustitución de gobierno despótico por monarquía parlamentaria con sufragio censitario.
→ **Triunfo de los intereses** de terratenientes, comerciantes, industriales y rentistas.

REINADO DE ISABEL II

COMIENZO DEL REINADO (1833-1835)

☞ Regencia de María Cristina de Borbón.
☞ Gobiernos absolutistas y moderados.
☞ Levantamientos **carlistas.**
☞ Los liberales (gobierno de Martínez de la Rosa) llevan a cabo una **reforma política y administrativa:**
⇨ Nueva Constitución y **Estatuto Real** (1834).
⇨ Reforma de la división administrativa de España (49 provincias).
⇨ Libertad de prensa y asociación muy recortadas.
⇨ Sufragio censitario.
⇨ **Jefes de Gobierno:** Cea Bermúdez, Martínez de la Rosa y conde de Toreno.

GOBIERNOS PROGRESISTAS (1835-1843)

☞ Regencias de María Cristina de Borbón y **Espartero.**
☞ **Levantamiento revolucionario** de los liberales progresistas (exaltados) en verano de 1835 con la exigencia de derogar el Estatuto Real.
⇨ Disturbios y quema de conventos.
⇨ María Cristina entrega el gobierno al Progresista Juan Álvarez Mendizábal.
☞ Mendizábal decreta la **supresión del clero regular** (órdenes religiosas) que no se dedicaran a la sanidad o la educación.

⇨ Desamortización de bienes pertenecientes al clero y de manos muertas: nobles, Ayuntamientos.

☞ Los progresistas **reinstauran la Constitución de 1812** que luego reforman, convirtiéndola en la **Constitución de 1837,** de carácter progresista:

⇨ Soberanía nacional, una sola cámara, sufragio censitario.

☞ En 1840 **Espartero** consigue la **jefatura del Gobierno.**

⇨ Enfrentamientos con la regente que terminan con la renuncia de María Cristina a la regencia (1840). Las Cortes nombran entonces **regente a Espartero.**

☞ **Causas del fracaso liberal:**

⇨ La oposición de los moderados.

⇨ Falta de apoyo del ejército.

⇨ Disensiones entre los liberales.

⇨ Incapacidad política de Espartero.

☞ **Jefes de Gobierno:** Juan A. Mendizábal y Baldomero Espartero.

GOBIERNOS DE NARVÁEZ (1843-1854)

☞ Declaración de Isabel II mayor de edad.

☞ Gobiernos moderados con **Ramón M. Narváez** y **Juan Bravo Murillo** como jefes de Gobierno.

☞ El **levantamiento de los moderados** contra Espartero (1843) termina por colocar al general Narváez como jefe de Gobierno (1844).

⇨ Reforma la constitución de 1837 y promulga la **Constitución de 1845,** de ideología **conservadora:**

→ Soberanía compartida.

→ Cortes bicamerales con un Senado de designación real.

→ Sufragio censitario.

⇨ Acuerdo con la Santa Sede **(Concordato de 1851):** catolicismo, religión del Estado.

⇨ Existen fuertes recortes a la **libertad de prensa.**

⇨ Se crea la **Guardia Civil** (1844).

⇨ La **centralización del Estado** se profundiza:

→ Provincias gobernadas por un gobernador civil y otro militar.

→ Alcaldes de los municipios de más de 2.000 habitantes nombrados por la Corona.

⇨ 1848: **primera línea de ferrocarril en la península,** que une Barcelona con Mataró.

☞ La **corrupción generalizada,** los intentos de Bravo Murillo por recortar aún más las libertades y el abuso de poder de los moderados provocan en 1854 el **pronunciamiento liberal de Vicálvaro** (Madrid).

BIENIO LIBERAL (1854-1856)

☞ Los **liberales** vuelven al gobierno con **Espartero** a la cabeza.

⇨ A consecuencia de la **Vicalvarada,** la reina entrega el poder al general Espartero, quien lo comparte con O'Donnell —moderado.

⇨ **Cambio de régimen:** convocatoria de elecciones a **Cortes Constituyentes** y una nueva **desamortización.**

⇨ Abundan los **disturbios obreros** frente a los que la burguesía liberal se une.

☞ O'Donnell funda la **Unión Liberal,** que agrupará moderados y progresistas.

⇨ 1856: disolución de las Cortes y dimisión de Espartero.

FIN DEL REINADO ISABELINO (1856-1868)

☞ Gobiernos **moderados,** con **O'Donnell** (Unión Liberal) y **Ramón M. Narváez** como jefes de Gobierno:

☞ **Reformas iniciales:**

⇨ Disolución de las Cortes y de todos los organismos estatales que no pudieron mantener bajo su control.

⇨ Suspensión de la desamortización eclesiástica.

⇨ Reinstauración de la Constitución de 1845.

☞ El apoyo de la burguesía al régimen aumenta a causa de la mejora económica.

☞ Política exterior:

⇨ Guerra en Marruecos (1859-1860), que amplía el territorio de Ceuta y Melilla (españolas desde el siglo XVI).

⇨ Conquista de Indochina junto a Francia.

☞ **Política económica.**

⇨ 1868: la peseta como unidad monetaria nacional.

⇨ Crisis económica europea de 1865-1866: presión de grupos liberales radicales y demócratas

☞ La llegada al Gobierno de **Serrano** desemboca en el fin del régimen en septiembre de 1868.

EL CARLISMO (TRADICIONALISMO)

☞ Ideales:

- ⇨ Apoyo al **absolutismo** real.
- ⇨ Mantenimiento del **Antiguo Régimen** y de los privilegios de la nobleza y la Iglesia.
- ⇨ Proponen como rey al infante **Carlos María Isidro,** hermano de Fernando VII.

☞ Limitado a zonas geográficas concretas (Navarra, País Vasco, Aragón, Cataluña, Maestrazgo —Valencia—) en áreas rurales.

- ⇨ Su apoyo proviene de población rural y del pueblo llano.

☞ **Ejército bien organizado,** bajo Zumalacárregui y Cabrera, pero tienen graves disensiones internas.

- ⇨ **Primera guerra carlista:** grave derrota en **Luchana** (1836). Acaba con el **Abrazo de Vergara** entre Espartero y Cabrera (1839).
- ⇨ Segunda guerra carlista (1840).
- ⇨ Tercera guerra carlista (1860).
- ⇨ **Guerra civil española** (1936): en el bando sublevado.

EL SEXENIO REVOLUCIONARIO

GOBIERNO PROVISIONAL (SEPTIEMBRE DE 1868-ENERO DE 1870)

☞ **Revolución Gloriosa:** los generales **Prim** y **Serrano** y el almirante Topete inician el levantamiento.

- ⇨ Las **Juntas Revolucionarias** se hacen con el poder en las principales ciudades y convocan elecciones.
- ⇨ El **ejército leal** a la reina es derrotado en Alcolea. La reina huye a Francia.

☞ 9 de octubre de 1868: **Gobierno Provisional** con ministros militares, progresistas, unionistas y demócratas.

- ⇨ Ideario democrático.
- ⇨ Rechazan la vuelta de los Borbones al trono, pero se declaran **monárquicos.**
- ⇨ 6 de diciembre: Cortes Constituyentes por sufragio universal.

☞ Junio de 1869: se promulga la **nueva Constitución** de carácter **democrático:**

- ⇨ Monarquía parlamentaria.
- ⇨ Soberanía popular y sufragio universal masculino.
- ⇨ Reconocimiento de las libertades individuales.

☞ **Búsqueda de un rey** con la oposición de carlistas **(tercera guerra carlista)** y republicanos.

- ⇨ Insurrección armada cubana (Grito de Yara, 1868).
- ⇨ **Levantamientos populares** en Andalucía de corte republicano.
- ⇨ La lucha entre candidatos al trono de España deriva en la **guerra francoprusiana** (1870).
- ⇨ Elegido rey por las Cortes **Amadeo de Saboya,** duque de Aosta, candidato de Prim.
- ⇨ 27 de diciembre de 1870: Prim asesinado y el rey electo sin apoyos.

AMADEO I DE SABOYA (ENERO DE 1871-FEBRERO DE 1873)

☞ Amadeo I jura la Constitución y es nombrado rey de España.

- ⇨ Tiene escaso apoyo político.

☞ Gran **inestabilidad política:** los partidos de oposición hunden la labor de seis gobiernos en dos años.

- ⇨ **Rebeliones en Ultramar** (Cuba, Puerto Rico y Filipinas).

☞ 10 de febrero de 1873: **abdicación del rey** quien abandona España.

- ⇨ Al día siguiente, los diputados republicanos **proclaman la República.**

☞ Jefes de Gobierno: **Serrano, Ruiz Zorrilla** y **Práxedes M. Sagasta.**

PRIMERA REPÚBLICA ESPAÑOLA (FEBRERO DE 1873-ENERO 1874)

☞ El **republicanismo es minoritario** entre los españoles.

☞ Dos partidos en la **concepción del Estado:**

- ⇨ **República unitaria:** un único gobierno para todo el país.
- ⇨ **República federal:** estados autónomos que se ponen de acuerdo para crear un Estado de rango superior.

☞ **Levantamiento cantonal** en toda España.

- ⇨ Descrédito del republicanismo federal.
- ⇨ El 2 de enero de 1874, Castelar queda en minoría en las Cortes.

☞ Enero de 1874: golpe de Estado del **general Pavía.**

☞ **Presidentes:** Estanislao **Figueras, Pi i Margall,** Nicolás **Salmerón** y Emilio **Castelar.**

DICTADURA DEL GENERAL SERRANO (ENERO-DICIEMBRE DE 1874)

☞ Tras el golpe de Estado, el general **Serrano forma nuevo gobierno.**

- ⇨ Disuelve las Cortes y se nombra presidente de la República.
- ⇨ Apoyado por **monárquicos.**

☞ 29 de diciembre de 1874: el general **Martínez Campos** se pronuncia en **Sagunto** por la restauración borbónica en la persona de Alfonso XII.

⇨ El triunfo de esta opción se logrará gracias a **Cánovas del Castillo.**

LA RESTAURACIÓN BORBÓNICA: ALFONSO XII

ORÍGENES DE LA RESTAURACIÓN

☞ Entre 1873-1875 se pone de manifiesto el fracaso del **sexenio revolucionario:**

⇨ No se produjeron cambios en las estructuras socioeconómicas del país.

⇨ La **Primera República** de 1873 fracasará.

☞ La **dictadura de Serrano** de 1874 es un puente hacia la Restauración.

☞ **Participación social:** a las clases dirigentes les corresponde un papel fundamental.

⇨ **Nobleza.** Tuvo un papel de homogenizador de las élites.

⇨ **Ejército.** Durante el siglo XIX había mantenido un carácter liberal. En el Sexenio y en la República se había querido prescindir de él, pero las guerras le convirtieron en imprescindible. Es de carácter nobiliario. Propició la restauración.

⇨ **Iglesia.** Tenía un compromiso con el régimen isabelino.

⇨ **Burguesía.** Quería la estabilidad y seguridad. Estaba acostumbrada al pacto con los residuos estamentales, pero no a la continua y creciente inestabilidad popular.

⇨ **Clases populares.** La República no consiguió satisfacer al campesinado ni a la clase trabajadora de la ciudad.

FACTORES DEL CAMBIO DE RÉGIMEN

☞ Partido alfonsino. Simbolizado por **Cánovas del Castillo.**

⇨ Defiende la **propiedad privada** y un **liberalismo** que debería encontrarse entre el moderantismo isabelino y la democracia del Sexenio.

⇨ Se funda el **partido liberal-conservador,** una unión entre los liberales y los moderados.

☞ **El mundo de los negocios.** La restauración contará con el apoyo de la burguesía catalana, valenciana y colonial.

☞ **El ejército.** La república intentó marginar al ejército, pero se apoyó en él para hacer frente a los principales problemas (guerras).

- ⇨ El ejército se encuentra fortalecido e intervendrá en el golpe de **Pavía**. **Martínez Campos** llevará a cabo la Restauración.
  - → Tras el pronunciamiento, se proclama la Constitución.

BASES DEL NUEVO RÉGIMEN

☞ Restaurar una **ordenación sociopolítica** existente antes del la República.

- ⇨ Dar **mandos militares** a oficiales alfonsinos: control militar.
- ⇨ Concesión de títulos a las grandes personalidades: control administrativo.
- ⇨ Modificación del matrimonio civil y del Código civil.
- ⇨ Acercamiento a la Iglesia.

☞ Cánovas se caracteriza por un talante conciliador:

- ⇨ Concede la **amnistía** a los que participaron en el Sexenio.
- ⇨ Quiere presentarse como el pacificador de España.
  - → Aparta a los militares del poder.
  - → Prefiere al rey como jefe del ejército.

☞ La Constitución se promulga el 2 de junio de 1876.

CONSTITUCIÓN DE 1876

☞ Características:

- ⇨ De la soberanía popular se pasa a una **soberanía compartida.**
- ⇨ El título primero habla de los **derechos del individuo,** pero menciona la necesidad de una legislación que los regulara, que será siempre de forma restrictiva.
- ⇨ Trata de romper con los símbolos de la época isabelina.

☞ Se crean **tres órganos** de gobierno:

- ⇨ **Rey.** Su figura es inviolable. Comparte la soberanía con las cortes.
- ⇨ **Las cortes.** Bicamerales.
- ⇨ **Constitución formal.** Guarda relación con los modelos ingleses y franceses.

☞ El electorado.

- ⇨ Es un electorado pasivo.
- ⇨ Las elecciones se fabrican antes de su celebración y con unos resultados conocidos.

- ⇨ El rey no se atiene a la opinión de los electores para nombrar Gobierno: recibe un documento de disolución de las Cámaras y otro de convocarlas.

☞ Se establece el **bipartidismo.**

- ⇨ Cuando el Gobierno no funciona, el rey nombra jefe del Gobierno a un político de otro partido.
- ⇨ Partido liberal (Sagasta) y Partido conservador (Cánovas del Castillo).

☞ El régimen parlamentario era una ficción.

CLASE POLÍTICA DE LA RESTAURACIÓN

☞ Élite formada por miembros del gobierno y alguna personalidad del partido.

- ⇨ Pertenecen a las clases medias, provenientes principalmente de la abogacía.

☞ Hay que distinguir **dos generaciones:**

- ⇨ Los que provenían del Sexenio.
  - → Idealismo krausista, doctrinario, moderantismo, impregnación estamental.
  - → El Sexenio les había defraudado.
- ⇨ **Generaciones jóvenes.** Acceden al poder en 1875.
  - → Serán los protagonistas de los noventa. Escépticos.
  - → Quieren racionalizar la vida política con el positivismo.

☞ Ambos coinciden en buscar la defensa del orden social establecido.

- ⇨ El pueblo se encuentra en una **situación de marginación.**
- ⇨ Existe una gran desigualdad legal.

SUCESOS FUNDAMENTALES DEL REINADO DE ALFONSO XII, EL PACIFICADOR

☞ Fin de la tercera y última **guerra carlista** (1875-1876).

- ⇨ Presencia del monarca en el campo de batalla.
- ⇨ Acciones de los generales Martínez Campos en Cataluña y Concha.
- ⇨ Carlos «VII», pasó la frontera francesa.
- ⇨ Alfonso XII dio una amnistía general.

☞ La **Constitución de 1876.**

- ⇨ Fruto de la política de Cánovas del Castillo.
- ⇨ Parecida a la de 1845, aunque más liberal.
- ⇨ Tolerancia de cultos.

☞ La **cuestión de Cuba** (1868-1878) y el **conflicto de las Carolinas** 1885.
- ⇨ **Abolición de la esclavitud** en la isla de Cuba y **política de los Estados Unidos** en el Caribe: factores de las revueltas cubanas.
- ⇨ Fin de la guerra cubana: **Tratado de Zanjón,** 12 de febrero de 1878.
- ⇨ **Acuerdo hispanoalemán** de 17 de diciembre de 1885: incorporación de las islas Carolinas al protectorado alemán.

ALFONSO XIII

MINORÍA DE EDAD DE ALFONSO XIII: REGENCIA DE CRISTINA DE HABSBURGO

☞ Mantenimiento del régimen bipartidista de la **Restauración.**

☞ La pérdida del Imperio:
- ⇨ Segundo levantamiento revolucionario de Cuba (1897).
- ⇨ La guerra con los Estados Unidos (1898) causa la pérdida definitiva de Cuba y Filipinas (1898).
- ⇨ Liquidación del imperio colonial español.

GOBIERNO PERSONAL DE ALFONSO XIII

☞ 17 de mayo de 1902, Alfonso XIII jura la **Constitución** de la Restauración.

☞ Principales gobernantes: **Antonio Maura** (conservador) y **José Canalejas** (liberal).

☞ Problemática social causada por:
- ⇨ Guerra de Marruecos.
  - → 1909: guerra en Melilla.
  - → 1921: desastre de Annual.
  - → 1925: desembarco de Alhucemas. Rendición de Abd-el-Krim.
- ⇨ El caciquismo.
- ⇨ Atraso industrial y descontento obrero.
  - → 1910: creación de la **CNT**
  - → 1917: **huelga general**. Acción de las Juntas Militares de Defensa.
  - → 1918-1923: desarrollo del **pistolerismo** patronal y **terrorismo anarquista.**
- ⇨ Reivindicaciones nacionalistas no satisfechas.
  - → Crisis de la Semana Trágica (1909).
  - → Gran tensión social y política.

☞ 1912: asesinato de Canalejas.
☞ 1917-1923: gobiernos de concentración.
☞ Golpe de Estado militar y dictadura de Primo de Rivera (1923-1930).

LA SEMANA TRÁGICA

☞ Tuvo lugar desde el 26 de julio hasta el 12 de agosto de 1909.
☞ Intento de renovar la monarquía constitucional.
☞ Antecedentes:
- ⇨ Guerra de Marruecos.
- ⇨ Crisis económica derivada de la pérdida de las últimas colonias.
- ⇨ Crisis social.

Factores:

☞ Anticlericalismo:
- ⇨ Rechazo a la Iglesia como institución.

☞ El problema catalán:
- ⇨ Cataluña tiene conciencia de sus diferencias.
- ⇨ Represión militar de las huelgas (1902, 1909).
- ⇨ Aparecen los primeros partidos regionalistas:
  - → La Lliga regionalista.
  - → Grupo de solidaridad obrera.
- ⇨ Formación de sindicatos regionales:
  - → Bloque Obrero Catalán.

☞ Guerra de Marruecos.

Desarrollo de acontecimientos:

☞ Formación del **comité de huelga** (Moreno, Rodríguez Romero y Fabra Rivas).
☞ Acción descontrolada de piquetes:
- ⇨ Cierre de fábricas y empresas.
- ⇨ Quema de conventos y de instituciones eclesiásticas.
- ⇨ Los primeros días no se hacen comunicados.

☞ 29 de julio: el ejército toma medidas y termina con las revueltas el 2 de agosto.

Consecuencias:

☞ Desconfianza en el turno de partidos. El rey decide a quién otorga el Gobierno.
- ⇨ **Coalición** entre republicanos y socialistas.

☞ Represión del sentimiento regionalista y libertario.
  ⇨ Anarquistas, radicales y regionalista salen muy perjudicados.
☞ Fortalecimiento de **clero.**
  ⇨ Gozará del apoyo del poder.
  ⇨ La **enseñanza religiosa** basada en los principios de propiedad privada, familia, patria y Dios.

DICTADURA DE PRIMO DE RIVERA (1923-1930)

☞ **Objetivos** de su Gobierno tras el golpe de Estado:
  ⇨ Restablecer el **orden social.**
  ⇨ Logra estabilidad política al Gobierno.
  ⇨ Terminar con la guerra de Marruecos.
☞ **Prosperidad económica,** reflejo de la recuperación europea de entreguerras.
  ⇨ Numerosas obras públicas: red nacional de carreteras.
  ⇨ Aumento de producción de energía eléctrica.
  ⇨ Creación CAMPSA y la Compañía Telefónica.
  ⇨ Agricultura estancada.
  ⇨ Desarrollo industrial.
    → Parón en la industria textil.
☞ Crecimiento de las **asociaciones obreras** por desarrollo industrial.
  ⇨ **CNT** declarada ilegal.
  ⇨ **UGT** alcanza gran fuerza.
  ⇨ **Sindicatos católicos:** Confederación Nacional de Sindicatos Católicos y la Confederación Nacional Católica Agraria.
☞ 3 de diciembre de 1925: **Directorio civil** sustituye al gobierno militar.
  ⇨ Intento de mantener la dictadura al margen de la monarquía constitucional.
☞ **Oposición** al régimen:
  ⇨ **Intelectuales:** Unamuno, Ortega y Gasset, Fernando de los Ríos, García Valdecasas, etc.
  ⇨ **Estudiantes:** organizados en la Federación Universitaria Española (FUE).
  ⇨ **Movimientos militares** de protesta: Sanjuanada (1926), apoyada por políticos liberales como Romanones y Lerroux o intelectuales como Gregorio Marañón.
☞ Los movimientos de **oposición** forzaron a Primo de Rivera para presentar su **dimisión** (28 de enero de 1930).

☞ Gobierno de **Berenguer** (1930) y de **Aznar** (1931).
- ⇨ Continuismo político.
- ⇨ Convocatoria de elecciones municipales y proclamación republicana en 1931.

ELEMENTOS DEL DESARROLLO ECONÓMICO ESPAÑOL EN EL SIGLO XIX

FACTORES

☞ Aumento de población falsa.
- ⇨ Durante dos siglos sin cambios económicos fundamentales.

☞ Transformaciones estructurales:
- ⇨ 1832: adopción de la **energía de vapor** por la industria de consumo.
  - → Aplicación de procedimientos siderúrgicos modernos: altos hornos y cubiletes.
- ⇨ 1840: las grandes tranformaciones.
  - → Desamortización del suelo.
  - → **Mecanización** de la industria algodonera, las coladas del arrabio y las construcciones mecánicas.

☞ La deuda externa.
- ⇨ Colonias americanas, base de la Hacienda española.
  - → Al perderse el Imperio, **crisis hacendística.**
  - → La **inestabilidad política** y los **intereses creados** obligan al **endeudamiento** constante de la política española.
  - → Los **bancos** refuerzan la dependencia respecto al gobierno.

☞ La adopción compensatoria a título genérico.
- ⇨ Realizadas durante los gobiernos del bienio progresista (1854-1856) y Revolución la Gloriosa (1868).

☞ El **auge agrícola,** iniciado en 1852, produjo acumulación de excedentes.

☞ El sistema financiero.
- ⇨ El cambio político e 1854 establece dos leyes claves:
  - → Ley de creación de bancos de emisión: pluralidad de emisión.
  - → Ley de la aplicación de las sociedades de crédito.

- ⇨ Basado en el negocio ferroviario, sacrificando inversiones en actividades industriales.
  - → Modelo ferroviario inadecuado a las necesidades españolas.
  - → Crisis de 1855: origen en la quiebra de los ferrocarriles cambia la banca.

☞ La minería española.
- ⇨ En manos de capital extranjero desde la ley minera de 1869.
  - → Riqueza del subsuelo dependiente de Gran Bretaña y Francia.

LAS DESAMORTIZACIONES DEL SUELO

☞ La desamortización española fue un **proceso unitario** y **diverso,** abierto en 1789:
- ⇨ Primera desamortización (1798-1808).
- ⇨ Segunda desamortización (1820-1823).
- ⇨ Tercera desamortización:
  - → Realizada por **Mendizábal.**
  - → Afectó a **bienes eclesiásticos** y de corporaciones.
  - → Restableció la supresión de los mayorazgos, fideicomisos y patronatos.
  - → Produjo una radicalización del campesinado.
- ⇨ Cuarta desamortización (1855).
  - → Es la que afectó a la **propiedad comunal.**
  - → Produjo un **trasvase de capitales del ámbito urbano al rural,** olvidándose de la inversión en la industria.

☞ Las desamortizaciones llevaron a la **liberalización** —1837— con la **privatización del señorío.**

☞ El **nuevo propietario** adquiere grandes extensiones:
  - → Aumento del número de **arrendatarios.**
  - → Desaparición del **colono,** convertido **en jornalero.**
  - → Proletarización del campo andaluz y extremeño.

☞ La **reforma agraria** cumplió la misión de liberar brazos para la industria.

LA DESAMORTIZACIÓN DEL SUBSUELO

☞ La revolución de 1868 encontró la Hacienda pública en grave estado.
- ⇨ La crisis también afectaba a la agricultura.
- ⇨ Única salida: pedir préstamos con aval de los bienes de la Corona y el Estado.

☞ **Ley de minas de 1825:** carácter regalista de los yacimientos.
- ⇨ Explotación reservada a la Corona, que podía cederlos a terceros.

☞ **Leyes de minas 1848 y 1859:** sustituyen la propiedad del monarca por el dominio público.

☞ **Ley minera de 1869:** apuros de Hacienda determinan la liberalización del sector.

→ La mitad del subsuelo español en manos de capitales anglo-franceses.

EL PROBLEMA DEL CARBÓN

☞ **Intereses** de minería e industria **complementarios** durante casi todo el siglo.

☞ 1880: traslado de la **siderurgia española** desde Asturias (minas de carbón) a Vizcaya (minas de hierro).

⇨ Fuera de Asturias destacaba Córdoba, Ciudad Real, Palencia, León y Sevilla.

⇨ El impacto del **tren minero** sobre los costes fue decisivo.

☞ Desde la generalización de la **máquina de vapor,** la industria catalana se convirtió en consumidora de carbón piedra.

DIFICULTADES DE LA SIDERURGIA

☞ El hierro es el metal de la industrialización.

☞ Sectores de demanda siderúrgica:

⇨ Agricultura.

⇨ Textiles.

⇨ Transportes.

☞ Las principales dificultades de la siderurgia fueron:

⇨ Efectos de la política económica.

⇨ Relevo de la siderurgia meridional por la nórdica.

→ Preponderancia asturiana (1864-1879).

→ Las fábricas del sur no resistieron la competencia.

⇨ Esplendor vizcaíno.

→ Se crea el eje Bilbao-Cardiff.

☞ **Proteccionismo** a la siderurgia naval (1888-1909).

⇨ Nacimiento de Astilleros del Narvión y Sociedad Española de Construcción naval.

LA INDUSTRIA ALGODONERA CATALANA

☞ El auge de exportación española a Indias, por la **liberalización del comercio americano,** generó la expansión económica de la periferia peninsular, con efectos sobre la demanda de tejidos catalanes.

☞ La guerra de la Independencia:
- ⇨ Cierre del mercado a manufacturas extranjeras.
- ⇨ Colapso definitivo del comercio colonial.
- ⇨ Pérdida de bienes de equipo.

☞ **Tras la guerra:** los capitales menguaron y aparece el **contrabando.**

☞ La **mecanización** llegará en 1830.
- ⇨ Concentración de empresas, dado el alto coste de la maquinaria.
- ⇨ Se recurrió a sociedades anónimas.
- ⇨ Precios de venta afectados por la revolución tecnológica.

☞ La **producción de textiles tradicionales,** especialmente la lana, problemas de materia prima y unos costes laborales muy altos.
- ⇨ Alza del rendimiento de la mano de obra, por el auxilio de las máquinas de hilar y tejer.

☞ La producción algodonera:
- ⇨ Desarrollada desde 1833 hasta 1880.
  - → Puesta en cultivo de las primeras tierras desamortizadas.
  - → De 1840 a 1880: extensión y expansión agrícolas.
- ⇨ A partir de 1880, el campo entra en crisis.

☞ El reforzamiento del **Pacto colonial** (1882-1886) palió los problemas del mercado interior.
- ⇨ Por la **competencia exterior,** se abren los mercados de Cuba y Puerto Rico.

LA PRIMERA GUERRA MUNDIAL Y EL PERIODO DE ENTREGUERRAS

CRISIS DE LAS RELACIONES INTERNACIONALES ENTRE 1870 Y 1914

☞ La **Europa de Bismarck** (1870-1890).
- ⇨ Bismarck pretende asegurar el statu quo europeo y el aislamiento de Francia.
- ⇨ Guerra franco-prusiana.
  - → Liquidación de la potencia francesa y **fin del Imperio** de Napoleón III.
- ⇨ Afianzamiento de la **hegemonía alemana** en el continente europeo.

☞ Europa tras la **caída de Bismarck** (1890-1914).
- ⇨ Alianza francorrusa de 1892.
- ⇨ Expansión económica alemana.
  - → **Expansión marítima alemana** y competencia directa con Gran Bretaña.
  - → Los ingleses optan por una **alianza con Alemania.**
- ⇨ **Gran Bretaña** se volvió hacia Japón y Francia.
  - → **Alianza con Japón** en 1902 (en caso de ataque de dos potencias).
  - → Firma de la **Entente cordiale** con Francia en 1904 para reglamentar conflictos coloniales.
  - → Rusia firma el Pacto de Teherán con Gran Bretaña (1907): **Triple Entente.**

☞ **Acuerdos diplomáticos** (1890-1907).
- ⇨ **Alianza defensiva Francia-Rusia** (1893).
- ⇨ **Convención angloalemana** sobre el reparto de las colonias portuguesas (1898).
- ⇨ **Acuerdo francoitaliano** —neutralidad italiana en caso de ataque alemán— (1902).
- ⇨ **Alianza Gran Bretaña-Japón** (1902).

⇨ **Entente cordiale anglofrancesa** sobre Egipto y Marruecos (1904).
⇨ **Entente cordiale anglorrusa** (Teherán) sobre zonas de influencia en Oriente Medio (1907).

LA PRIMERA GUERRA MUNDIAL

LA CRISIS DE JULIO

☞ La situación de tensión causada por las nuevas alianzas provoca diversas **crisis entre los bloques.**

☞ La **crisis balcánica** —con la competencia entre Rusia y Austria— fue el detonante de la guerra y precipita los acontecimientos.

⇨ **Asesinato en Sarajevo** del heredero al trono imperial.
⇨ Acusación de Austria a Serbia y envío de un ultimátum.
⇨ Rechazo del ultimátum y **declaración de guerra** (28 julio de 1914).
⇨ **Intervención rusa** y movilización general para ayudar a Serbia.
⇨ Alemania dirige un **ultimátum a Rusia** y pide a Francia la promesa de neutralidad.
⇨ Francia rechaza la promesa y decreta la **movilización general.**
⇨ **Declaración de guerra de Alemania a Rusia** e intimidación a Bélgica para poder pasar a Francia.
⇨ Declaración de guerra a Francia e intervención inglesa por violación alemana del territorio belga.
⇨ Italia y España declaran su neutralidad.

LAS CAUSAS DE LA GUERRA

☞ Durante los años iniciales del siglo XX la **paz europea** había entrado en deterioro.

☞ **Mentalidades bélicas** de las potencias por:

⇨ El sentimiento nacionalista.
⇨ La rivalidad económica.
⇨ Las crisis políticas nacionales.

☞ Los historiadores están de acuerdo en que la **responsabilidad** no fue de ningún bando.

ESTRATEGIA Y POLÍTICA DURANTE LA GUERRA

☞ Formación de los **bandos:**

⇨ **Triple Entente:** Francia, Reino Unido y Rusia.
⇨ **Potencias centrales:** Alemania, Austria e Imperio otomano.

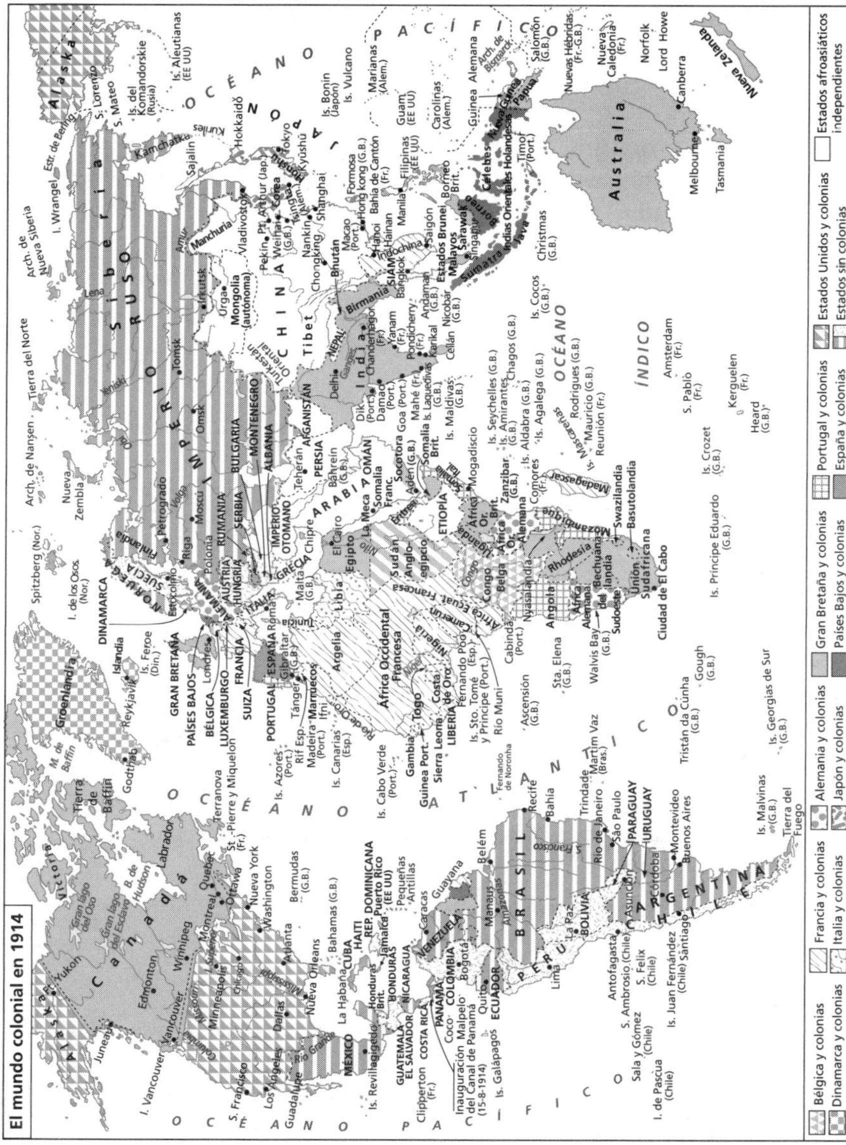
El mundo colonial en 1914
Bélgica y colonias
Dinamarca y colonias
Francia y colonias
Italia y colonias
Alemania y colonias
Japón y colonias
Gran Bretaña y colonias
Países Bajos y colonias
Portugal y colonias
España y colonias
Estados Unidos y colonias
Estados sin colonias
Estados afroasiáticos independientes

☞ Los **planes iniciales** de cada bando terminaron en un fracaso.
- ⇨ Plan Schlieffen
- ⇨ Plan XVII de Joffre.

☞ Estrategias alternativas:
- ⇨ Estrategia de **ruptura.**
- ⇨ Estrategia de **desgaste.** Verdún (guerra de las trincheras) y guerra submarina.
- ⇨ Estrategia de **diversión.**

☞ **Rebeliones internas** en los contendientes causan el fin de la guerra:
- ⇨ La crisis alemana.
- ⇨ Los **nacionalismos** en Austria-Hungría e Imperio otomano.
- ⇨ La revolución rusa.

LA TRANSFORMACIÓN DE EUROPA

Era evidente que Europa debería ser reorganizada, aún antes de concluir la guerra.

LA PAZ DE PARÍS

☞ Formada por cinco tratados.

☞ Aspira a **organizar la vida internacional** basada en las ideas de:
- ⇨ Democracia.
- ⇨ Nacionalidad.

☞ Todos los Estados serían responsables de la **seguridad colectiva.**
- ⇨ Se condena la diplomacia secreta.
- ⇨ Se afirma la primacía del derecho internacional sobre el nacional.

☞ Los intereses de las grandes potencias condicionaron su aplicación.
- ⇨ Aislamiento de Rusia.
- ⇨ Aplicación del principio de las nacionalidades a vencedores o vencidos.

PROBLEMAS PLANTEADOS POR LA PAZ DE PARÍS

☞ **Doctrina Wilson.**
- ⇨ El presidente americano quería un mundo con la paz asegurada por:
  - → La satisfacción de **derechos legítimos.**
  - → Una **Sociedad de Naciones** para evitar agresiones mediante sanciones económicas o militares.

☞ **Alemania.**

⇨ Los vencidos fueron excluidos de la discusión del tratado.

⇨ Alemania se comprometió a **satisfacer los gastos** civiles y se le añadieron los militares.

☞ Los **bolcheviques.**

⇨ Se condenó el régimen de los sóviets.

⇨ Existía el temor de su exportación a Europa.

☞ **El senado americano.** Los tratados deben aprobarse con una mayoría de dos tercios y el Senado, por las limitaciones que la Sociedad de Naciones podía imponer a los Estados Unidos, lo rechazó.

CONSECUENCIAS ECONÓMICAS Y TERRITORIALES DE LA GUERRA

☞ Alrededor de **ocho millones y medio de muertos,** casi todos población activa.

☞ Crisis de subproducción:

⇨ Escasez de materias primas.

⇨ Destrucción de equipos e industrias.

☞ Desaparición de los imperios continentales: Austria-Hungría e Imperio otomano.

☞ **Alemania** cedió Alsacia y Lorena, parte de Silesia, Slevig y los Sudetes, entre otros.

☞ Rusia abandonó Polonia y los países bálticos.

☞ **Nuevos Estados:** Polonia, Finalndia, Estonia, Letonia, Lituania, Checoslovaquia, Yugoslavia, Austria y Hungría.

☞ **Benedicto XV** inicia la tradición de **neutralidad** de la Iglesia.

☞ **Nuevo orden** mundial:

⇨ Declive europeo.

⇨ Ascensión americana y japonesa.

LAS RELACIONES INTERNACIONALES EN EL PERIODO DE ENTREGUERRAS

☞ La Primera Guerra Mundial anunció la **decadencia europea.**

☞ El periodo de 1919 a 1939 pueden dividirse en tres fases.

Europa tras la Primera Guerra Mundial

- Imperio germánico al iniciarse la guerra (1914)
- Imperio austrohúngaro en 1914
- Imperio ruso zarista en 1914
- Lituania — Nuevos Estados independientes
- Italia — Potencias vencedoras con adquisiciones territoriales
- 1 **Luxemburgo**
- 2 **Territorio del Sarre:** administración de la Sociedad de Naciones hasta 1935
- 3 **Liechtenstein**

UNA PAZ INESTABLE (1919-1924)

☞ Se instaura un **nuevo orden internacional,** caracterizado por la debilidad de la paz.

☞ Problema de las reparaciones.
- ⇨ Unos países piden la **aplicación íntegra de los tratados** y otros desean su revisión.

☞ Problema del desarme.
- ⇨ En la **Conferencia de Washington** (1922) se acordó la paridad naval y los tonelajes máximos.
- ⇨ Evacuación japonesa de Siberia, sustitución del tratado anglojaponés por el tratado de seguridad colectiva del Pacífico.
  - → **Renuncia del Japón** de las ventajas obtenidas en China.

☞ Problema de las fronteras.
- ⇨ **Inestabilidad política** en Europa central y oriental.
- ⇨ La **presión sobre Alemania** provocará su acercamiento a la URSS.
- ⇨ El **desmembramiento** de **Austria-Hungría** y del **Imperio otomano** originó diversos estados: Austria, Hungría, Checoslovaquia, Yugoslavia, etc.

LA PROSPERIDAD DE LA DÉCADA DE LOS AÑOS VEINTE (1924-1929)

☞ Periodo de estabilidad económica.
- ⇨ Reanudación de relaciones diplomáticas.
- ⇨ Regulación de **reparaciones.**

☞ Acuerdos de Locarno (1925).
- ⇨ **Tratado de mutua garantía** entre Alemania, Francia, Italia, Bélgica y Gran Bretaña.
- ⇨ **Convenios de arbitraje** entre Alemania-Bélgica, Alemania-Francia.
- ⇨ **Tratados de arbitraje** entre Alemania-Polonia, Alemania-Checoslovaquia.
- ⇨ Significaron el reconocimiento alemán de las fronteras occidentales.
- ⇨ Reconocimiento de **Alemania como potencia** con iguales derechos al resto.

☞ Pacto Briand-Kellog (1928).
- ⇨ **Abolición de la guerra** como forma de resolver diferencias internacionales.
- ⇨ Supuso un **acercamiento de los Estados Unidos** a Europa y un mayor acercamiento francoalemán.

LA CRISIS DE 1929

LOS EFECTOS ECONÓMICOS DE LA GRAN GUERRA

☞ **Destrucciones considerables**, principalmente en Francia.
☞ Europa deja de ser abastecedora de bienes.
  ⇨ Los **países de Ultramar** desarrollan sus industrias.
  ⇨ Los tratados de paz dividieron Europa en pequeños Estados.
    → Creación de **nuevas industrias** protegidas por las aduanas.
  ⇨ Desorganización del **sistema financiero** y **monetario** de la preguerra.
    → Las monedas abandonan el **patrón oro.**
    → Los **capitales flotantes** desequilibran la circulación monetaria y se refugian en los Estados Unidos.

CAUSAS DE LA CRISIS

☞ Hay diversas interpretaciones de los orígenes de la crisis de 1929.
  ⇨ El informe de la Sociedad de Naciones (1932).
    → Por los **efectos de la guerra** y la situación política resultante.
    → Sería una **crisis de superproducción.**
  ⇨ Interpretación de Neré. Causada por el subconsumo.
  ⇨ Interpretación de Dobds.
    → **Crisis estructural** del sistema capitalista.
    → Contradicción entre **aumento de producción** y **subida de precios.**

DESARROLLO DE LOS ACONTECIMIENTOS

☞ Se sitúa el inicio en el *crack* de la **Bolsa de Nueva York** en 1929 tras un espectacular alza.
  ⇨ La crisis de Wall Street provocó la dislocación del sistema crediticio americano.
  ⇨ La retirada de los créditos americanos provocó el **hundimiento de Europa central.**
☞ **Gran Bretaña** no puede hacer frente a sus compromisos exteriores.
☞ Hundimiento del comercio internacional.
  ⇨ Caída de los índices industriales.
  ⇨ Aumento del **paro.**

REACCIONES FRENTE A LA CRISIS

☞ Deflación.
- ⇨ Se intentó restablecer el equilibrio mediante la **reducción de gastos.**
- ⇨ Al reducir el poder adquisitivo y demanda se **agravó la crisis.**

☞ Economía dirigida.
- ⇨ Oposición a los mecanismos de la economía liberal.
- ⇨ No se sabía como hacerlo, pero se debía frenar la bajada de los precios.
- ⇨ **National Industry Recovery** (NIRA). Fracasa en sus intenciones.
  - → **Organización de la vida económica** por todos sus agentes.
  - → **Redujo la competencia** para frenar la caída de precios.
  - → Al mantener los **precios artificiales** aparecen nuevos productores.

☞ Política keynesiana (inflación).
- ⇨ Propugna la devaluación monetaria.
- ⇨ La **Alemania nazi** no aplica con éxito estas medidas y se aísla.

CONSECUENCIAS ECONÓMICAS Y POLÍTICAS

☞ Efectos en la **economía mundial.**
- ⇨ Quiebra del sistema crediticio y caída de la inversión.
- ⇨ Descenso de los **precios** y reducción de la **demanda.**
- ⇨ Elevación del **paro.**
- ⇨ Fin de los principios del **liberalismo económico.**
- ⇨ Las **nuevas políticas** (aumento de la demanda interior y del papel del Estado).
  - → Ayuda a las empresas mediante **subvenciones.**
  - → **Proteccionismo** arancelario.
  - → Restablecimiento del **poder adquisitivo** del campesinado.
  - → Financiación del **rearme.**

☞ Los **Estados Unidos.**
- ⇨ Caída de los **republicanos.**
- ⇨ Política del ***New Deal.***
  - → **Incremento de la demanda** y el **intervencionismo** estatal.
  - → La **inversión pública** no compensa la debilidad de la privada.
- ⇨ Reactivación económica muy lenta.

☞ **Europa.**
- ⇨ Reforzamiento del poder ejecutivo frente al legislativo.
  - → Crisis del **parlamentarismo.**
  - → Ascenso de los **sistemas totalitarios.**

⇨ Se detiene el crecimiento demográfico.
⇨ Paralización de la emigración intercontinental.
⇨ Expulsión de judíos de Alemania.
⇨ **Hostilidad obrera** hacia el capitalismo.
⇨ Crisis de valores.

SISTEMAS POLÍTICOS DEL PERIODO DE ENTREGUERRAS

LA REVOLUCIÓN SOVIÉTICA: DEL LENINISMO AL ESTALINISMO

☞ **Rusia prerrevolucionaria.**

⇨ Población de **mayoría agrícola** sujeta a fuerte **servidumbre** y tributación forzosa.
→ Al margen de la transformación económica.
⇨ **Dirigentes:** nobleza (cargos civiles) y el ejército (cargos militares).
⇨ **Clase obrera:** ideas **socialistas,** reivindican mejores condiciones de vida.
→ Aparición de grupos opositores: **bolcheviques** de Lenin y **mencheviques.**
⇨ Derrota ante Japón (1905): manifestaciones contra el régimen zarista.
→ Dura represión.

☞ Sucesos de **1917.**

⇨ Presión popular —por la guerra contra Alemania— causa la **abdicación de Nicolás I.**
⇨ Formación de gobierno democrático.
→ Continuación de la guerra.
→ Apoyo depositado a la burguesía.
→ Oposición popular.
⇨ La revolución bolchevique de octubre, dirigida por Lenin.
→ Derriba el gobierno demócrata apoyado en **mencheviques.**
→ Ruptura con el **mercado mundial.**
→ Fin del **sistema zarista.**

☞ Organización del de la **economía** (1918-1924).

⇨ Aplicación de la Nueva Economía **(NEP).**
⇨ Restablecimiento del sistema monetario y de la propiedad privada.
⇨ Libre comercialización de los excedentes agrarios.

⇨ Instalación de capitales y empresas extranjeras.
⇨ Restablecimiento de la jerarquía de salarios.
→ **Mercado de trabajo** libre.

☞ La URSS.
⇨ Creada en **1922** por Lenin: Unión de Repúblicas Socialistas Soviéticas.
⇨ **Bases** del Estado:
→ Los **Soviets:** consejos elegidos desde los locales hasta el nacional.
→ El **Partido Comunista:** partido único.

☞ El gobierno de Joseph **Stalin.**
⇨ **Claves** de su política:
→ **Colectivización** de la producción.
→ **Planificación** de la actividad económica.
⇨ En 1925 se da un giro a la economía.
→ Se tiende hacia la **industria pesada.**
⇨ En 1929 comienza la colectivización de la agricultura:
→ **Sovjoses** (granjas estatales).
→ **Koljoses** (cooperativas).
→ Inicio de la **planificación** de la economía: el Estado se apropia de los medios de producción.

DEMOCRACIAS OCCIDENTALES

☞ Los **Estados Unidos de América.**
⇨ 1920-1932: la era republicana.
→ Época de **prosperidad.**
→ Aumento de **población.**
→ Cambio de **costumbres cotidianas:** ley seca y mafia.
→ **Sindicalismo** retrocede.
→ La mujer consigue el **derecho a voto.**
→ Desarrollo del **americanismo.**
⇨ 1932-1938: la era de **Roosevelt.**
→ Época marcada por el **New Deal** (nuevo reparto).
→ Medidas de **emergencia contra la crisis** de 1929.
→ **Reformas estructurales.**

☞ **Reino Unido.**
- ⇨ Fin de la preeminencia económica británica. Causas:
  - → Gastos de la guerra.
  - → Competencia norteamericana.
- ⇨ Mantenimiento del **parlamentarismo.**
- ⇨ Creación de la **Commonwealth** (comunidad de estados soberanos sin ninguna relación de subordinación, aunque unidos por una común fidelidad a la corona británica).

☞ **Francia.**
- ⇨ **Años 20.** Problemas económicos y políticos (reconstrucción del país).
- ⇨ **Frente Popular** (1934): el temor al fascismo hace posible la unión de las izquierdas.

☞ **Alemania.**
- ⇨ República de **Weimar.**
  - → **Constitución** liberal.
  - → La **fragilidad** del régimen permite al **nazismo** lograr el poder.
- ⇨ Impacto de la crisis de 1929.
  - → Crecimiento electoral del **partido nazi.**

ITALIA FASCISTA

☞ Legalmente es una **monarquía parlamentaria** bajo la dinastía de Saboya.
- ⇨ Nacionalismo exacerbado.
- ⇨ Problemática social y sindical.

☞ Dictadura fascista.
- ⇨ La figura clave es **Mussolini.**
  - → Crea el **Partido Nacional Fascista** en 1921.
- ⇨ Toma del poder tras la **Marcha sobre Roma** (1921).
- ⇨ Política expansionista:
  - → Guerra de Abisinia.

ALEMANIA NACIONAL-SOCIALISTA

☞ Ejes del sistema nazi:
- ⇨ El Führer.
  - → **Adolf Hitler** detenta la **totalidad del poder.**
  - → Reúne las funciones de **jefe de Estado** y **jefe de Gobierno.**

⇨ El partido.
→ Los nazis ocupan los principales **puestos de la administración.**
→ El **sistema del Estado** es ocupado por el **aparato del partido.**
☞ Bases ideológicas:
⇨ Ultranacionalismo.
→ Exaltación del **sentimiento nacional.**
→ **Expansionismo** alemán.
⇨ **Racismo** xenófobo: antisemitismo, antieslavismo.
⇨ Sindicalización social.
⇨ Colectivización del capital.
⇨ Autosuficiencia económica.
☞ La dictadura nazi.
⇨ La **ascensión legal** al poder tras vencer en las elecciones de 1933.
⇨ Una vez en el poder, fin del Estado constitucional:
→ Eliminación de **partidos políticos.**
→ Anulación de los **principales derechos** (de reunión, de opinión, de expresión, etc.).
→ **Purgas** de enemigos políticos o sociales.
⇨ Economía: lucha contra la crisis.
→ Aumento de **puestos de trabajo.**
→ Gran desarrollo de las obras públicas: **reconstrucción nacional.**
→ Industria **armamentística.**
→ Política de **autarquía.**
⇨ Política exterior: fundamentada en la política expansiva.
→ **Agresión** a los países vecinos.
→ Aplicación de la **teoría del espacio vital** *(lebensraum).*
⇨ Fases de la primera expansión:
→ Anexión de **Austria (Anchluss,** 1938).
→ Anexión de **Checoslovaquia** (1939).
→ Invasión de **Polonia** (1939): Segunda Guerra Mundial.

LA PREPARACIÓN DE LA SEGUNDA GUERRA (1929-1939)

☞ Aparición del clima prebélico por:
⇨ Repercusiones internacionales por la crisis de 1929.

- ⇨ Fallecimientos de **Stresseman** y **Briand.**
- ⇨ Distanciamiento de Alemania (nazismo) y Francia (frente popular).

☞ Consecuencias de la crisis de 1929 en el orden internacional.

- ⇨ A **corto plazo** (1929-1933). Fin del proceso de expansión económica europea.
  - → Fracaso del intento de **unión europea de Briand.**
  - → Fracaso de la **Conferencia de desarme de Ginebra** (1932).
  - → **Invasión de Manchuria** por Japón.
  - → **Acercamiento de la URSS** a los países democráticos.
- ⇨ A **medio plazo** (1934-1936).
  - → Llegada al poder de **Hitler.**
  - → Formación del **Frente de Stressa** (Francia, Italia y Gran Bretaña) contra Alemania en 1935.
  - → **Invasión italiana de Abisinia** (1936). Disolución del Frente de Stressa.
  - → **Guerra civil española.**
- ⇨ A **largo plazo.** Evolución diplomática que lleva a la **Segunda Guerra Mundial.**
  - → Pacto de **Francia con la URSS** (1935) para aislar a Alemania.
  - → Ruptura de relaciones entre **Gran Bretaña** e **Italia** (1936).
  - → Alianza de **Italia con Alemania** (1936). Eje Berlín-Roma.
  - → Pacto de no agresión con la **Alemania-URSS** (1939).
  - → Abandono de los **países vecinos de Alemania** por Occidente.
  - → La **URSS** se aleja de las potencias democráticas.
  - → Alemania ocupa **Checoslovaquia** (mayo de 1939).

DEL IMPERIALISMO A LA DESCOLONIZACIÓN

GENERALIDADES

☞ A finales del siglo XIX se produce un nuevo equilibrio de poder.
- ⇨ Resultado de la unidad alemana y del desarrollo industrial.
- ⇨ El equilibrio de poder no es la solución en un sistema de Estados europeos, sino de **Estados mundiales.**

☞ Entre 1880 y 1914 no existe un sistema de Estados y alianzas que fuera capaz de **garantizar la estabilidad política** en Europa.

☞ El **afán de hegemonía,** de lograr nuevos territorios dará lugar a unas tensiones, agresiones y violencias.

DESARROLLO HISTÓRICO

EL SISTEMA COLONIAL ANTES DE 1870

☞ Primera expansión europea durante la Edad Moderna.

☞ Aparecen **potencias** que adquieren importancia con la **revolución industrial.**

☞ Las áreas principales donde se desarrollan estas relaciones son **Asia** y **África.**

☞ La importancia económica de las colonias sería un proceso en el siglo XIX.

☞ **Características generales:**
- ⇨ Capitalismo.
- ⇨ Evolución industrial.
- ⇨ Inversiones de capital de la metrópoli en las colonias.
- ⇨ Necesidad de materias primas.

SISTEMA COLONIAL TRAS 1870

☞ Características:
- ⇨ El nacionalismo europeo desembocará en Imperialismo.
- ⇨ En la década de 1890 aparece una nueva concepción colonialista.
- ⇨ A lo largo del siglo XIX se producirá la **revolución de la energía** en Europa.
- ⇨ La **superioridad tecnológica** hace posible una hegemonía generalizada en las colonias.
- ⇨ El **proteccionismo** trae consigo la necesidad de dominar otras áreas.

☞ Dimensión sociopolítica.
- ⇨ Desaparición de la aristocracia, aparición del mundo obrero, ascenso de las **clases medias con conciencia nacionalista** que buscará satisfacción en los nuevos territorios.
- ⇨ Tensiones por la polarización de la riqueza: **expansión capitalista.**

☞ Dimensión cultural.
- ⇨ **Nueva sensibilidad religiosa,** humana y científica que mueve la expansión.
- ⇨ El horizonte cultural se modifica:
  - → Aparece la **filosofía imperialista de origen determinista** (evolución de las especies, lucha de fuertes contra débiles, etc.).
  - → Trasladado al campo de las relaciones internacionales, se **justifica la guerra** por el derecho al poder sobre el más débil.

GÉNESIS DEL CONGRESO DE BERLÍN

☞ **Coyuntura diplomática** internacional se caracteriza por:
- ⇨ La aparición de i**ntereses encontrados** de las diversas potencias.
- ⇨ La toma de medidas previas a los **choques entre potencias** coloniales.
- ⇨ Se pretende la resolución pacífica de los litigios entre potencias.

☞ **Francia.**
- ⇨ Entre 1876 y 1880 cambia su política internacional.
- ⇨ Se pretende unir Argelia y Senegal mediante un transahariano.
- ⇨ Una vez conseguido Túnez, Francia no se expandirá por Egipto, abandona la idea del ferrocarril del Sahara y se acerca por el golfo de Crimea y el Congo.

☞ **Bélgica.**
- ⇨ Comenzará su expansión en África con la convocatoria a partir de 1876 de congresos geográficos, que se convertirán en la **Asociación Internacional del Congo.**

CONGRESO DE BERLÍN (1880)

- ☞ Se ocupa del **reparto de los territorios coloniales** entre las grandes potencias.
- ☞ Asisten **catorce países:**
  - ⇨ Las **potencias coloniales:** Gran Bretaña, Francia, Alemania, Portugal, Holanda, Asociación Internacional del Congo.
  - ⇨ Países con intereses **secundarios:** España, Austria-Hungría, Serbia.
  - ⇨ No participa **ningún país africano.**
- ☞ **Bismarck** inaugura la conferencia y se llega a los siguientes **acuerdos:**
  - ⇨ Promover la **«civilización»** entre los africanos.
  - ⇨ Abrir la frontera al **comercio.**
  - ⇨ **Reparto del continente** africano entre las potencias.

CONFLICTOS COLONIALES DE 1890 A 1920

- ☞ Principales factores:
  - ⇨ La organización del Estado del **Congo** por el gobierno belga de Leopoldo III.
  - ⇨ Entre 1885 y 1909 se acelerará el **reparto de África.**
    - → Quedan excluidos: Marruecos, Cirenaica, Tripolitania, Liberia, y Etiopía.
  - ⇨ El **deseo inglés de unir sus colonias** del norte con las del sur (eje El Cairo-El Cabo).
  - ⇨ Cambios en la **concepción** y **desarrollo de la guerra:**
    - → El desarrollo de la tecnología armamentística.
    - → La guerra surge de **intereses económicos** que presionan a los Estados.
- ☞ A partir de 1890 se producirán cambios en las **relaciones internacionales:**
  - ⇨ Inicio de la diplomacia de las **ententes** y de los dos bloques en los que se divide Europa:
    - → Eje Berlín-Viena-Roma de los años setenta-ochenta **(Triple Alianza).**
    - → La **Triple Entente.**
  - ⇨ 1891-1893: acuerdo militar bilateral entre Francia y Rusia.
  - ⇨ 1904: Francia y Gran Bretaña están enfrentadas en el norte de África por la posesión de Egipto.
  - ⇨ 1907: acuerdo entre Rusia y Gran Bretaña sobre Persia.
- ☞ A la era de las alianzas le sustituirá la **época de las ententes.**
  - ⇨ Más informales: conjunto de tratados entre países europeos sobre territorios extraeuropeos, ajenos a quienes los suscribieron.

⇨ Las decisiones de los gobiernos se hacen más complejas debido a:
→ La importancia de la **opinión pública** (medios de comunicación, sociedad de masas, disminución del analfabetismo, opinión económica).
→ El interés capitalista pasa a intervenir en las guerras.

☞ Tipos de **tratados** firmados para el reparto de África.
⇨ **Tratado de ultimátum:** expresa la posibilidad fulminante de disuasión a un país.
⇨ **Tratado de reparto:** acuerdo bilateral entre dos potencias.
⇨ **Tratado de garantía:** una gran potencia asume la defensa de una potencia débil.

LA DESCOLONIZACIÓN DE ASIA Y ÁFRICA

GENERALIDADES

☞ **Descolonización:** acceso a la independencia de los pueblos sometidos al régimen colonial.
⇨ Independencia política, pero dependencia económica de la antigua metrópoli.

☞ **Se desarrolla** entre la Segunda Guerra Mundial y la década de 1870.

☞ **Factores:** demográficos, económicos, sociales, culturales, etc.

☞ **Consecuencias:** neocolonialismo, subdesarrollo, violencia.

FACTORES DE LA DESCOLONIZACIÓN

☞ Factores internos.
⇨ El crecimiento demográfico.
⇨ Las transformaciones económicas y sociales.
⇨ Los cambios culturales e ideológicos.
→ La a**firmación antioccidental:** asiatismo, panislamismo y africanismo.
→ Los **movimientos nacionalistas** y sus líderes.

☞ Factores externos.
⇨ La **crítica anticolonial:** los círculos religiosos y el socialismo.
⇨ La favorable **situación internacional** a partir de 1918: debilitaniento de Europa y la guerra fría.
⇨ El apoyo de los **organismo internacionales:** la SDN y la ONU.
⇨ La solidaridad de los nuevos países independientes.

DESARROLLO HISTÓRICO

- ☞ Oriente Medio:
  - ⇨ Países musulmanes no árabes.
    - → **Mandamientos francobritánicos** tras la Gran Guerra.
    - → **Turquía:** proceso de renovación tras la guerra. Reformas de Attaturk.
    - → **Afganistán:** levantamientos en 1919. Independencia.
    - → **Irán:** Imperio persa tras la caída otomana. Revolución (Jomieni). República islámica (1978).
  - ⇨ El **renacimiento árabe:** Irak, Palestina, Siria, Líbano.
    - → Apoyo a la causa árabe para debilitar al Imperio turco.
  - ⇨ Estado de Israel.
    - → Creación de dos Estados en 1947: Palestina e Israel. Primera guerra árabe.
- ☞ Descolonización de Asia.
  - ⇨ Iniciada en el siglo XIX y terminada tras la Segunda Guerra Mundial.
  - ⇨ El **subcontinente indio:** dos Estados, la India (hindú), Pakistán (musulmán) en 1947.
    - → Independencia de Bangladesh (Pakistán).
    - → Birmania y Sri Lanka, 1948.
    - → Malasia, 1957.
  - ⇨ Independencia de las **Indias Holandesas,** Indonesia.
  - ⇨ **Guerra de Indochina:** Vietnam, Laos y Camboya.
- ☞ Descolonización de África.
  - ⇨ Etapas de la descolonización:
    - → 1945-1955: época de reivindicaciones.
    - → 1955-1962: independencia de gran parte de África.
    - → 1962-1980: consolidación del proceso. 1975: últimas colonias.
    - → Creación de la Organización de la Unidad Africana (1963).
  - ⇨ Características generales:
    - → Obtención de los **derechos políticos** antes que los sociales.
    - → **Anticolonialismo** y simpatía por el **socialismo.**
    - → **Rechazo del capitalismo.**
    - → Búsqueda de las **raíces tradicionales.**
  - ⇨ Independencia norteafricana.
    - → **Egipto:** independencia nominal hasta 1952.
    - → **Sudán:** independencia en 1955.

→ **Libia:** independencia en 1951.
→ **Magreb:** Marruecos y Túnez en 1956, y Argelia en 1962.
⇨ Independencia del África negra:
→ Favorecido por el Reino Unido y Francia tras la Segunda Guerra Mundial.
→ **Nigeria:** República federal en 1960.
→ **Kenia:** independencia en 1963.
→ **Congo Belga:** independencia improvisada en 1960.
→ **Posesiones españolas: Guinea Ecuatorial** independiente en 1968; **Ifni** entregada a Marruecos en 1969; **Sahara occidental** dividido entre Marruecos y Mauritania en 1975.
→ **Colonias portuguesas:** conflictos en Mozambique, Guinea y Angola (1975).
→ **República Surafricana:** independiente desde 1910.

☞ **Tercer Mundo:** conjunto de Estados que no han logrado alcanzar un grado de desarrollo mínimo. Latinoamérica, África, Asia y Oceanía.

☞ **Consecuencias** de la descolonización.
⇨ **Transformación de la ONU.** Nuevos Estados. 51 en 1945; 191 en 2002.
⇨ **Integración** de sus economías en el **mercado mundial** (deuda exterior).

EL NEOCOLONIALISMO

☞ **Neocolonialismo:** dependencia económica de las grandes potencias.
⇨ El régimen colonial creó un régimen dual:
→ Sector moderno controlado por extranjeros.
→ Economía de subsistencia destinada al autoconsumo.

☞ **Subdesarrollo.**
⇨ Asociado al hambre, pobreza y falta de industrialización.
⇨ **Características:** insuficiencia alimentaria, deficiencias de la población, dependencia del extranjero, baja renta per cápita, desigualdades sociales, paro, subempleo y trabajo infantil, crecimiento demográfico.

☞ **Ayuda al desarrollo.**
⇨ Encaminada a fomentar el crecimiento económico.
⇨ Procura mejorar las condiciones de vida y aumentar la renta en loa países receptores.

- ⇨ **Tipos:**
  - → Ayuda financiera y técnica.
  - → Acuerdos preferenciales.
  - → Ayuda alimentaria y humanitaria.

☞ **Vías hacia el desarrollo** económico y social.

- ⇨ Renovación de la agricultura.
- ⇨ Redistribución de las tierras y los sistemas de explotación.
- ⇨ Política de industrialización.
  - → Implantación de empresas financiadas por multinacionales.
  - → Sustitución de importaciones por industrias locales.

LA SEGUNDA GUERRA MUNDIAL
Y LA GUERRA FRÍA

LA SEGUNDA GUERRA MUNDIAL

PRECEDENTES

☞ Situación tras la Primera Guerra Mundial.

- ⇨ **Alemania:** resentimiento por la pérdida de territorio y por las reparaciones de guerra impuestas por el Tratado de Versalles.
- ⇨ **Italia:** considera que no recibió suficientes **concesiones territoriales.**
- ⇨ **Japón:** frustrado deseo de obtener posesiones en Asia oriental.
- ⇨ **Francia, Gran Bretaña** y los **Estados Unidos** reorganizaron Europa y el mundo según sus intereses.
  - → Los desacuerdos entre Francia y Reino Unido provocan la política aislacionista de los Estados Unidos.

☞ Las **causas** de la guerra.

- ⇨ El **fracaso de la diplomacia** en sus esfuerzos por la paz.
- ⇨ El ascenso del **fascismo.**
- ⇨ La formación del eje Alemania-Italia-Japón.
- ⇨ La agresión alemana en Europa.

DESARROLLO DE LOS ACONTECIMIENTOS

☞ El conflicto bélico se desarrolla entre 1939 y 1945.

☞ Contendientes:

- → **Países aliados:** Polonia, Reino Unido, Francia, Dinamarca, Noruega, Países Bajos, Bélgica, Yugoslavia, Grecia y, posteriormente, URSS, los Estados Unidos, China y diversos países de Sudamérica.
- → **Potencias del eje:** Alemania, Italia, Japón y sus países satélites.

☞ **Cronología** de la guerra:

- ⇨ 1938: anexión de los **Sudetes.**
- ⇨ 1939: ocupación de **Checoslovaquia,** alianza con Italia y neutralidad soviética **(pacto germano-soviético).**
  - → La expansión del eje y **generalización del conflicto** (Francia y Gran Bretaña).
  - → **División de Polonia** entre Alemania y la URSS (28 de septiembre).
  - → Estonia, Letonia y Lituania pasaron a pertenecer a la esfera de influencia de la URSS.
- ⇨ 1940: Alemania invade Dinamarca, Noruega, Países Bajos y Bélgica.
  - → **Ocupación de París.** Francia firma el armisticio con Alemania e Italia y queda dividida en una zona ocupada y otra bajo el **gobierno colaboracionista de Vichy.**
  - → Campaña aérea contra Gran Bretaña **(batalla de Inglaterra).**
  - → Italia ataca **Grecia** y **Egipto.**
  - → **Pacto tripartito** entre Alemania, Italia y Japón, al que se adhirió Hungría.
  - → Ocupación de los **países bálticos,** Rumania, Besarabia y Bucovina por parte de Alemania.
  - → Colaboración de la **URSS con los aliados.**
- ⇨ 1941: Alemania ocupa Bulgaria, Yugoslavia y Grecia.
  - → Conquista de **Somalia** y **Etiopía** por los británicos.
  - → **Japón** se apodera de la costa de China, Hainan, Tonkín y Cochinchina.
  - → **Ofensiva contra la URSS.**
  - → **Los Estados Unidos entran en la guerra** tras el bombardeo japonés de su base naval de **Pearl Harbor.**
  - → **Japón ocupa** Tailandia, Guam, las islas Wake y Gilbert, Filipinas, Malasia, Singapur, Indonesia y lanza un ataque sobre Australia.
- ⇨ 1942: **cambio de signo** de la guerra.
  - → Alemania capitula en el **norte de África.**
  - → Victoria soviética en **Estalingrado.**
- ⇨ 1943: ofensiva de la URSS.
  - → Liberación de **Ucrania.**
  - → **Desembarco aliado** en **Sicilia:** caída y detención de Mussolini.

- ⇨ 1944: liberación de **Roma.**
  - → Avance soviético hacia Rumania y Galitzia en el sur, los países bálticos en el norte y Bielorrusia en el centro. Penetran en Polonia y Hungría, mientras Rumania se pasa al bando aliado y Bulgaria capitula.
  - → Expulsión de los alemanes de los **Balcanes.**
  - → Evacuación alemana de **Grecia.**
- ⇨ 1945: los soviéticos ocupan Varsovia, Budapest, Viena y Dresde. Llegan a Berlín el 2 de mayo.
  - → Desembarcos de **Normandía** y Provenza: liberación de París y Bélgica, progresión por la cuenca del Ruhr, Baviera y Sajonia hasta el Elba.
  - → **Alemania capitula** sin condiciones el 7-8 de mayo de 1945 en Reims y Berlín.
  - → Japón es derrotado en **Leyte.**
  - → Los Estados Unidos libera **Filipinas** y Birmania.
  - → **Japón capitula** el 14 de agosto después del lanzamiento de las **bombas atómicas** sobre Hiroshima y Nagasaki (6 y 9 de agosto) y firma su rendición el 2 de septiembre.

☞ Conferencias de Yalta y Potsdam: se decide el futuro europeo.

- ⇨ **Alemania dividida** entre los cuatro países vencedores —Los Estados Unidos, Reino Unido, Francia y la URSS) y la ciudad de **Berlín** recibe un estatuto especial.
- ⇨ Procesos de **Nuremberg.**
- ⇨ El 10 de febrero de 1947 se firmaron en **París los tratados de paz** entre Naciones Unidas.
- ⇨ Japón fue desmilitarizado y ocupado por los Estados Unidos.
  - → En 1951 la ONU (excepto URSS y China) firmó con Japón el **Tratado de San Francisco.**
- ⇨ El último **tratado de paz, con Austria,** fue firmado en 1955.

EL MUNDO TRAS 1945

CONSECUENCIAS DE LA SEGUNDA GUERRA MUNDIAL

☞ Consecuencias **materiales:**

- ⇨ **Pérdidas humanas:** entre 45-55 millones de muertos.
- ⇨ **Pérdidas materiales:** agricultura, ganadería, industria arrasada, ciudades e infraestructuras en todos los contendientes salvo los Estados Unidos.

☞ **Nuevo orden internacional** establecido por los tratados de Yalta y Teherán.
☞ **Guerra Fría** (los Estados Unidos y la URSS).
 ⇨ Equilibrio entre las superpotencias basado en el **terror nuclear.**
☞ Nacimiento de las **Naciones Unidas.**

NUEVO ORDEN INTERNACIONAL
☞ Preparación de la paz: las **grandes conferencias.**
 ⇨ **Conferencias de Teherán** y **Yalta** en 1945: los Estados Unidos, Reino Unido y la URSS. Reparto del mundo por intereses entre los vencedores.
 ⇨ Conferencia de Postdam en 1945:
  → Establecimiento del **Telón de Acero.**
  → **Nuevo mapa** europeo: nacimiento de los bloques.

NACIMIENTO DE LA ONU
☞ **Conferencia de San Francisco** (1945): fundación de la organización
☞ Carta de las Naciones Unidas. Principios:
 ⇨ Defensa de la paz.
 ⇨ Independencia de los pueblos.
 ⇨ Regulación de conflictos internacionales.
 ⇨ Desarme.
 ⇨ Derecho al trabajo y a la instrucción.
 ⇨ Respeto de los derechos humanos.
☞ Instituciones:
 ⇨ Asamblea General.
 ⇨ Consejo de Seguridad.
 ⇨ Secretario General.
 ⇨ Tribunal de la Haya.

La reconstrucción de la economía mundial

☞ La Segunda Guerra Mundial paraliza la economía europea. Fueron arrasadas regiones económicas importantes y las industrias de los diversos países sufrieron cuantiosos daños.

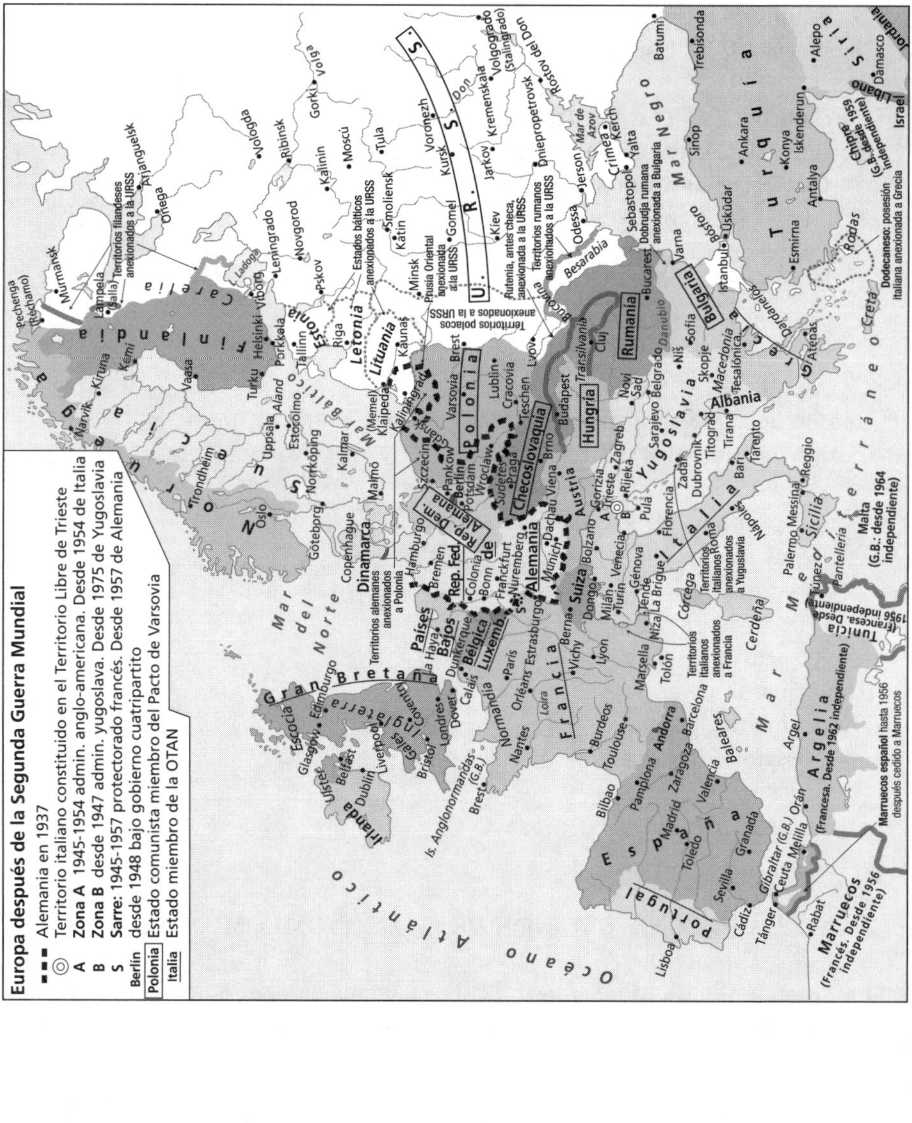
Europa después de la Segunda Guerra Mundial
Alemania en 1937
Territorio italiano constituido en el Territorio Libre de Trieste
A Zona A 1945-1954 admin. anglo-americana. Desde 1954 de Italia
B Zona B desde 1947 admin. yugoslava. Desde 1975 de Yugoslavia
S Sarre: 1945-1957 protectorado francés. Desde 1957 de Alemania
Berlín desde 1948 bajo gobierno cuatripartito
Polonia Estado comunista miembro del Pacto de Varsovia
Italia Estado miembro de la OTAN

LA PLANIFICACIÓN DE LA ECONOMÍA DE LA POSGUERRA

☞ **Primera fase:** cubrir las necesidades básicas de la población.

- ⇨ Restitución de las instituciones y la administración pública.
- ⇨ **Nuevos gobiernos:** reformas de carácter social, político y económico.
- ⇨ Fundación del:
  - → **Fondo Monetario Internacional** (FMI).
  - → **Banco Internacional para la Reconstrucción y el Desarrollo** (BIRD o Banco Mundial).
  - → Suponen el comienzo de la reconstrucción de la economía internacional.
- ⇨ Acuerdo General sobre Aranceles y Comercio (GATT).

EL PLAN MARSHALL Y LOS MILAGROS ECONÓMICOS

☞ **Ayuda americana** para la **reconstrucción de Europa,** principalmente Reino Unido y Francia.

- ⇨ En 1948 el Congreso aprobó la Foreing Assistance Act por el que se desarrolla el Programa de Reconstrucción Europa (ERP), regido por la Administración de Cooperación Económica (ECA).
- ⇨ La **Organización Europea para la Cooperación Económica** (OECE) y la **ECA** se encargan de distribuir la ayuda americana.
- ⇨ En 1952 se integra Alemania en la OECE y concluye el Plan Marshall.

☞ Los **milagros económicos** (Alemania, Italia, Japón, Francia, España).

- ⇨ Buen uso de los gobiernos de la **ayuda norteamericana.**
- ⇨ Aumento en las empresas nacionalizadas y del sector público.
- ⇨ **Clima propicio** al crecimiento,
- ⇨ Búsqueda del **Estado del Bienestar:**
  - → Protección de los **grupos más débiles económicamente**.

EL BLOQUE COMUNISTA

☞ La **URSS** salió de la guerra como una de las dos **potencias hegemónicas.**

- ⇨ En 1953 muere Stalin, sustituido por **Nikita Kruschev** en 1956.
  - → El cambio político no implicó un cambio económico.
- ⇨ **Fracasaron los proyectos** (a partir de 1957) para equipararse a los Estados Unidos.

☞ El **bloque comunista** crea en 1949 el **Consejo de Mutua Ayuda Económica** (COMECON): URSS, Albania, Bulgaria, Checoslovaquia, Polonia y Alemania oriental.

- ⇨ Objetivo principal: **coordinación del desarrollo** de estos países.

- ⇨ En 1956 la Hungría de Nagy desafía a la Unión Soviética con importantes reformas y elecciones libres: **invasión de Hungría.**

☞ **China.** Los comunistas expulsan a los nacionalistas de Chang-Kai-Ckek y proclaman la **República Popular China.**

- ⇨ Mao Zedong inicia un programa de modernización del país.
  - → Se **eliminó la propiedad privada.**
  - → En 1953 se inicia la **colectivización de la agricultura.**
  - → **Nacionalización de la industria** a gran escala.
- ⇨ Los primeros años de la República Popular se caracterizan por la **ayuda de la URSS.**
  - → La ruptura de relaciones en 1960 causan el desarrollo de **contacto con Occidente.**

PÉRDIDA DE LOS IMPERIOS COLONIALES

☞ El **imperialismo europeo** fue dañado durante la Segunda Guerra Mundial.

- ⇨ De la **India británica** nacieron cuatro nuevos estados: Sri Lanka, Bangladesh, la India y Pakistán.
- ⇨ En **África,** el primer Estado que obtuvo la independencia fue **Libia** en 1951.
  - → **Egipto** había obtenido la independencia en 1922, pero hasta 1952 seguía dependiendo del Reino Unido.
  - → Proclamación en 1956 de la República de **Sudán.**
  - → **Marruecos, Túnez** y **Argelia:** movimientos que consiguieron la independencia de Francia (Argelia se independiza en 1962).
  - → Independencia de **Costa de Marfil** en 1957.

☞ Los **nuevos países** intentaron ser democráticos.

- ⇨ Dificultades: **falta de base político-económica** para la implantación de la democracia.
- ⇨ Paso de los gobiernos a dictaduras de signo **maoísta** o **soviético.**

LA GUERRA FRÍA

GENERALIDADES

☞ El **concepto** de guerra fría:

- ⇨ **Fin de la colaboración** entre rusos y americanos.
- ⇨ **Tensión nuclear.**

- ⇨ **Confrontación no directa** entre ambos:
  - → Intimidación.
  - → Propaganda.
  - → Guerras locales.

☞ **Características:**

- ⇨ **Enfrentamiento no bélico.**
- ⇨ **Nuevo equilibrio** mundial. **ONU** como atenuador de conflictos.
- ⇨ Delimitación de **zonas de influencia** o «glacis».
- ⇨ Reconocimiento de principios universales.
- ⇨ No existe la neutralidad.
- ⇨ Utilización del terror nuclear como elemento disuasorio.

☞ **Desarrollo histórico básico:**

- ⇨ **1945-1953.** Posturas irreconciliables.
  - → Triunfo comunista en **China** y el **este de Europa.**
  - → **Guerra de Corea.**
- ⇨ **1953-1962.** Inicio del diálogo.
  - → **Crisis de los misiles** cubanos.
  - → **Muro de Berlín.**
- ⇨ **1962-1973.** Acumulación de potencial militar.
  - → **Guerra de Vietnam.**
- ⇨ **1973-1989.** Crisis económica:
  - → **Ocupación soviética de Afganistán.**
  - → Firma de los acuerdos **SALT I** (1972).
  - → **Conferencia de Seguridad y Cooperación Europea** (Helsinki, 1975).
  - → **Retirada de Afganistán,** 1989.
  - → Cambios políticos y económicos en Europa del Este: **crisis polaca.**

LA FORMACIÓN DE LOS BLOQUES

☞ Orígenes de las tensiones y primeros choques (1945-1948).

- ⇨ **Ocupación simultánea** de países (Irán, Alemania).
- ⇨ La URSS potenciará la **creación de regímenes comunistas.**
- ⇨ Unificación de la zona occidental de Alemania. Ruptura con la zona rusa.
  - → **Bloqueo de Berlín.** Puente aéreo occidental.
  - → Creación de la **RFA** y de la **RDA** (1948).

☞ **Alianzas económicas y militares.**
- ⇨ **Plan Marshall** de los Estados Unidos para la reconstrucción europea.
- ⇨ **Doctrina Jdanov:** dos bloques (URSS-Estados Unidos y Occidente).
- ⇨ Alianzas del **Bloque occidental:**
  - → Militares: **OTAN,** OEA, ANZUS, SEATO.
  - → Económicas: **OCDE, CCE.**
- ⇨ Alianzas del **Bloque comunista:**
  - → Militares: **Pacto de Varsovia.**
  - → Económicas: **COMECON.**

TENSIONES BÉLICAS (1945-1953)

☞ **Revolución maoísta** en China.
- ⇨ **Guerra civil** entre nacionalistas y comunistas.
- ⇨ **Triunfo comunista,** creación de la República Popular China en 1949.
- ⇨ Tratado de cooperación con la URSS en 1950.

☞ **Guerra de Corea** (1950-1953).
- ⇨ Dos zonas separadas por el paralelo 48º.
- ⇨ La zona comunista invadió el sur (1950). Respuesta de los Estados Unidos.
- ⇨ Intervención de China. Negociaciones (1953).

COEXISTENCIA Y CONFRONTACIÓN (1953-1973)

☞ Novedades:
- ⇨ **Relevo de dirigentes** (Kruschev, Eisenhower).
- ⇨ **Deshielo** en las relaciones.
- ⇨ **URSS:** coexistencia pacífica, respeto mutuo, no agresión, no injerencia.
  - → Aceptación soviética de las **vías nacionales de socialismo.**

☞ **Crisis de Suez** (1956).
- ⇨ Fractura en el bloque occidental: Gran Bretaña y Francia contra los Estados Unidos.
- ⇨ Origen nacionalista, antioccidental y guerra árabe-israelí.
  - → Derrocación del rey Faruk (1952). Nasser ocupa el poder.
  - → Deseo de modernización del país. Enfrentamiento con Gran Bretaña.
  - → Proyecto de la presa de Assuán. Nacionalización del Canal de Suez.
- ⇨ Reacción militar de Francia, Gran Bretaña e Israel (Toma del Sinaí).

- ⇨ Condena rusa y americana. Amenazas atómicas.
- ⇨ Triunfo final egipcio.

☞ **Crisis de Hungría** (1956).

- ⇨ Proceso de desestanilización.
- ⇨ Fuerza del nacionalismo y del sentimiento religioso.
- ⇨ Reacción al Pacto de Varsovia y a la subordinación económica de la URSS.
- ⇨ Movimiento reformista húngaro de **Imre Nagy** evoluciona a la rebelión armada.
  - → Fue sofocada por Moscú. Ocupación soviética de Hungría.

☞ **Crisis de Berlín y de Cuba.**

- ⇨ Levantamiento del **Muro de Berlín** (1961).
- ⇨ **Castro se acerca a la Unión Soviética** por desconfianza hacia los Estados Unidos.
  - → Crisis: mezcla el **comunismo, antiimperialismo** y **nacionalismo cubano.**
  - → Fracaso de la invasión de **Bahía Cochinos** (1961).
- ⇨ Se descubren rampas de misiles rusos: **bloqueo de la isla.**
  - → **Retirada de los misiles** y destitución de Kruschev.

☞ **Ruptura chino-soviética.**

- ⇨ Primeros desacuerdos entre Unión Soviética y China por la **Conferencia de Bandung** (1955).
- ⇨ Críticas a la idea de la **coexistencia pacífica,** defendida por Kruschev.
- ⇨ Desencadenante de la ruptura: **conflictos fronterizos.**

☞ **Guerra del Vietnam.**

- ⇨ Lucha por la **independencia** (1945-1954) y conflicto de la **guerra fría** (1954-73/75).
- ⇨ Acuerdos de Ginebra:
  - → **Retirada francesa** y frontera del norte y el sur en el paralelo 17º.
  - → No se cumplieron: **zona norte comunista (**Ho chi Minh), **zona sur proccidental.**
- ⇨ **Intervención americana** (lucha contra la expansión del comunismo).
  - → Expansión del comunismo en la zona sur **(Vietcong).**
- ⇨ **Batalla de opinión pública** en los Estados Unidos sobre la guerra. Oposición.
  - → Nixon retira las tropas americanas: **alto el fuego** (1973).
- ⇨ Victoria del Vietcong.
- ⇨ Extensión de la guerra a **Laos** y **Camboya.**

☞ **Guerras árabe-israelíes.**
- ⇨ Zona de conflictos desde la fundación del **Estado de Israel** (1949).
- ⇨ Causas:
  - → **Territoriales:** extensión de Israel.
  - → **Religiosas:** zona santa para musulmanes, judíos y cristianos.
  - → Control del **agua.**
  - → **Nudo de comunicaciones** entre el Mediterráneo y la zona petrolífera.
- ⇨ **Primera Guerra** (1948): Israel se apodera del Estado palestino.
- ⇨ **Crisis de Suez** (1956): victoria de Israel el la península del Sinaí.
- ⇨ **Guerra de los Seis Días** (1967): ocupación israelí del Sinaí, Jerusalén y los Atos del Golán.
- ⇨ **Guerra del Yom Kipur** (1973):
  - → **Acuerdos de Camp David** entre Egipto e Israel.
  - → Devolución de territorios (Sinaí a Egipto).

FIN DE LA GUERRA FRÍA (1973-1990)

☞ **La distensión:** los acuerdos SALT y la conferencia de Helsinki.
- ⇨ **Década de 1970,** época de distensión.
- ⇨ Negociación entre **China** y los **Estados Unidos**.
- ⇨ Firma de los **acuerdos SALT I** (1972).
  - → Limitación de los misiles antibalísticos.
- ⇨ **Acuerdos SALT II** (1979).
  - → Reducción del arsenal nuclear.
- ⇨ **Conferencia de Helsinki** (1975).
  - → Salvaguarda de las fronteras europeas.
  - → Cooperación económica, respeto de los derechos humanos
  - → Firmada por 34 países europeos, Canadá y los Estados Unidos.

☞ Nuevas confrontaciones.
- ⇨ Debilitamiento de los Estados Unidos durante el **mandato de Carter.**
- ⇨ Intervenciones bélicas de la URSS .
  - → **Invasión de Camboya** (régimen de los jemeres rojos).
  - → **Intervención en Angola** junto a Cuba.
  - → **Invasión de Afganistán.** Sustitución de un régimen procomunista por otro.

⇨ Derrocamiento del Sah de **Persia** y establecimiento de un **régimen integrista islámico** (Homeini).

⇨ Despliegue soviético de **misiles SS20** de alcance medio (euromisiles).

→ Los Estados Unidos despliegan misiles en Europa y ofrecen su retirada junto con la de los SS20.

☞ El **final de las confrontaciones:** Reagan y Gorbachov.

⇨ **Gobierno de Reagan** en los Estados Unidos.

→ Lucha contra el comunismo.

→ Guerra de las Galaxias.

⇨ **Mandato de Gorbachov** en la URSS:

→ Eliminación de los euromisiles.

→ Retirada de Afganistán (1989).

→ Retraso soviético: bajo nivel de vida y crecimiento económico.

⇨ Reformas en los países de Europa del Este.

→ Influencia del papa **Juan Pablo II** en Polonia y Hungría.

→ Crisis del sindicato **Solidaridad** en **Polonia.**

→ Movimientos de **democratización.**

→ **Reunificación alemana.**

→ Independencia de las **repúblicas bálticas** y **caucásicas.**

LA ECONOMÍA DE UN MUNDO DE BLOQUES

LA POBLACIÓN

☞ La población europea en el siglo XIX sufrió un **gran aumento** (más del 50%).

⇨ Disminución del índice de mortalidad.

⇨ Aumento de la esperanza de vida.

☞ La **urbanización** se incrementó.

⇨ Las grandes ciudades importantes centros de riqueza y cultura.

☞ Los **movimientos migratorios** desde Europa a América —los Estados Unidos, Argentina, etc.— en los años previos a la Primera Guerra Mundial.

⇨ La Segunda Guerra Mundial obligó a millones de personas a cambiar de lugar de residencia.

→ Refugiados hacia la República Federal Alemana.

LOS RECURSOS

☞ **Demanda de recursos** mundiales posible gracias a los avances tecnológicos y su aplicación práctica.

☞ **Fuentes de energía:** el carbón fue sustituido por gas natural y petróleo.

LA TECNOLOGÍA

☞ Aplicación a los transportes y a las comunicaciones.
- ⇨ Revolución en la forma y velocidad de los desplazamientos.
- ⇨ Posibilidad de comunicación inmediata.

☞ Propició una auténtica **revolución industrial:**
- ⇨ La aparición de **líneas de montaje** produjo aumento de la producción de bienes.

☞ **Carrera espacial** e investigación militar como base del desarrollo tecnológico.
- ⇨ **Satélites** militares, comerciales y de comunicación.
- ⇨ En 1969 el hombre realizó su primer **viaje a la Luna.**

NACIMIENTO DE LAS INSTITUCIONES ECONÓMICAS

☞ Las **relaciones internacionales.**
- ⇨ **Europa** y los **Estados Unidos** tenían el **control del mundo económico.**
- ⇨ **Desaparición de importantes Estados** europeos (Austria-Hungría, Alemania...).
  - → El **imperialismo ruso** fue sustituido por la Unión Soviética.
  - → El **Imperio austrohúngaro** fue reemplazado por una serie de Estados.
- ⇨ **Japón** se convirtió en una potencia económica.
- ⇨ Los **Estados Unidos** aumenta su influencia en el comercio mundial, superando a la propia Europa.

☞ Consecuencias de la **Segunda Guerra Mundial:**
- ⇨ Los **Estados Unidos,** mayor potencia económica mundial.
- ⇨ **Confrontación** político-económica entre el **sistema capitalista** y el **sistema comunista,** representados por los Estados Unidos y la URSS.
  - → **División entre países** capitalistas y países comunistas.
- ⇨ Aceleración de los **procesos independentistas** en Asia y África.
- ⇨ **Reconstrucción** vertiginosa de Alemania y Japón.
- ⇨ Paso de una etapa imperial a un **gobierno de comunista en China.**

☞ **Instituciones** del nuevo orden político-económico internacional:
- ⇨ **Organización de Naciones Unidas** (ONU) en 1945.
- ⇨ **Fondo Monetario Internacional** (FMI) y del **Banco Mundial.**

- ⇨ Creación de la **Organización Europea de Cooperación Económica** (OECE) y la **Comunidad Económica Europea** (CEE), actualmente Unión Europa (UE).

☞ Las **formas de empresa.**
- ⇨ A partir del siglo XIX comenzaron a proliferar las **sociedades anónimas.**
- ⇨ Aparición de **hóldings** para control y dirección de sociedades anónimas.
- ⇨ En el mundo socialista las empresas eran **propiedades del Estado.**

☞ **Organizaciones obreras.**
- ⇨ Los obreros consiguen el **derecho de asociación** y de negociar colectivamente.
- ⇨ Apogeo del **movimiento sindical** en los Estados Unidos y Gran Bretaña.

EL PAPEL DE LOS ESTADOS

☞ Aumento del cometido del Estado en temas económicos.
- ⇨ **Unión Soviética:** el Estado responsable de la economía nacional.
- ⇨ Países de la órbita capitalista adoptan un modelo de control económico: **economía mixta.**

☞ Se generalizó la **nacionalización de empresas** (agua, gas, ferrocarril).

☞ Aparecen los **sistemas de seguros** de accidentes, enfermedad, sistemas de pensiones, etc., por incapacidad económica de los Estados.

LOS MOVIMIENTOS SESENTAIOCHISTAS

BASES SOCIALES Y CULTURALES

☞ **Antecedentes** inmediatos:
- ⇨ **Movimientos por la paz** en Europa occidental.
  - → Movilización ciudadana contra el peligro de una **guerra nuclear.**
- ⇨ La aparición del **tercermundismo.**
- ⇨ El definitivo **descrédito del comunismo soviético** tras su intervención militar en Hungría (1956).
- ⇨ Los **movimientos de liberación nacional** y las guerrillas del Tercer Mundo: la revolución cubana, la guerra de Argelia y la guerra de Vietnam.
- ⇨ Nacimiento del **Movimiento de Países No Alineados:** conferencias de Bandung (1955) y Belgrado (1961).

☞ **Situación social:**
- ⇨ Altos **niveles de vida.**
- ⇨ Creciente **consumismo.**
- ⇨ Desarrollo de la sociedad de los **medios de comunicación de masas.**
- ⇨ Generalización de los **sistemas educativos.**
- ⇨ **Masificación** de las universidades.
- ⇨ Incorporación de las **mujeres al mundo del trabajo.**
- ⇨ **Rebeldía juvenil:**
  - → Nace el *rock and roll.*
  - → Se amplía el consumo de sustancias alucinógenas.
  - → Radicalización política de los universitarios.
- ⇨ **Liberación sexual.**
  - → 1960: los Estados Unidos comercializa la píldora anticonceptiva.

☞ Puesta en duda de la **capacidad civilizadora de Occidente** (Lèvi-Strauss).

LOS MAYOS DEL 68

☞ Los movimientos sesentaiochistas se desarrollan en casi todos los países del mundo en la segunda mitad de los sesenta, pero destacan por su importancia los sucesos ocurridos en los Estados Unidos, Francia y Europa del Este.

Los Estados Unidos:

- ⇨ 22 de noviembre de 1963: **John F. Kennedy** es asesinado en Dallas.
  - → Se convierte en una leyenda de los estadounidenses.
  - → Se pasa a valorar la juventud y dinamismo de los gobernantes.
  - → Los medios de comunicación.
- ⇨ 1964: **Lyndon B. Johnson** gana las elecciones presidenciales.
  - → Programa reformista de la **Nueva Frontera.**
  - → **Ley sobre Derechos Civiles,** que prohíbe la discriminación racial.
  - → Creación de la **Comisión de Oportunidades Iguales** que vigila por la no discriminación laboral por razones de raza, sexo o religión.
  - → **Ley sobre Oportunidad Económica,** por la que se destinaban importantes fondos públicos a la educación y la formación profesional.
  - → 1965: ampliación del sistema de salud pública y del sistema educativo.

☞ El factor desencadenante de los movimientos es la **oposición a la guerra de Vietnam.**
- ⇨ 1964: la televisión pasa a retransmitir, por primera vez, imágenes de la guerra.

⇨ 17 de abril de 1965: primera protesta masiva contra la guerra de Vietnam en Washington.
⇨ 1965-1967: se desarrollaba la **Revuelta Negra** y nace un nacionalismo negro que cuestiona los métodos no violentos de Martin Luther King, con Stokely Carmichael y Malcolm X.
⇨ 4 de abril de 1968: **asesinato de Martin Luther King.**
⇨ 17 de agosto de 1969: **festival de Woodstock** bajo el lema «Love and peace».

☞ Sus consecuencias principales fueron las **reformas sociales del presidente Johnson.**

Francia:

☞ **Factores** principales:
⇨ Nacimiento de una **nueva conciencia social.**
⇨ Desengaño por el **conflicto de Argelia.**
⇨ Rechazo del **régimen paternalista de De Gaulle.**

☞ **Rasgos** generales:
⇨ Suceden en las principales ciudades del país, especialmente en **París.**
⇨ Protagonizada por estudiantes universitarios que pretenden:
→ Ampliación de la **sociedad del bienestar** a todas las clases sociales.
→ Cuestionar del **orden social.**
→ Rechazan la **izquierda tradicional.**

☞ Principales **consecuencias:**
⇨ Evidencia del **fracaso revolucionario.**
⇨ Reconocimiento de los **derechos de la mujer.**
⇨ **Liberalización** de las costumbres.
⇨ **Democratización** de las relaciones políticas, laborales, sociales y generacionales.

Europa oriental:

☞ Los diversos movimientos reformadores tienen su raíz en la **controversia chino-soviética.**

☞ Enero de 1968: Alexander Dubcek designado secretario del Partido Comunista Checoslovaco: apoyo social a la democratización. **Primavera de Praga.**
⇨ Restauración de las libertades civiles y políticas.
⇨ 21 de agosto: las tropas del Pacto de Varsovia ocupan Checoslovaquia.

CONSECUENCIAS DIRECTAS DE LOS MAYOS DEL 68

☞ Los sucesos de 1968 en Francia y Checoslovaquia tienen importantes efectos:

- ⇨ Los partidos comunistas occidentales se distancian de Moscú: nacimiento del **eurocomunismo.**
- ⇨ Mitificación de las **guerrillas** del Tercer Mundo:
  - → Nacimiento del **terrorismo europeo** como las Brigadas Rojas (Italia) o el RAF (República Federal Alemana) o ETA (España).
- ⇨ **Descrédito del socialismo real.**
- ⇨ Nacimiento de **nuevos movimientos sociales:**
  - → Rebeldía juvenil.
  - → Feminismo.
  - → Ecologismo.
  - → Pacifismo.
  - → Hippismo.
  - → Contracultura.
- ⇨ **Cambio de costumbres y valores.**

ESPAÑA DESDE LA SEGUNDA REPÚBLICA

LA SEGUNDA REPÚBLICA

INTRODUCCIÓN

☞ La República española **se proclama** en 14 de abril de 1931.

⇨ La República se proclamó tras unas elecciones municipales, en las que ganaron mayoritariamente los partidos republicanos de izquierda.

☞ Reforma de la **ley electoral.**

⇨ La ley electoral es fundamental para el asentamiento de la nueva democracia.

⇨ Se reforma para votar las Cortes constituyentes, sin las presiones caciquiles.

⇨ Sufragio universal, que concede el voto a las mujeres.

ORGANIZACIÓN DEL ESTADO REPUBLICANO

☞ Desde el primer momento se recoge en la **Constitución** la promesa de dar **gobiernos autónomos.**

⇨ Cataluña accederá a la autonomía en 1932.

⇨ El País Vasco también tendrá su estatuto, pero ya en plena guerra civil.

☞ El Parlamento:

⇨ El Parlamento tiene como primera tarea la de hacer una constitución que sea ley fundamental.

☞ Los agentes políticos:

⇨ Partido Republicano Progresista de Alcalá Zamora.

⇨ Partido Conservador de Antonio Maura.

⇨ CEDA, el Partido Radical y el Partido Agrario.

⇨ PSOE, POUM y PCE.
⇨ Los anarquistas de la FAI y la CNT.

☞ El **gobierno constituyente:** al proclamarse la República se producen dos crisis:
⇨ **Dimisión** de Alcalá Zamora y Maura debido al explícito laicismo constitucional.
⇨ **Oposición** al poder de los radicales de Alejandro Lerroux y los socialistas de Largo Caballero.

EL BIENIO RADICAL-CEDISTA O NEGRO (1933-1935)

☞ La CEDA, al frente de la que está José María Gil Robles, gana las elecciones en 1933.
⇨ Alcalá Zamora le encarga formar el Gobierno a Alejandro Lerroux, líder del Partido Radical, uno de los partidos asociados a la CEDA.

☞ La revolución de octubre de 1934, en Asturias y Cataluña.

☞ Sucesos de Casas Viejas.

EL TRIUNFO DEL FRENTE POPULAR: 1936

☞ El Gobierno no es estable y convoca nuevas elecciones en 1936; las gana el Frente Popular.

☞ El nuevo Gobierno pone en marcha las **reformas** que habían quedado en suspenso.

El cambio social

☞ La derecha tratará de consolidar la revolución liberal con un régimen democrático.

☞ La izquierda tratará de fomentar las transformaciones sociales hasta conseguir una revolución social.

☞ La proclamación de la república no supuso el cambio automático de la estructura social del país, pero la oligarquía burguesa perdió el control de sus órganos de Gobierno.

El campesinado

☞ El campesinado es el sector de la población más activo políticamente.

☞ La agricultura es la principal fuente de recursos para la mayor parte de la población.

☞ División de la población campesina:
⇨ Jornaleros (50%).
⇨ Propietarios (20%).
⇨ Arrendatarios (30%).

☞ Esperan de la República la reforma agraria política que acabe con la gran propiedad.

El proletariado

☞ Con la crisis aumenta el **paro.**
- ⇨ Se crea una Caja Nacional del Seguro contra el Paro.

☞ El sindicalismo:
- ⇨ Los sindicatos tenían tendencias revolucionarias.
- ⇨ Alto índice de afiliados en UGT y la CNT.
- ⇨ **Sindicatos confesionales,** agrarios y de la pequeña burguesía, como la Confederación Nacional de Sindicatos Católicos.

POLÍTICA ECONÓMICA

☞ Reforma agraria:
- ⇨ Es el problema más urgente.
- ⇨ Oposición de las oligarquías terratenientes.
- ⇨ Fracaso ante la crisis económica mundial.

☞ La industria.
- ⇨ Se estanca al no poder vender sus productos en el extranjero.
- ⇨ La crisis de 1929 domina las decisiones económicas de todos los gobiernos de la época.

AÑOS DE GUERRA CIVIL

☞ 1936: las oligarquías económicas se sienten alejadas del poder.
- ⇨ Aumento de la ideologización fascista.
  - → Fundación de Falange Española en 1933 por José Antonio Primo de Rivera.
- ⇨ El ejército se plantea recuperar el poder por un golpe de Estado.

☞ 17 de julio de 1936: incidentes en el cuartel de Melilla ; 18 de julio: sublevación militar en toda España.

☞ España queda dividida en dos bandos:
- ⇨ **Leales** a la República.
- ⇨ Sublevados.

☞ El bando republicano.
- ⇨ Se desencadena un proceso revolucionario.
  - → Bando revolucionario que pretende acabar con la República, dominado por la CNT y el POUM.
  - → Bando estatalista: pretende mantener la República, dominado por el PCE y el PSOE.

⇨ Las milicias no estaban dispuestas a luchar por una república burguesa.

⇨ Los comunistas del PCE tenían claro que para ganar la guerra era necesario la ayuda de las democracias occidentales.

→ El PCE protagoniza un proceso contrarrevolucionario contra el POUM y la CNT (mayo de 1937).

☞ Durante toda la guerra el Gobierno de la República está en **crisis.**

LA GUERRA CIVIL

FACTORES

☞ **Crispación** social interna:

⇨ **Enfrentamiento** entre burgueses y campesinos-proletariado.

⇨ Anticlericalismo republicano: las quemas de conventos.

⇨ **Incapacidad del Gobierno** para enfrentarse a movimientos populares.

⇨ Descontento del ejército, falto de poder.

☞ Polarización política interna:

⇨ Ideologías fascistas y comunistas marcan la vida política.

⇨ Los grandes partidos son arrastrados por la inestabilidad política europea.

EL INICIO DE LA GUERRA

☞ El alzamiento de 1936 se organizó detalladamente.

⇨ En las principales ciudades, un jefe militar intentó apoderarse de los edificios oficiales y declarar el estado de guerra, apoyados por los representantes de los partidos de derechas.

☞ El alzamiento triunfó en muchos lugares, pero fracasó en las ciudades más importantes.

☞ El ejército se dividió.

DESARROLLO DE LOS ACONTECIMIENTOS

☞ 1936: formación de dos zonas —«nacional» y «republicana».

⇨ Marcha sobre Madrid.

⇨ Franco es nombrado «Generalísimo» y jefe de Gobierno en Burgos.

☞ 1937: frente de Guadalajara y Campaña de Norte.

⇨ Batallas de desgaste, grandes ofensivas.

  - ⇨ Utilización de material cada vez mejor y una gran intervención extranjera (italianos, alemanes, rusos, brigadistas internacionales).
- ☞ 1938: la batalla de Ebro.

EL FIN DE LA GUERRA

- ☞ La batalla del Ebro representó el último gran esfuerzo de los republicanos.
- ☞ Finales de 1938: ocupación de Cataluña.
- ☞ 28 de marzo de 1939: capitulación de Madrid.
  - ⇨ Todo el territorio en manos del ejército «nacional».
- ☞ 1 de abril de 1939: último parte de guerra que ponía fin a la contienda.

CONSECUENCIAS

- ☞ Políticas:
  - ⇨ El sistema fue configurado como una monarquía sin rey, regido por las Leyes Fundamentales.
  - ⇨ Gobierno personal de Francisco Franco hasta 1975.
- ☞ Económicas:
  - ⇨ Privación de fuentes de aprovisionamiento por:
    - → Inicio de la Segunda Guerra Mundial.
    - → Bloqueo aliado tras la guerra.
  - ⇨ Política de **autarquía.**
- ☞ Internacionales:
  - ⇨ La Segunda Guerra Mundial frena la recuperación española.
    - → Difícil situación entre los beligerantes.
    - → Las **potencias del eje** esperan que España combatiese a su lado por la ayuda prestada y las afinidades ideológicas.
    - → **Neutralidad** de Franco.
  - ⇨ Al terminar la guerra, **bloqueo internacional** por la hostilidad soviética y de algunos gobiernos aliados.

EL RÉGIMEN FRANQUISTA

NATURALEZA DEL FRANQUISMO

- ☞ **Régimen autoritario,** alejado de las democracias y de los totalitarismos.
  - ⇨ Sistema con pluralismo limitado, sin ideología elaborada.

- ⇨ El líder o un pequeño grupo ejerce el poder.
- ⇨ Sistema de partido único diferente al de los totalitarismos.

☞ Se le critica sus referencias al pluralismo limitado, a la negación de ideología y de desmovilización.

CARACTERÍSTICAS GENERALES

☞ Ausencia de Constitución, sustituida por las **Leyes Fundamentales:**
- ⇨ 1938: Fuero de los Trabajadores.
- ⇨ 1942: Ley Constitutiva de las Cortes.
- ⇨ 1945: Fuero de los Españoles.
- ⇨ 1947: Ley del Referéndum.
- ⇨ 1958: Ley de Principios Fundamentales de Movimiento.
- ⇨ 1967: Ley Orgánica del Estado.

☞ Inexistencia de partidos políticos:
- ⇨ Creación del Movimiento Nacional (1936).
- ⇨ Decreto de Unificación (19 de abril de 1937): Falange Española Tradicionalista y de las JONS.

☞ **Concentración de poder** en la persona de Franco:
- ⇨ Jefe de Gobierno (1936).
- ⇨ Jefe del Estado (1939).
- ⇨ Jefatura Nacional del Movimiento (1937).
  - → El jefe de Estado puede dictar normas jurídicas sin deliberación del consejo de ministros.

☞ Existencia de familias políticas:
- ⇨ Falange.
- ⇨ Católicos.
- ⇨ Monárquicos.
- ⇨ Tecnócratas.

☞ Instituciones:
- ⇨ Las Cortes: creadas en 1942. Tres estamentos:
  - → Los **municipios.**
  - → Los **sindicatos verticales.**
  - → Los **procuradores familiares.**
- ⇨ El Consejo Nacional del Movimiento.
- ⇨ El Consejo del Reino.

⇨ El Consejo de Regencia.
⇨ El Fuero de los Españoles.

DESARROLLO HISTÓRICO

☞ La **autarquía** (1939-1950).
⇨ Autoritarismo y adhesión del régimen a las potencias del eje.
⇨ **Posguerra:** hambre, desabastecimiento económico.
⇨ **Política económica** basada en el nacionalismo, el autoabastecimiento y la autarquía.
→ 1941: creación del INI (Instituto Nacional de Industria).
☞ La **apertura** (1950-1960).
⇨ Ayudas de los Estados Unidos.
⇨ España entra en los foros internacionales.
→ España, miembro de la ONU (1950).
⇨ Independencia de Marruecos (1958).
☞ El **desarrollismo** (1960-1975).
⇨ Gobiernos tecnócratas:
→ Gran desarrollo económico y liberalización de las costumbres.
→ Planes de desarrollo y turismo.
→ Influencia del Opus Dei y de los Propagandistas.
⇨ 1968: independencia de Guinea Ecuatorial.
⇨ 1973: Luis Carrero Blanco asume la presidencia del Gobierno. Pocos meses más tarde sería asesinado.
⇨ 1974: Arias Navarro asume la jefatura del Gobierno.
⇨ 1975: Tratado de Madrid: reparto de Sahara occidental entre Marruecos y Mauritania.
⇨ 20 de noviembre de 1975: muere Franco, le sucede el rey Juan Carlos I.

LA SOCIEDAD ESPAÑOLA DURANTE EL RÉGIMEN FRANQUISTA

☞ **Franco:** jefe del Estado y presidente del Gobierno.
☞ Agentes sociales:
⇨ El **ejército.** Se incorpora al cuerpo funcionarial del Estado y se le priva de ideología.
⇨ La Iglesia.
→ En un principio colaboradora **(Nacional-catolicismo).**
→ Origen de los primeros movimientos de oposición (CC OO).

- ⇨ La burguesía:
  - → La política proteccionista del régimen permitió hacer mucho dinero en el mercado negro y el estraperlo. La apertura permitió invertirlo fuera.
  - → La pequeña burguesía estaba, social y políticamente, al margen del régimen. Se sentía cómoda en la estabilidad.
  - → Surge la meritocracia administrativa.
- ⇨ El proletariado:
  - → Incardinado obligatoriamente en los **sindicatos verticales.**
  - → Poca **conflictividad laboral.**
  - → Situación beneficiada por el **auge del desarrollismo** y la **emigración.**

☞ La educación:
- ⇨ La educación queda en **manos privadas:** enseñanza católica.
- ⇨ Implantación de una **red educativa estatal** global.
- ⇨ Ley General de Educación en 1970.

☞ El pensamiento:
- ⇨ El intelectual más importante del régimen es **Rafael Calvo Serer.**
- ⇨ En 1946 vuelve a España José Ortega y Gasset.

☞ Economía y población:
- ⇨ Desarrollo demográfico: **política natalista.**
- ⇨ Emigración:
  - → Rural, del campo a la ciudad.
  - → Al extranjero, Europa, Australia y América.

☞ Agricultura:
- ⇨ **Reforma agraria técnica:** el plan de regadíos y la concentración parcelaria.
- ⇨ Crisis de los setenta, los precios industriales aumentan por encima de los agrícolas.

☞ Industria:
- ⇨ Bases del desarrollismo español: la **construcción,** el **turismo** y las **divisas de la emigración.**

X LA TRANSICIÓN ESPAÑOLA (1973-1977)

PRIMEROS ACONTECIMIENTOS

☞ 1973: Franco nombra para la presidencia del Gobierno a Luis Carrero Blanco.
- ⇨ Muerte de Carrero en un atentado de ETA.

☞ 1974: Gobierno de Carlos Arias Navarro, el «Espíritu de Octubre».
⇨ Exclusión del **comunismo.**
⇨ Afirmación de la **unidad nacional.**
⇨ Reconocimiento de la forma monárquica del Estado.
☞ 1975: últimas penas de muerte.
⇨ Protestas internacionales (CEE, ONU, Santa Sede).
☞ 20 de noviembre de 1975: **muerte de Franco.**

JUAN CARLOS I, REY DE ESPAÑA

☞ 27 de noviembre de 1975: **proclamación** como rey de Juan Carlos I en las Cortes.
☞ Junio de 1976: destitución de **Arias Navarro.**
⇨ **Amnistía** de presos políticos.
☞ 5 de julio de 1976: nombramiento de **Adolfo Suárez** como presidente del Gobierno.
☞ 15 de diciembre de 1976: referéndum de la **Ley Fundamental de Reforma Política:**
⇨ La ley había sido aprobada previamente por las Cortes: el «**harakiri**» **del régimen.**
⇨ Constitución del Congreso: 350 diputados y 207 senadores.
☞ 1976-1977: problemas sociales.
⇨ Conflictividad laboral y social
⇨ Terrorismo: ETA y GRAPO.
⇨ Febrero de 1977: legalización de **partidos políticos.**
→ Abril de 1977: legalización del Partido Comunista de España.
⇨ Presión de los nacionalismos.
⇨ **Crisis económica** derivada de la energética de 1973.

LAS CORTES CONSTITUYENTES

☞ 15 de junio de 1977: primeras elecciones democráticas desde 1936.
⇨ Convocatoria de Cortes Constituyentes.
⇨ Nueva Ley Electoral.
☞ Principales partidos políticos nacionales:
⇨ Unión de Centro Democrático (UCD).
⇨ Partido Socialista Obrero Español (PSOE).
⇨ Partido Comunista de España (PCE).
⇨ Democracia Cristiana (DC).

- ⇨ Alianza Popular (AP).
- ⇨ Fuerza Nueva (FN).

☞ Principales partidos nacionalistas:
- ⇨ Cataluña: Convergència Democràtica de Catalunya (CDC).
- ⇨ País Vasco: Partido Nacionalista Vasco (PNV).

☞ **Resultados** de las primeras elecciones democráticas:
- ⇨ **Unión de Centro Democrático** (UCD), gana por mayoría relativa.

☞ 4 de julio de 1977: **Adolfo Suárez** forma nuevo Gobierno.

☞ Dos **objetivos principales** del nuevo Gobierno:
- ⇨ Solucionar la dramática **situación económica** y **social** del país.
  - → **Pactos de la Moncloa.**
- ⇨ **Elaboración de una Constitución** que formalice la renovada situación democrática.
  - → 31 de agosto de 1978: se aprueba el texto en el Congreso.
  - → 6 de diciembre de 1978: referéndum de la Constitución.
  - → Primera constitución redactada en España por **consenso.**

LA CONSTITUCIÓN DE 1978

INTRODUCCIÓN

☞ **Constitución:** ley fundamental de la organización del Estado.

☞ **Tipos** de Constitución:
- ⇨ **Otorgada:** hecha por el rey.
- ⇨ **Votada:** votada por el pueblo.
- ⇨ **Flexible:** puede ser cambiada fácilmente.
- ⇨ **Rígidas** para cambiarla hace falta un procedimiento más complicado.

☞ Constitucionalismo en España:
- ⇨ Constitución de **1812.**
- ⇨ Estatuto Real de **1837.**
- ⇨ Constitución de **1845**.
- ⇨ Constitución de **1856.**
- ⇨ Constitución de **1869** (1869-1874).
- ⇨ Constitución de **1874.**

⇨ Constitución de **1931.**
⇨ Leyes Fundamentales.
⇨ Constitución de **1978.**

LA CONSTITUCIÓN

☞ Es la **norma jurídica suprema** que regula los principios fundamentales de la convivencia política de una comunidad.

- ⇨ Emana de un proceso legal.
- ⇨ Está dotada de un procedimiento de reforma más gravoso que el utilizado para modificar las demás normas jurídicas.

☞ La supremacía le viene dada por ser la norma de las normas.

- ⇨ Para su **elaboración** se exige un proceso más complicado:
  - → Tienen que hacerlo las **cortes constituyentes.**
  - → Tiene que ser **aprobada por las dos cámaras** y con **mayoría cualificada** (tres quintas partes).
  - → Interviene el pueblo en **referéndum.**
- ⇨ Contenido:
  - → **Dogmático:** se establecen los principios fundamentales que deben regir la organización política y económica del país, así como los derechos, deberes y libertades de los ciudadanos.
  - → **Orgánico:** se establece la forma de gobierno y la organización de los órganos del gobierno.
- ⇨ Partes:
  - → **Preámbulo:** se exponen los motivos por los que se ha hecho y los objetivos que se pretenden alcanzar.
  - → **Artículos** destinados a la distribución territorial del poder.
- ⇨ Disposiciones:
  - → **Derogatorias:** eliminan leyes anteriores.
  - → **Transitorias:** son de corto periodo de tiempo de duración.
  - → **Adicionales:** explican los artículos.

CONSTITUCIÓN ESPAÑOLA DE 1978

☞ Tiene **169 artículos,** 4 disposiciones adicionales, 9 transitorias y 1 derogativa.
☞ Se divide en **10 títulos,** éstos en capítulos y los capítulos, en artículos.
☞ Esquema de la Constitución española de 1978.

Título preliminar: **Definición del Estado,** bandera, capital, soberanía. Artículos 1-9.
Título 1.º: Derechos y deberes fundamentales. Artículos 10-55.
Título 2.º: **La Corona.** Artículos 56-65.
Título 3.º: **Cortes Generales.** Artículos 66-96.
Título 4.º: Gobierno y Administración del Estado. Artículos 97-107.
Título 5.º: Relaciones entre el Gobierno y las Cortes. Artículos 108-116.
Título 6.º: **Poder judicial.** Artículos 117-127.
Título 7.º: Estructura económica y Hacienda. Artículos 128-136.
Título 8.º: Organización territorial del Estado. Artículos 137-158.
Título 9.º: **Tribunal constitucional.** Artículos 159-165.
Título 10.º: **Reforma constitucional.** Artículos 166-169.

☞ **Artículo 1º.** España se constituye en un Estado democrático, social y de derecho.
- ⇨ Esto quiere decir que somete el Estado al derecho.
- ⇨ Esta idea tiene sus orígenes en el liberalismo.

Derechos y deberes de los ciudadanos

☞ La Constitución garantiza los **derechos** y deberes de los ciudadanos:
- ⇨ Derechos personales:
  - → Igualad jurídica.
  - → Libertad económica
  - → Libertad individual frente al Estado.
- ⇨ Derechos cívicos-políticos:
  - → Derecho a la libre opinión y expresión.
  - → Libertad de asociación.
  - → Libertad de culto.
- ⇨ Derechos económicos-sociales:
  - → Derecho de sindicación.
  - → Derecho a la huelga.
  - → Derecho a la educación.
  - → Derecho al trabajo.

☞ **Deberes** de los ciudadanos:
- ⇨ Deben **defender** a España.
- ⇨ Deben contribuir al sostenimiento de los gastos públicos.

⇨ Deben **trabajar** y tener un trabajo.
⇨ Deben consolidar la democracia.

Principios rectores y garantías constitucionales

☞ **Principios rectores** de la política social y económica:
⇨ Protección a la familia y a la infancia.
⇨ Formación profesional.
⇨ Jornada y descanso laboral.
⇨ Protección a la salud.
⇨ Fomento del deporte.
⇨ Acceso a la cultura.
→ Cuidado del patrimonio artístico cultural.
⇨ Atención a la tercera edad.

☞ **Garantías de los derechos** y libertades en general vienen dadas por:
⇨ La institución del **Defensor del pueblo.**
⇨ Las excepciones para la **suspensión de las libertades** y derechos (guerras, fenómenos naturales):
→ Estado de alarma.
→ Estado de sitio.
→ Estado de excepción.
⇨ La **soberanía** popular y soberanía nacional implican:
→ Derecho al voto.
→ Derecho a presentarse como candidato.
→ Referéndum.
→ Iniciativa popular.
⇨ Los partidos políticos.

☞ El Tribunal constitucional:
⇨ Ejerce el control de las leyes.
⇨ Está compuesto por 12 miembros; 4 nombrados por el rey, 4 a propuesta del Congreso, 2 del Senado y 2 a petición del Consejo General del poder Judicial.
⇨ Competencias:
→ Recursos de inconstitucionalidad.
→ Violación de derechos y libertades elementales.
→ Conflictos entre Gobierno y administraciones regionales y locales o entre estas últimas.

Órganos de Gobierno

☞ Composición de los principales **órganos de Gobierno.**
- ⇨ Jefe de Estado.
- ⇨ Parlamento: dos cámaras.
  - → Congreso de los Diputados.
  - → Senado.
- ⇨ Gobierno.

☞ **La Corona.**
- ⇨ Está representada por el rey.
- ⇨ Tiene tres características:
  - → Es un órgano constitucional.
  - → Es hereditaria.
  - → Es vitalicia.
- ⇨ Funciones del rey:
  - → Simbólica.
  - → Función arbitral.
  - → Función representativa.

☞ **El Gobierno.**
- ⇨ Existe un presidente, un vicepresidente y varios ministros.
- ⇨ Organización interna.
  - → El gobierno tiene un carácter colegiado; toma las decisiones en grupo.
  - → El presidente tiene una posición preeminente.
- ⇨ **Funciones** del Gobierno (función ejecutiva):
  - → Función de gobierno (orientación de la política general del Estado).
  - → Función administrativa (aplicación de las leyes).

☞ **Las Cortes.**
- ⇨ Constan de dos cámaras.
  - → Congreso de los Diputados (350 diputados).
  - → Senado (250 senadores).
- ⇨ Son elegidos mediante sufragio universal, libre, directo, secreto e igual.
- ⇨ Funcionamiento:
  - → En cuanto a su organización interna son autónomas.
  - → Cada cámara consta de un presidente, una mesa presidencial con dos vicepresidentes y secretarios, la diputación permanente (21 miembros).

- ⇨ Funciones:
  - → Control de la actividad política
  - → Decisiones políticas de especial trascendencia; tratados internacionales, declaración de guerra...
  - → Colabora en la creación de otros órganos constitucionales: investidura del presidente de Gobierno.
  - → Propone a 8 de los 12 miembros del Tribunal constitucional.
  - → Propone a 8 de los 21 miembros del consejo judicial.
  - → Participan del poder constituyente a través de la reforma de la Constitución.
  - → Participan de ciertos poderes judiciales: acusar al presidente y al Gobierno de traición cualquier delito contra la seguridad del Estado.

☞ **Poder legislativo.** Tres fases:
- ⇨ Introductoria o delegación legislativa.
- ⇨ Constitutiva.
- ⇨ Promulgación y publicación.

☞ **Las Autonomías.**
- ⇨ El Estado español se organiza en municipios, provincias y Comunidades Autónomas.
- ⇨ Se reconoce a España el **derecho a la autonomía** de las nacionalidades.
- ⇨ Para ser autonomía política se debe poseer autonomía estatutaria, legislativa y financiera.

ESPAÑA DEMOCRÁTICA

GENERALIDADES Y PRIMEROS GOBIERNOS DE LA MONARQUÍA

☞ Juan Carlos I fue proclamado rey de España el 22 de noviembre de 1975.

☞ 1975: **Arias Navarro** preside el primer gobierno de la monarquía.
- ⇨ No rompe con las estructuras franquistas e instaurar la democracia.
- ⇨ Oposición reunida en la denominada **Platajunta** (fusión de la **Plata**forma de Convergencia Democrática y de la **Junta** Democrática).
- ⇨ Movilizaciones populares y la actividad de la oposición fuerzan la **dimisión** de Arias Navarro.

☞ Julio de 1976: nombramiento de **Adolfo Suárez** como presidente del Gobierno.
- ⇨ Negociaciones con las fuerzas de la oposición.

  - ⇨ Promulgación de una **amnistía** parcial.
  - ⇨ Diciembre de 1976: referéndum para **Ley de Reforma Política.**
- ☞ Medidas reformistas:
  - ⇨ Diciembre de 1976: abolición del **Tribunal de Orden Público.**
  - ⇨ Abril de 1977: fin de la legalización de los partidos políticos.
  - ⇨ Abril de 1977: supresión del **Movimiento Nacional.**
  - ⇨ Mayo de 1977: legalización de los **sindicatos horizontales.**
  - ⇨ Restablecimiento de **relaciones diplomáticas** con la URSS y México.

GOBIERNOS DE UNIÓN DE CENTRO DEMOCRÁTICO

- ☞ Junio de 1977: elecciones generales legislativas.
  - ⇨ Cortes constituyentes.
  - ⇨ Unión de Centro Democrático (UCD), partido vencedor
  - ⇨ Adolfo Suárez forma gobierno (1977-1979).
- ☞ Octubre de 1977: las Cortes aprueban la Ley de Amnistía.
- ☞ Octubre de 1977: Pactos de la Moncloa.
  - ⇨ Acuerdos Gobierno/partidos políticos/sindicatos, para solucionar la crisis socioeconómica.
- ☞ Reformas y novedades del gobierno Suárez.
  - ⇨ Convocatoria de Elecciones Municipales.
    - → 3 de abril de 1979: elecciones Municipales.
  - ⇨ Creación del Estado de las Autonomías.
    - → Septiembre de 1977: restauración de la Generalitat de Catalunya.
  - ⇨ Elaboración de una Constitución.
    - → 6 de diciembre de 1978: referéndum que aprueba la Constitución.
    - → 1 de marzo de 1979: nuevas elecciones legislativas.
- ☞ Clima social revuelto:
  - ⇨ Noviembre de 1978: Operación Galaxia, intento de golpe de Estado de extrema derecha.
  - ⇨ Atentados de los GRAPO y ETA.
- ☞ **Tercer gobierno** Suárez (1979-1981): formado tras ganar las legislativas de 1979.
  - ⇨ Aprobación en referéndum de los Estatutos de Autonomía de Cataluña y País Vasco.
  - ⇨ Elecciones Autonómicas: descalabro del partido del Gobierno.
  - ⇨ 29 de enero de 1981: Adolfo Suárez dimite.

☞ Gobierno de Leopoldo Calvo-Sotelo (1981-1982).

⇨ 23 de febrero de 1981: intento de golpe de Estado durante su investidura como nuevo presidente del Gobierno.

⇨ Mayo de 1982: conversaciones para la adhesión de España a la OTAN y la CEE.

⇨ 28 de octubre de 1982: elecciones legislativas anticipadas

LA DÉCADA SOCIALISTA (1982-1996)

☞ 28 de octubre de 1982: el PSOE gana las elecciones y **Felipe González** forma Gobierno.

⇨ Acabada la transición democrática.

☞ Objetivos del gobierno González:

⇨ Generación de empleo para paliar el paro.

⇨ Lucha contra la inflación, para acercarse a las tasas europeas.

⇨ Crecimiento del PIB.

⇨ Lucha contra el terrorismo.

⇨ Afianzar las instituciones democráticas, desarrollando las leyes previstas en la Constitución.

→ Reforma de la Administración y la Educación.

→ Transferencias a las Comunidades Autónomas.

⇨ Entrada de España en la Comunidad Europea, 1 de enero de 1986.

⇨ Normalizar las relaciones internacionales.

→ Diciembre de 1982: apertura de la verja de Gibraltar.

→ Ingreso de España en la Unión Europea Occidental (UEO).

→ Nuevo Acuerdo de defensa Hispano-Norteamericano.

→ Enero de 1986: ingreso de España en la CEE.

→ 1986: ingreso de España en la OTAN.

→ España se incorpora al Sistema Monetario Europeo en 1989.

☞ Junio de 1987: elecciones municipales el PSOE pierde la mayoría absoluta en casi todas las grandes ciudades

☞ Octubre de 1989: elecciones legislativas donde PSOE volvió a vencer.

☞ 1987-1989, periodo de rápido crecimiento, el aumento de la inversión extranjera y la modernización de las infraestructuras industriales.

⇨ Política monetaria de contención a partir de 1988.

☞ 1989-1996: gobiernos socialistas en minoría.

- ⇨ **Recesión económica.** Final de la reconversión industrial.
- ⇨ Severas **medidas de austeridad** a partir del año 1990.
- ⇨ Aumento del **paro.**
- ⇨ **Corrupción política:** escándalos que afectan al Gobierno de la nación.

LA «SEGUNDA TRANSICIÓN» (1996-2004)

☞ Marzo de 1996: elecciones legislativas ganadas por el Partido Popular y **José María Aznar** es nombrado presidente del Gobierno.

☞ Medidas reformadoras:

- ⇨ Agilización de la estructura del Estado:
  - → Reforma del proceso administrativo.
  - → Racionalización de las transferencias a Administraciones regionales y locales.
- ⇨ Normalización del estado de las Autonomías.
- ⇨ Reforma del Código civil y del Código penal.
- ⇨ Lucha contra el paro y **reforma económica.**
  - → Expansionismo económico español fuera del territorio.
  - → Aplicación de principios del desarrollo sostenible.
- ⇨ Lucha contra el **terrorismo.**
  - → Rechazo social de la violencia terrorista de ETA.
- ⇨ Recuperación de papel diplomático mundial.
  - → **Tratado de la Unión Europea** (1996).
  - → Integración en la estructura militar de la **OTAN:** refundación de este organismo.
  - → Cooperación contra el **terrorismo internacional.**

☞ 2000: elecciones legislativas ganadas por el Partido Popular con mayoría absoluta y José María Aznar forma nuevo gobierno.

- ⇨ Lucha antiterrorista:
  - → 2000: **Pacto por las libertades y contra el terrorismo.**
  - → 2003: **ilegalización de Batasuna,** SEGI y JARRAI.
  - → Disminución del número de atentados.
- ⇨ 2001: **Plan Hidrológico Nacional.**
- ⇨ 2002: **Reforma laboral** (objeto de una huelga general).

- ⇨ 2003: hundimiento del **Prestige** y participación en **guerra de Irak.**
- ⇨ 11 de marzo de 2004: **atentados islamistas en Madrid.**

LA ERA DE LAS REFORMAS SOCIALES (2004-...)

☞ 14 de marzo de 2004: elecciones legislativas ganadas por el Partido Socialista Obrero Español y **José Luis Rodríguez Zapatero** es nombrado presidente del Gobierno.

- ⇨ Continuidad con la política económica del gobierno popular.
- ⇨ Fomento de medidas sociales:
  - → 2004-2005: matrimonio homosexual y divorcio. Regularización de emigrantes. Ley de violencia contra las mujeres. Ley de Educación. Reforma del mercado laboral.
  - → 2007: Ley de Dependencia.
- ⇨ Terrorismo
  - → Proceso de paz con ETA.
  - → Ruptura de la tregua en 2007.
- ⇨ Reajuste del modelo territorial: reforma de los Estatutos de Autonomía.
- ⇨ Política internacional:
  - → 2004: **retirada las tropas de Irak.** Fricciones con los Estados Unidos y sus aliados.
  - → 2004: Promoción de la **Alianza de Civilizaciones.**
  - → Apoyo a los regímenes populistas y revolucionarios latinoamericanos: **Venezuela, Cuba, Bolivia.**
- ⇨ Medidas más conflictivas:
  - → Intervencionismo en las Opas sobre la eléctrica Endesa.
  - → 2006: ley de Propiedad Intelectual.
  - → 2007: ley de Memoria Histórica.

LAS POTENCIAS ASIÁTICAS HASTA 1990

CHINA

EL FIN DEL SIGLO XIX

☞ Varios siglos gobernada por los **manchúes.**

☞ Marcado por dos factores.

- ⇨ El papel desempeñado por las **sociedades secretas.**
- ⇨ La penetración progresiva en China de los **occidentales.** Guerras del **Opio.**

DE IMPERIO A REPÚBLICA (1908-1949)

☞ La emperatriz muere en 1908 y el emperador es asesinado.

- ⇨ Sube al trono Pu-yi, en medio de intrigas y ambiciones.
- ⇨ Cuarenta años por periodos de anarquía y disturbios.

☞ Principales **protagonistas:**

- ⇨ Yuan Shikai (1859-1916).
- ⇨ Sun Yat-sen (1866-1925).
- ⇨ Chiang Kai-chek (1887-1975).

☞ Principales **acontecimientos:**

- ⇨ La **primera revolución China** (1911-1912).
  - → Segunda fase de la primera revolución (1912-1916).
- ⇨ Periodo de **anarquía:** los señores de la guerra (1916-1928).
- ⇨ Gobierno del **Kuomitang** (1928-1949).

☞ **Política exterior:**

- ⇨ 1921-1922: **Conferencia de Washington,** estabilización de las relaciones entre China y las grandes potencias.
- ⇨ 1934: **Japón** intenta conquistar Mongolia y la China del nNorte.

EL FIN DE LA REPÚBLICA

☞ 1937-1945: **invasión japonesa.**

☞ 1938: alianza de Mao con el Kuomitang.
- ⇨ Los comunistas intentan consolidar su posición en el norte y centro.

☞ 1946-1949: **segunda guerra civil.**
- ⇨ Junio de 1946: inicio de confrontaciones. Los comunistas controlan gran parte del país.
- ⇨ 1 de octubre de 1949: Mao proclama la **República Popular de China.**
- ⇨ 1949: Chan Kai-chek establece la **República de China en Taiwán.**

LA REPÚBLICA POPULAR CHINA ENTRE 1949-1969

☞ **Mao Zedong** es gobernante único e inicia un programa de modernización del país.
- ⇨ Se eliminó la propiedad privada.
- ⇨ 1951: **ocupación del Tibet:** genocidio de los tibetanos.
- ⇨ 1952: nacionalización de la industria a gran escala.
- ⇨ 1953: comenzaron a aplicarse los planes quinquenales. Se inicia la colectivización de la agricultura.
- ⇨ 1957: inicio del **Gran Salto Adelante.**
- ⇨ 1959: Deng Xiaoping se hace con el poder.
- ⇨ 1966: críticas al Gobierno: vuelta de **Mao** e inicio de la **Revolución cultural.**

☞ Los primeros años de la República Popular se caracterizan por la **ayuda de la URSS.**
- ⇨ 1950: tratado de amistad chino-soviético.
- ⇨ 1956: intervención en la **guerra de Corea.**
- ⇨ 1960: ruptura de relaciones: desarrollo del **contacto con Occidente.**

LA SUCESIÓN DE MAO ZEDONG (1969-1978)

☞ La revolución cultural supune un largo periodo de tensiones políticas y crisis económica.

☞ 1969: Lin Biao designado sucedor de Mao Zedong.

☞ 1971: intento de golpe de Estado de Lin Biao.

☞ 1972: Deng Xiaoping entra en el Gobierno:
- ⇨ Inicio de las llamadas **cuatro modernizaciones.**

☞ 1976: Hua Guofeng nombrado primer ministro.
- ⇨ Julio de 1976: muerte de Mao.
- ⇨ Hua asume el poder y Deng es relevado sus cargos.

☞ 1978: la oposición a la revolución cultural llevan al poder a Deng Xiaoping.

LA NUEVA CHINA

☞ 1978-1989: gobierno de **Deng Xiaoping.**
- ⇨ Marzo de 1979, Deng enumera los cuatro principios de la República Popular: la vía socialista, dictadura del proletariado, pensamiento de Mao y liderazgo del PC.
- ⇨ Rechazo de la democratización de la sociedad.
- ⇨ 1980-1981: juicio de la «banda de los cuatro» responsables de la revolución cultural.
- ⇨ 1979-1982: reforma económica del campo.
  - → Eliminación del sistema de comunas agrarias.
  - → La propiedad de la tierra es del Estado.
  - → Fin del control de los mercados rurales.
- ⇨ 1980-1984: reforma económica de los entornos urbanos.
- ⇨ 1983: desmantelamiento de la agricultura colectivizada.
- ⇨ 1984: **reformas del mercado** y menor control estatal.
- ⇨ 1989: represión de las protestas políticas **(masacre de Tian'anmen).**

☞ 1989-2002: **Jiang Zemin** en el poder.
- ⇨ Impulso del desarrollo económico.
- ⇨ Adopción gradual de la economía de mercado.
- ⇨ Apertura al mercado internacional.
- ⇨ Incremento de la desigualdad social.
- ⇨ El respeto de los derechos humanos no está garantizado.
- ⇨ 1997: retorno de **Hong Kong** a China.
- ⇨ 2001: ingreso en la Organización Mundial de Comercio (OMC).
- ⇨ Corrupción muy extendida.

☞ 2002: Jiang es sudedido por **Hu Jintao.**
- ⇨ Continuismo reformista en lo económico.
- ⇨ Aumento de la **censura ideológica.**
  - → Aislamiento chino en **Internet.**
  - → Presión sobre **minorías religiosas.**
- ⇨ 2007: reconocimiento de la **propiedad privada.**
- ⇨ 2008: celebración de los **Juegos Olímpicos** en Pekín.

JAPÓN

EL JAPÓN MEIJÍ (1868-1905)

☞ Transformaciones **políticas.**
- ⇨ Nuevo régimen basado en la **occidentalización** y en el **poder absoluto.**
- ⇨ Abolición del **régimen feudal.**
- ⇨ Revolución Meijí.
- ⇨ El **absolutismo shogunal** fue sustituido por el emperador.

☞ Transformaciones **económicas.**
- ⇨ Posee mano de obra y materias primas, pero **carecía de capital.**
- ⇨ Bienes de equipo de Occidente.
- ⇨ Comercio japonés **semicolonial.**
- ⇨ La principal fuente de ingresos es la **exportación de seda.**
- ⇨ **Gobierno central** crea las bases económicas y las cede a empresas privadas.
- ⇨ A finales de siglo XX se organizan en **cartels** (zaibatsu).
- ⇨ El crecimiento es considerable.

☞ Política exterior.
- ⇨ **Guerra chino-japonesa** (1894).
- ⇨ **Guerra ruso-japonesa** (1905). Tratado de Portsmouth (1905).

JAPÓN, POTENCIA MUNDIAL (1905-1937)

☞ La **expansión en Asia.**
- ⇨ El expansionismo se realiza a expensas de las **potencias coloniales.**
- ⇨ Rusia dejará de contar como potencia tras la derrota de 1905.
- ⇨ **Hiro-Hito** asume la regencia.
- ⇨ Los militares controlan el gobierno y el Estado mayor se convierte en el director de la política japonesa.
- ⇨ Alianza con la Alemania nazi y participará en la Segunda Guerra Mundial.

☞ Evolución política.
- ⇨ Actuación de Japón en la **Primera Guerra Mundial** al lado de los aliados. Consolidación de sus intereses en el continente.
- ⇨ 1921: **empeora la situación** económica y social.
- ⇨ 1925: se restablece el **sufragio universal** y los **partidos de extrema izquierda** son declarados ilegales.

☞ Hacia la **guerra.**
- ⇨ En 1932 entran en China y fundan **Manchukuo** en Manchuria.
- ⇨ En 1936 firma con Alemania e Italia el **pacto Antikomitern.**
- ⇨ En 1937 se generaliza y oficializa la **guerra contra China.**

LA SEGUNDA GUERRA MUNDIAL (1938-1949)

☞ Japón esta **aliado con el eje** por dos pactos: Antikomitern (1936) y los pactos tripartitos (1940).

☞ Ataque a **Pearl Harbour** en 1941.

☞ **Capitulación** japonesa el 2 de septiembre de 1945, tras el estallido de las bombas atómicas en **Hiroshima** y **Nagasaki.**

RECONSTRUCCIÓN POLÍTICA DEL JAPÓN MODERNO (1947-1970)

☞ Reformas políticas: Constitución democrática de 1947.
- ⇨ El **emperador** pierde su carácter divino.
- ⇨ El **Legislativo** queda configurado en dos Cámaras.
- ⇨ Igualdad de derechos entre sexos.
- ⇨ El **sintoísmo** deja de ser religión de Estado.

☞ Reconstrucción económica.
- ⇨ 1955: alcanza el nivel de 1939.
- ⇨ 1962: mayor potencia económica de Asia.

☞ El **tratado de paz** firmado el 8 de septiembre de 1951.
- ⇨ **Renuncia de Japón** a Corea, las Kuriles, Pescadores, Formosa y Sajalín.
- ⇨ Aceptación de un **control americano** sobre las Ryu-Kyu y las Bonin.
- ⇨ Pacto de seguridad Japón-los Estados Unidos.
- ⇨ Japón vuelve a ser independiente.

☞ 1960: tratado de ayuda mutua con los Estados Unidos más favorable a Japón.
- ⇨ Tensiones por el uso de las bases militares norteamericanas.

ENTRE LOS DRAGONES DE ORIENTE (1970-...)

☞ 1970-1971: Tanaka afronta la **crisis del petróleo** y yen es revaluado.

☞ 1972: los Estados Unidos imponen a Japón grandes **limitaciones en el comercio.**

☞ 1973-1980: la economía japonesa se desarrolla con gran **base tecnológica propia.**
- ⇨ Incrementa el **ahorro energético** y reduce su dependencia del petróleo.
- ⇨ Aumento exponencial de las **exportaciones.**

⇨ La economía japonesa se iguala con la de Alemania, Francia y Gran Bretaña.

⇨ **Primera potencia financiera mundial.**

⇨ Empresas caracterizadas por el **espíritu de solidaridad** y pequeño gasto social.

☞ 1980-...: crecimiento de nuevas economías en Extremo Oriente (Corea del Sur, Taiwán, Singapur y Hong-Kong, los llamados **Cuatro Dragones).**

⇨ **Japón** funciona como **potencia financiera** sobre ellos.

→ 1990: crisis de la **Bolsa de Tokio.**

⇨ **Protección social escasa** de los trabajadores.

⇨ **Salarios bajos.**

⇨ **Intervencionismo** estatal.

⇨ Bases:

→ **Industria electrónica.**

→ **Exportación** de bienes manufacturados.

INDIA

INDIA BRITÁNICA (1803-1950)

☞ En la Edad Moderna, tras la caída del **Imperio mogol,** el subcontinente queda dividido en múltiples reinos. El principal era el **Imperio maratha.**

☞ 1803: la **British East India Company** derrota definitivamente a los marathas y se hace con el control del subcontinente.

⇨ Dominio económico exclusivamente.

⇨ Construcción de la **red de ferrocarriles** de la India.

⇨ **Fomento del absentismo** de los terratenientes,.

☞ 1857: desaparición de la British East India Company. La India pasa a se **colonia británica.**

⇨ Sistema de la **diarquía:** poder ejercido por los británicos y las autoridades locales

⇨ 1877: la reina Victoria es coronada emperatriz de la India.

⇨ 1885: nacimiento del **Partido del Congreso,** que domina las asambleas locales.

⇨ 1915: **Gandhi** comienza su lucha por la independencia, con una política de resistencia pasiva y de no violencia (satyagraha).

⇨ 1939: participación en la Segunda Guerra Mundial, como británicos.

- ⇨ 1945: nacimiento de la **Liga Musulmana** dirigida por Muhammad Alí Jinnah, y consolidación hindú del Partido del Congreso, dirigido por Jawaharlal Nehru.
- ⇨ 1946: **conflictos** entre hinduistas y musulmanes.
- ⇨ 1947: retirada del Reino Unido e **independencia en dos Estados**: la India (hindú) y Pakistán (musulmán: oriental —actual Bangladesh— y occidental).
  → Inicio del **conflicto de Cachemira.**

INDIA INDEPENDIENTE (1947-...)

- ☞ 1948: asesinato de Mahatma **Gandhi**.
- ☞ 1949: alto el fuego en Cachemira y promulgación de la **constitución india.**
- ☞ 1950: la India se convierte en **república.**
- ☞ 1952: primeras **elecciones generales,** ganados por el Partido del Congreso.
- ☞ 1962: guerra con **China.**
- ☞ 1964: **Indira Gandhi** sucede a Nehru.
- ☞ 1965: guerra con **Pakistán.**
- ☞ 1966: **Indira Gandhi,** primer ministro.
- ☞ 1971: nueva guerra con Pakistán.
- ☞ 1972: **acuerdo de Simla** entre Indira Gandhi y Zulfikar Alí Bhutto.
- ☞ 1974: La India, sexta **potencia atómica** del mundo.
- ☞ 1975: Indira Gandhi desalojada del Gobierno por corrupción.
- ☞ 1975-1977: **estado de urgencia.**
- ☞ 1984: **asesinato de Indira Gandhi** sucedido por Rajiv Gandhi.
- ☞ 1991: **asesinato de Rajiv Gandhi.**
- ☞ 1991-1996: **Marasimha Rao** en el Gobierno.
  - ⇨ Reactivación de la economía.
  - ⇨ Desarrollo de la industria pesada.
  - ⇨ Revolución verde, solución de los problemas alimenticios de la población.

ESTRUCTURA SOCIAL

- ☞ Cuatro castas:
  - ⇨ **Brahmanes,** casta sacedotal.
  - ⇨ **Ksatrias,** funcionarios y militares.
  - ⇨ **Baish,** comerciantes.
  - ⇨ **Sudras,** agricultores y artesanos.

ECONOMÍA

- ☞ Crecimiento **estable.**
- ☞ Economía grande y **diversificada.**
    - ⇨ La agricultura ocupa a dos tercios de la población.
    - ⇨ Manufactura diversificada.
    - ⇨ Comercio exterior creciente.

LA ONU Y LA UNIÓN EUROPEA

LAS NACIONES UNIDAS

GENERALIDADES

☞ El término Naciones Unidas se usó para denominar a las potencias que lucharon en la **Segunda Guerra Mundial.**

☞ Primeros pasos:

- ⇨ **Conferencia de Teherán:** Stalin y Churchill insisten en la formación de una organización para preservar la paz después de la guerra.
- ⇨ **Conferencia de Dumbarton Oaks:** juristas de Reino Unido, China, los Estados Unidos y la URSS acuerdan la estructura de la Organización de las Naciones Unidas.
- ⇨ **Conferencia de Yalta:** acuerdo tripartito —los Estados Unidos/URSS/Reino Unido— para el reparto mundial y la organización de instituciones de la posguerra.
- ⇨ **Conferencia de San Francisco:** se adoptan los textos constitucionales de las Naciones Unidas por los cuales se establecen los fines y principios de la Organización:
  - → La **Carta de las Naciones Unidas.**
  - → **Declaración de los Derechos Humanos.**
  - → El **Estatuto del Tribunal Internacional y de Justicia.**

☞ Fines de la Organización:

- ⇨ **Mantenimiento de la paz** y de la seguridad internacionales.
- ⇨ Prevención de las amenazas a la paz.
- ⇨ Supresión de actos de agresión.
- ⇨ **Solución pacífica** a los conflictos internacionales.

ESTRUCTURA

☞ **Asamblea General.**

- ⇨ Integrada por los representantes de los países miembros.
  - → Cada país tiene derecho a un voto y a un máximo de cinco representantes.
- ⇨ Organismos subsidiarios:
  - → Seis comisiones principales.
  - → Comisión política especial.
  - → Comité de Credenciales
  - → Otras organizaciones con fines específicos.

☞ **Consejo de Seguridad.**

- ⇨ Es el organismo más importante.
- ⇨ En origen lo componían **once miembros:**
  - → **Cinco permanentes:** Estados Unidos, Reino Unido, Francia, URSS y República Nacionalista China).
  - → **Seis no permanentes:** elegidos por un periodo de dos años.
- ⇨ En 1963 se **amplió el número de miembros a quince:** los cinco permanentes y otros diez miembros elegidos por un periodo de dos años y renovables cada año por mitades.
- ⇨ Funciones: tratar cuestiones relacionadas con el mantenimiento de la paz y la seguridad internacionales.
  - → Puede enviar las **fuerzas de seguridad** de las que dispone la ONU.

☞ **Secretaría General.**

- ⇨ Integrada por el **Secretario General** y los **funcionarios** de la Organización.
- ⇨ El Secretario es el director de los servicios administrativos de la Organización.
- ⇨ **Funciones:** representar a la Organización y coordinar sus organismos.

☞ **Tribunal Internacional de Justicia.**

- ⇨ Heredera del **Tribunal de Justicia Internacional** de la Sociedad de Naciones.
- ⇨ Integrado por **quince jueces** de diferentes nacionalidades.
- ⇨ Funciones:
  - → Entiende **contenciosos entre Estados.**
  - → **Órgano de consulta** para otras instituciones de las Naciones Unidas.

☞ **Consejo Económico y Social.**

- ⇨ Nacido en la reforma de 1971: lo forman **cincuenta y cuatro miembros.**
- ⇨ Elegidos por la Asamblea para un periodo de tres años, atendiendo a **criterios geográficos.**
- ⇨ No tiene poder decisorio ya que es un **órgano consultivo.**

☞ **Consejo de Administración Fiduciaria.**
- ⇨ Depende directamente de la Asamblea General.
- ⇨ Supervisa el **sistema de tutela** de las Naciones Unidas.

PAÍSES MIEMBROS

☞ La **Carta de las Naciones Unidas** fue firmada en 1945 por **51 miembros**, llegando a **192 miembros** en 2007.

☞ **Requisitos:** solicitarlo formalmente en la Asamblea.

☞ La **admisión** es decidida por la Asamblea General (mayoría de dos tercios) y el Consejo de Seguridad (voto de nueve miembros contando los permanentes).

☞ Países que **no pertenecen** a la ONU.
- ⇨ Estados políticamente controvertidos: Taiwán.
- ⇨ **Estados pequeños:** Lienchtenstein, Mónaco, San Marino o Andorra.
- ⇨ **Ciudad del Vaticano:** sólo participa como observador y en cuestiones humanitarias.

ORGANISMOS ESPECIALIZADOS

☞ Organismos de cooperación económica:
- ⇨ Fondo Monetario Internacional (FMI).
- ⇨ Banco Internacional de Reconstrucción y Desarrollo (BIRD).

☞ Unión Internacional de Telecomunicaciones.

☞ Organismo Internacional de Energía Atómica.

☞ Administración de las Naciones Unidas para la Ayuda y la Rehabilitación (UNRRA)

☞ Organización Mundial de la Salud (OMS).

ACTIVIDADES

☞ Las instituciones de las Naciones Unidas pueden ser utilizadas por los Estados para resolver pacíficamente sus diferencias.

☞ Las **actuaciones más destacadas** de las Naciones Unidas han sido:
- ⇨ Intervenciones en conflictos armados.
- ⇨ Intervención en el proceso de descolonización.
- ⇨ Promoción y defensa de los derechos del hombre.
- ⇨ Corte internacional de Justicia (actúa como mediador en cuestiones territoriales)
- ⇨ Cooperación pacífica entre Estados.

LA UNIÓN EUROPEA

ORÍGENES Y DESARROLLO DE LA COMUNIDAD EUROPEA

☞ La **idea de una Europa unida** está presente en la Historia: Roma, Carlomagno, Carlos V o Napoleón.

☞ Creación de **organizaciones supranacionales** europeas tras la Segunda Guerra Mundial:

- ⇨ Objetivos: sentar las bases para una futura unión.
  - → Propuestas políticas y económicas.
  - → La unión económica eliminaría la posibilidad de una guerra europea.

☞ **Antecedentes:**

- ⇨ En 1947 se crea el **Benelux** (unión aduanera de Bélgica, Holanda y Luxemburgo).
  - → Libre circulación de mercancías.
  - → Arancel exterior único.
- ⇨ En 1951 se crea la Comunidad Europea del Carbón y del Acero (CECA).
- ⇨ Intento fracasado de establecer una **Comunidad Europea de Defensa.**
- ⇨ En 1957 se firman los Tratados de Roma: se crean la Comunidad Europea de Energía Atómica (EURATOM) y la Comunidad Económica Europea (CEE): Italia, Francia, República Federal Alemana y el Benelux.

☞ Primeros **objetivos** de la CEE:

- ⇨ Eliminación de los impuestos de importación.
- ⇨ Imposición de un **arancel común.**
- ⇨ Compromiso de realizar una **política económica similar.**
- ⇨ Libre circulación de personas y capital.
- ⇨ Los países miembros no pueden renunciar al tratado unilateralmente.

☞ Gran Bretaña, Suiza, Austria y Portugal crearon la **Asociación Europea de Libre Comercio** (EFTA).

☞ **Ampliaciones de la CEE** (y de la UE).

- ⇨ Reino Unido, Irlanda y Dinamarca ingresan en 1972.
- ⇨ Grecia ingresa en 1981.
- ⇨ **España** y **Portugal** ingresan en 1986.
- ⇨ Suecia, Finlandia y Austria ingresan en 1995.
- ⇨ Polonia, Hungría, Estonia, Letonia, Lituania, Eslovenia, Eslovaquia, República Checa, Malta y Chipre ingresan en 2004.
- ⇨ Rumania y Bulgaria ingresan en 2007.

☞ Constitución del Parlamento Europeo.

GENERALIDADES Y EVOLUCIÓN

☞ Organización nacida de la firma del **Tratado de Roma** en 1957 por el que se fundan CEE y EURATOM.

☞ **Objetivos** de la Comunidad Económica Europea:
- ⇨ Desarrollo de las actividades económicas.
- ⇨ Expansión continua y equilibrada.
- ⇨ Estabilidad.
- ⇨ Aumento del nivel de vida.
- ⇨ Estrechar relaciones entre los estados miembros.

☞ Modalidades de integración económica:
- ⇨ Zona de libre cambio: mercancías de los Estados integrantes, sin arancel aduanero común.
- ⇨ Unión aduanera: liberalización de mercancías de terceros Estados. Establecimiento de un arancel aduanero común.
- ⇨ Mercado Común: unión aduanera, liberalización de los factores de producción, políticas comunes.

DE COMUNIDAD ECONÓMICA A UNIÓN EUROPEA

☞ Problemas de integración europea entre 1960 y 1993.
- ⇨ **Años sesenta:** espectacular desarrollo, crecimiento del PIB, intercambios comerciales.
- ⇨ **Ampliación de 1971:** Reino Unido, Irlanda y Dinamarca.
- ⇨ **Crisis de 1973:** Cada país recurrió a políticas proteccionistas para superarla.
- ⇨ **Ampliaciones de los ochenta:** Grecia (1981), España y Portugal (1986).
- ⇨ **Ampliaciones de los noventa:** Austria, Suecia y Finlandia (1995).

☞ **Acuerdos principales** para la unión plena de los Estados:
- ⇨ **Acta Única Europa** (1985): libre circulación de personas, mercancías, servicios y capitales para 1993.
- ⇨ **Tratado de la Unión Europea (Tratado de Maastrich,** 1992): la CEE se convierte en la Unión Europea (UE).
  - → **Unión Monetaria** (aplicación de los criterios de convergencia y creación del **Banco Central Europeo).**
  - → **Política exterior y de seguridad común.**
  - → Cooperación en materia de **política interior y justicia.**

→ **Ciudadanía europea.**

→ **Política de cohesión** para reducir diferencias entre ricos y pobres.

⇨ El **Tratado de Ámsterdam:** instrucciones de uso (1997): entró en vigor el 1 de mayo de 1999. Modificó el texto y la numeración de los Tratados de la UE y la CE, estableciendo la versión consolidada de ambos.

⇨ El **Tratado de Niza** (2001): entró en vigor el 1 de febrero de 2003. Reformó las instituciones para que la Unión pudiera funcionar eficazmente tras su ampliación.

⇨ El **Tratado de Lisboa** (2007): modifica los Tratados de la UE y la CE en vigor, pero no los sustituye. Pretende:

→ Una Europa más democrática y transparente: el Parlamento Europeo y los Parlamentos nacionales tendrán mayor protagonismo.

→ Una Europa más eficaz, con métodos de trabajo y votación simplificados.

→ Un marco institucional más estable y racionalizado.

→ Una Europa de derechos y valores, libertad, solidaridad y seguridad.

→ Hacer de Europa un actor en la escena global.

LAS INSTITUCIONES COMUNITARIAS

☞ Disponen de capacidad jurídica propia.

⇨ Capacidad de representación internacional.

⇨ Poderes reales.

⇨ Creación del derecho Comunitario de carácter obligatorio.

☞ Instituciones comunitarias:

⇨ La Comisión.

⇨ Consejo de Ministros.

⇨ El Parlamento europeo.

⇨ El Tribunal de Justicia.

⇨ El Comité Económico y Social.

POLÍTICAS COMUNITARIAS COMUNES

☞ Política agrícola común (PAC).

⇨ Objetivos y principios básicos.

→ Incrementar la productividad.

→ Garantizar un nivel de vida óptimo a los trabajadores.

→ Estabilizar los mercados.

→ Garantizar los abastecimientos.
→ Asegurar suministros a precios razonables.

☞ Política de pesca.

☞ Política de transporte y energía.
⇨ Acta Única. Liberalización del espacio aéreo.
⇨ Reducción del consumo energético y estimular las energías alternativas.

☞ Política industrial.
⇨ Se fomenta la inversión, la protección frente al exterior.
⇨ En los últimos años, políticas de apoyo al sector industrial.
⇨ Fomentar la colaboración empresarial, creación de grandes empresas europeas.
⇨ Política medioambiental.

☞ Política comercial.
⇨ Piedra angular de las relaciones exteriores de la Unión Europea.
⇨ Incluye política comercial autónoma y convencional.

☞ Política de desarrollo.
⇨ Parte del presupuesto se destina ayuda humanitaria, programas de investigación, etc.
⇨ Cooperación comercial de carácter preferente (países ACP: África, Caribe y Pacífico).

☞ Política monetaria: **Sistema Monetario Europeo.**
⇨ Se pretende crear una zona de estabilidad monetaria.
⇨ Creación del **Comité de Gobernadores** de Bancos Centrales (1964).
⇨ Finales de los sesenta: idea de **unión monetaria por etapas.**
→ Sus objetivos serían: **moneda única** y **sistema crediticio común.**
⇨ **Tratado de Maasticht:**
→ Creación del **euro.**
→ **Desaparición de monedas nacionales** en 2002.
→ Creación del **Banco Central Europeo.**

☞ Política macroeconómica y fiscal.
⇨ Implantación del Impuesto sobre el Valor Añadido (IVA).

EL MUNDO ACTUAL

LA DESAPARICIÓN DEL BLOQUE COMUNISTA

INTRODUCCIÓN

☞ **Antecedentes:**

- ⇨ Las sublevaciones de **Polonia** y de **Hungría** (23 de octubre de 1956).
- ⇨ **Acuerdos de Camp David** entre Eisenhower y Kruschev (1956).
- ⇨ El **eurocomunismo** y la **crisis de Checoslovaquia** (1968). Los disidentes soviéticos.
- ⇨ La eliminación de la **Revolución cultural china.**

☞ **Factores directos:**

- ⇨ Coste de la **invasión soviética de Afganistán** (1978).
- ⇨ Acción anticomunista de **Juan Pablo II** (1978).
- ⇨ Gobiernos conservadores de **Margaret Thatcher** y **Ronald Reagan** (1979-1980).

DESARROLLO DE LOS ACONTECIMIENTOS

☞ 11 de marzo de-1985 **Mijail Gorbachov,** secretario general del PCUS: el **glasnot** y la **perestroika.**

- ⇨ Reagan y Gorbachov, firman el **acuerdo de Reykjavic.**
  - → **Reducción del arsenal atómico** y convencional.
- ⇨ 1987: desastre de **Chernovil.**

☞ **Crisis polaca:**

- ⇨ 31 de agosto de 1980: Lech Walesa dirige el sindicato **Solidaridad** en Polonia: el comienzo de la descomposición del mundo comunista.

☞ 1989: **caída del muro de Berlín.**
☞ 1990: **reunificación alemana.**
☞ 1991: **fin de la URSS:**
- ⇨ **Independencias** de las repúblicas bálticas y caucásicas.
- ⇨ Formación de la **CEI** y posterior desmembramiento.
- ⇨ **Boris Yeltsin,** presidente de Rusia.

EL DESTINO DEL BLOQUE SOVIÉTICO

☞ **Europa central.**
- ⇨ La totalidad de los países se convierten en **democracias representativas.**
- ⇨ Roto el Pacto de Varsovia, la mayoría **se integra en la OTAN.**
- ⇨ 2004: **integración en la UE** de Polonia, Hungría, República Checa y Eslovaquia.
- ⇨ 2007: **integración en la UE** de Rumanía y Bulgaria.

☞ La **desmembración de Yugoslavia** y los nuevos conflictos balcánicos.
- ⇨ 1990: **Albania** comienza su occidentalización.
- ⇨ 1991: **segregación de Eslovenia.**
- ⇨ 1991 y 1995: **guerra de Croacia.**
- ⇨ 1992: **reconocimiento internacional** de Eslovenia y Croacia.
- ⇨ 1992-1995: **guerra de Bosnia.**
- ⇨ 1992: comienzo de la **intervención militar internacional.**
- ⇨ 1995: **segregación de Macedonia.**
- ⇨ 1998-1999: **conflicto de Kosovo**.
- ⇨ 1999: **Federación de Serbia y Montenegro.**
- ⇨ 2004: Eslovenia se integra en la **UE.**
- ⇨ 2007: **segregación de Montenegro.**

☞ **Países bálticos.**
- ⇨ 1991: independencias de la URSS de Letonia, Estonia y Lituania.
- ⇨ 1992: proclamación en los tres países de constituciones de corte occidental.
- ⇨ 2004: **integración en la UE** de Letonia, Estonia y Lituania.

☞ **Europa oriental y caucásica. URSS asiática.**
- ⇨ 1990: la **Federación Rusa** declara su independencia de la URSS.
  - → 1990-1999: gobierno de Boris Yeltsin.
  - → 2000-...: gobierno de Vladimir Putin.
  - → Fuerte reconversión económica.

→ Problemas sociales.
→ Secesionismo en **Chechenia** y **Osetia del Sur.**
⇨ 1991: formación de la **Comunidad de Estados Independientes.**
→ **Miembros originales:** Armenia, Azerbaiyán, Bielorrusia, Kazajistán, Kirguistán, Moldavia, Rusia, Tayikistán, Turkmenistán, Uzbekistán y Ucrania.
→ 1993: **Georgia** se unió a la CEI.
→ 2005: **Turkmenistán** pasa a ser miembro asociado.
⇨ 2003-2005: **Revoluciones de colores:** deposición de Eduard Shevardnadze en **Georgia,** Leonid Kuchma en **Ucrania** y Askar Akayev en **Kirguizistán.**
⇨ La **República de Mongolia** se occidentaliza, acercándose el modelo de desarrollo ruso.

LAS DEMOCRACIAS OCCIDENTALES

NOVEDADES PRINCIPALES

☞ El **modelo de crecimiento** económico.
⇨ Paso del «crecimiento **continuo»** al «crecimiento **sostenible».**
⇨ **Neoliberalismo** económico.
☞ Superación del **estado del bienestar.**
⇨ **Paradigma** político de posguerra.
☞ Los **nuevos movimientos sociales.**
⇨ **Feminismo.**
⇨ **Movimientos proigualdad de derechos** (mujer, homosexuales, razas).
⇨ **Pacifismo:** los 68.
⇨ **Ecologismo.**

PROBLEMAS DE LAS DEMOCRACIAS OCCIDENTALES

☞ Mantenimiento del **desarrollo.**
☞ Unificación de mercados y Estados: la **Unión Europea.**
⇨ Nacimiento de la moneda única europea: el **euro.**
☞ Defensa ante el **terrorismo internacional.**
⇨ Refundación de la **OTAN** (2002).

ÁFRICA Y LATINOAMÉRICA

LA CONFORMACIÓN DEL TERCER MUNDO

☞ Las **formas políticas:**
- ⇨ Democracias populares.
- ⇨ Dictaduras militares.
- ⇨ Democracias liberales inestables.

☞ **Estructura económica** atrasada.
- ⇨ Dificultades de desarrollo: **falta de acceso a mercados** amplios.
- ⇨ **Dependencia tecnológica.**
- ⇨ **Dependencia de bienes** de equipo, consumo y semillas.
- ⇨ El problema de la **deuda.**

CONFLICTOS AFRICANOS

☞ **Crisis africanas** recurrentes:
- ⇨ Fin del régimen de **apartheid** en Suráfrica.
- ⇨ Guerra entre **Eritrea** y **Etiopía.**
- ⇨ **Guerras de descolonización** de Angola y Mozambique.
- ⇨ **Guerra del Congo** e independencia de **Namibia.**
- ⇨ **Conflictos tribales:** Ruanda/Burundi, Liberia, Costa de Marfil, Nigeria.
- ⇨ Crisis continua del antiguo **Congo Belga.**
- ⇨ Guerra civil de Sudán: **desastre de Darfour.**

☞ **Intervenciones externas:**
- ⇨ La **ayuda norteamericana** a sus aliados: intervenciones en Granada, Haití, Panamá, etc.
- ⇨ **Intervención francesa** en las crisis de los países del golfo de Guinea.

☞ La **emigración** a los países ricos: herramienta de compensación.

DESARROLLO LATINOAMERICANO

☞ Los mayoría de regímenes latinoamericanos **consolidan la democracia.**
- ⇨ **Cuba** y **Haití** son las excepciones.
- ⇨ A partir de 1999 aparecen gobiernos populistas en Venezuela **(Hugo Chávez** 1999), Brasil **(Lula da Silva**, 2003), Argentina **(Néstor Kirchner**, 2003) o Bolivia **(Evo Morales**, 2006), algunos con derivas a un **nuevo socialismo.**

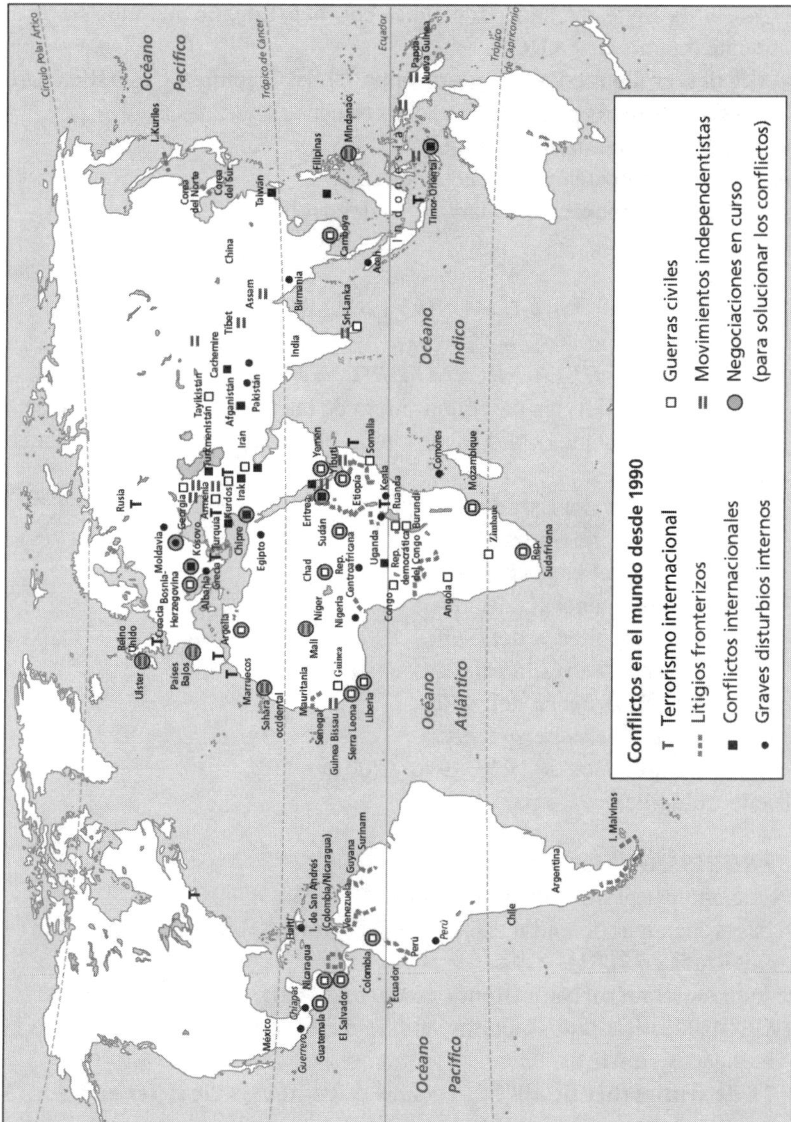
Conflictos en el mundo desde 1990
Terrorismo internacional
Litigios fronterizos
Conflictos internacionales
Graves disturbios internos
Guerras civiles
Movimientos independentistas
Negociaciones en curso
(para solucionar los conflictos)
Océano Pacífico
Océano Atlántico
Océano Índico
Círculo Polar Ártico
Trópico de Cáncer
Ecuador
Trópico de Capricornio
México
Guerrero
Chiapas
Guatemala
El Salvador
Nicaragua
Colombia
Ecuador
Perú
Haití
I. de San Andrés
(Colombia/Nicaragua)
Venezuela
Guyana
Surinam
Chile
Argentina
I. Malvinas
Ulster
Reino Unido
Países Bajos
Marruecos
Sahara occidental
Mauritania
Senegal
Guinea Bissau
Guinea
Sierra Leona
Liberia
Argelia
Mali
Níger
Nigeria
Chad
Rep. Centroafricana
Congo
Rep. democrática del Congo
Angola
Croacia
Bosnia-Herzegovina
Moldavia
Kosovo
Albania
Grecia
Turquía
Chipre
Egipto
Sudán
Eritrea
Uganda
Ruanda
Burundi
Zimbabue
Rep. Sudafricana
Mozambique
Comores
Kenia
Etiopía
Yibuti
Somalia
Yemen
Rusia
Georgia
Armenia
Kurdos
Irak
Irán
Turkmenistán
Tayikistán
Afganistán
Pakistán
Cachemire
Tíbet
India
Assam
Sri-Lanka
Birmania
China
Camboya
Aceh
Indonesia
Timor-Oriental
Filipinas
Mindanao
Taiwán
Corea del Norte
Corea del Sur
I. Kuriles
Papúa Nueva Guinea

⇨ **Colombia** sigue afectada por el único conflicto armado que subsiste en el continente (contra las **FARC).**

☞ Grado de **desarrollo medio** (salvo Argentina, Chile, Colombia, Costa Rica, Uruguay, Brasil, México y algunos pequeños Estados caribeños).

☞ **Bajo ritmo de crecimiento** económico.

☞ 1990-1995: **liberalización** de la economía.

☞ Los **indígenas** permanecen al margen del desarrollo.

EL MUNDO ISLÁMICO

LA INESTABILIDAD DEL CERCANO ORIENTE

☞ Es fruto de la mala política descolonizadora de las potencias europeas y de la presión ejercida por los Estados Unidos y la Unión Soviética para dominar la zona.

☞ Principales conflictos:

⇨ 1949: fundación del **Estado de Israel.**

⇨ 1956: la **guerra de Suez.**

⇨ 1968: **guerra del Yon Kippur.**

⇨ 1990: **intifada general** palestina.

⇨ 1991: **primera guerra del Golfo.**

⇨ 2001: **Segunda Intifada** palestina.

⇨ 2003: **segunda guerra del golfo.**

☞ Influencia en las **crisis energéticas.**

⇨ **Crisis del petróleo** de 1973, 1990 y 2001.

☞ **Falta de unidad** entre los países árabes.

EL TERRORISMO ISLÁMICO

☞ Influenciado por el **integrismo islámico.**

⇨ Intervención norteamericana contra el **régimen talibán de Afganistán** (guerra finalizada en 2001).

☞ Nacimiento del **terrorismo islámico internacional:**

⇨ 1990-2007: **atentados suicidas** en **Israel** e **Irak,** y a sedes diplomáticas norteamericanas en África.

⇨ **11 de septiembre de 2001:** atentados de las **Torres Gemelas** en Nueva York y del **Pentágono** en Washington.

- ⇨ **11 de marzo de 2004:** atentados de **Madrid.**
- ⇨ **7 de julio de 2005:** atentados del metro de **Londres.**

☞ **Cuatro redes** sin vínculos entre sí:

- ⇨ **Al Qaeda.**
- ⇨ Trama árabe del **Próximo Oriente.**
- ⇨ Trama **magrebí.**
- ⇨ Trama del **sudeste asiático.**

☞ **Guerra contra el terror,** iniciada por los Estados Unidos.

- ⇨ 2001: es presentada por el presidente **George W. Bush** tras el atentado de las Torres Gemelas y aprobada por el Congreso.
- ⇨ Si es necesario, los Estados Unidos actuarán al margen de los **organismos internacionales.**
- ⇨ Se basa en la **guerra preventiva.**

☞ En **Rusia** se desarrolla el **terrorismo checheno,** relacionado con una guerra independentista.

☞ La **guerra de Cachemira,** también con contenido islámico, enfrenta a la India y Pakistán.

LA REVOLUCIÓN TECNOLÓGICA

☞ Es, quizá, el proceso que más ha modificado la historia de la humanidad.

☞ Afecta a **todos los ámbitos:**

- ⇨ **Industria:** automatización y robotización.
- ⇨ **Medios** de comunicación e información: informática e Internet. Radio y televisión.
- ⇨ **Transportes:** velocidad de comunicación material.
- ⇨ Nuevos **materiales.**
- ⇨ **Energías** alternativas.
- ⇨ **Guerra** y armamento.
  - → Problema de la carrera atómica.
  - → Desarrollo de armas químicas y biológicas.
- ⇨ **Salud** y seguridad.
  - → Lucha contra el hambre y la enfermedad.

☞ Es clave del **desarrollo sostenible.**

☞ Se plantea el desarrollo tecnológico como herramienta adecuada para la mejor **redistribución de la riqueza.**

- ⇨ Formación de **dos tipos de países:** quienes tienen tecnología y quienes no pueden desarrollarla.

LA GLOBALIZACIÓN

☞ **Globalización financiera** causada por:

- ⇨ La revolución tecnológica.
- ⇨ La apertura de los mercados de capitales.

☞ **Globalización comercial:** transacciones de bienes y servicios que se realizan a nivel mundial.

- ⇨ Los países pobres y los mayores productores de materias primas reclaman **apertura de fronteras.**
- ⇨ Lucha contra el **proteccionismo** de las sociedades ricas.

☞ El **Movimiento de Resistencia Global** (MRG) o **antiglobalización:**

- ⇨ Fenómeno internacional que aglutina a multitud de grupos, asociaciones, sindicatos y partidos políticos.
- ⇨ Características:
    - → Respeto a la diversidad de sus componentes (estudiantes, anarquistas, homosexuales, ecologistas…).
    - → Rechazo al capitalismo y al modelo socioeconómico impuesto por el Neoliberalismo.

EL MUNDO GLOBALIZADO

EUROPA

☞ El desmoronamiento del bloque comunista y la crisis del estado del bienestar llevan a un acercamiento entre Europa occidental y oriental.

☞ Acontecimientos principales:

- ⇨ **Desmembramientos** de Yugoslavia y Checoslovaquia.
- ⇨ **Maastricht** y la aparición de la Unión Europea (1992).
- ⇨ **Ampliación de la Unión Europea** hasta 27 países (2007).

☞ Problemas de los **nacionalismos** y el **terrorismo internacional.**
- ⇨ Las crisis balcánicas.
- ⇨ El conflicto de ETA.
- ⇨ El conflicto de Irlanda del Norte.

LOS ESTADOS UNIDOS

☞ Tras la caída de los bloques, los Estados Unidos quedan como **única potencia hegemónica.**
- ⇨ Atribuciones de **vigilancia del orden mundial:** liderazgo de las Naciones Unidas.
- ⇨ Guerra generalizada contra el **terrorismo internacional.**

☞ **Alternancia** de gobiernos republicanos y demócratas:
- ⇨ 1989-1993: George H. W. Bush (republicano).
- ⇨ 1993-2001: Bill Clinton (demócrata).
- ⇨ 2001-2009: George W. Bush (republicano).

☞ Las **políticas de los partidos** se igualan en asuntos exteriores y seguridad.
- ⇨ Lucha contra el terrorismo internacional.
- ⇨ Intervencionismo en asuntos internacionales.
- ⇨ Liderazgo de la ONU.
- ⇨ Fortalecimiento de las medidas de seguridad internas y exteriores.
- ⇨ Cooperación preferente con Reino Unido, Israel y Japón.
- ⇨ Proteccionismo económico.

☞ **Crisis comerciales** con la Unión Europea y Japón.

☞ Creación de un **área económica común** entre México, los Estados Unidos y Canadá.

EXTREMO ORIENTE

☞ **Gran desarrollo** industrial y tecnológico.
- ⇨ **Japón** y los **cuatro dragones de Asia.**

☞ Liberalización económica de **China.**
- ⇨ Reintegración de Hong Kong.
- ⇨ Búsqueda de la renificación con Taiwán.

AMÉRICA LATINA

☞ Fracasos de **Mercosur** y otros intentos de unificación de mercados.

☞ Estados sumidos en el desconcierto por:

- ⇨ Corrupción de clases políticas.
- ⇨ Mafias de narcotráfico y emigración.
- ⇨ Intervención y dependencia de potencias extranjeras.
- ⇨ Crisis económicas estructurales y deuda externa.

☞ **Conferencias de Cooperación Iberoamericanas.**

EL PAPEL DE LAS NACIONES UNIDAS

☞ Se espera de esta organización un **papel de mediador efectivo.**

☞ **Incapacidad** de funcionamiento mientras se mantengan las estructuras derivadas de la Segunda Guerra Mundial.

☞ Falta de dominio efectivo de los conflictos.

☞ Principales asuntos por resolver:

- ⇨ **Descolonización** del Sahara occidental y de Gibraltar.
- ⇨ **Conflictos civiles africanos** (Nigeria, golfo de Guinea, Somalia, Darfour —Sudán).
- ⇨ **Conflictos balcánicos** residuales.
- ⇨ Pacificación de **Afganistán** e **Irak.**
- ⇨ **Unificación de las dos Coreas.**
- ⇨ Lucha contra el **terrorismo internacional.**

☞ Lucha contra el **cambio climático.**

- ⇨ 11 de diciembre de 1997: firma del **Protocolo de Kioto.**
  - → Firmado por todos los países industrializados, salvo los Estados Unidos, China y Rusia.
  - → Para reducir los **gases de efecto invernadero** entre 2008 y 2012.
  - → 18 de noviembre de 2004: ratificación por parte de **Rusia.**
  - → 16 de febrero de 2005: entrada en vigor.
- ⇨ 2007: **Al Gore** es premiado con el Nobel de la Paz por su lucha contra el cambio climático.

APÉNDICE
LA ESPAÑA DE LAS AUTONOMÍAS

PROCESO DE DESCENTRALIZACIÓN

☞ 1977: **restablecimiento de la Generalitat** de Cataluña.

☞ 1978: **preautonomía del País Vasco.**

☞ 6 de diciembre de 1978: aprobación de la **Constitución Española.**

- ⇨ Definición de las Comunidades Autónomas.
- ⇨ Dos vías: rápida (artículo 151, Comunidades Históricas: Cataluña, País Vasco y Galicia) y lenta (artículo 143, el resto).

☞ 1979: redacción de los Estatutos de Cataluña y País Vasco.

- ⇨ Preautonomía de Galicia.
- ⇨ 18 de diciembre, el Congreso aprueba los estatutos de Cataluña y País Vasco.

☞ 1980: referéndum en Andalucía para la Autonomía por vía rápida.

- ⇨ Andalucía se convierte en la cuarta Comunidad Histórica.

☞ 1981: aprobación del Estatuto de Galicia.

- ⇨ Comienzan los procesos por la vía lenta.
- ⇨ UCD y PSOE pactan un mapa con diecisiete Comunidades Autónomas y dos Ciudades Autónomas.
- ⇨ Aprobación de los Estatutos de Andalucía, Asturias y Cantabria.

☞ 1982: aprobación de los Estatutos de La Rioja, Murcia, Comunidad Valenciana, Aragón, Castilla-La Mancha, Canarias y de la ley de Amejoramiento del Fuero de Navarra.

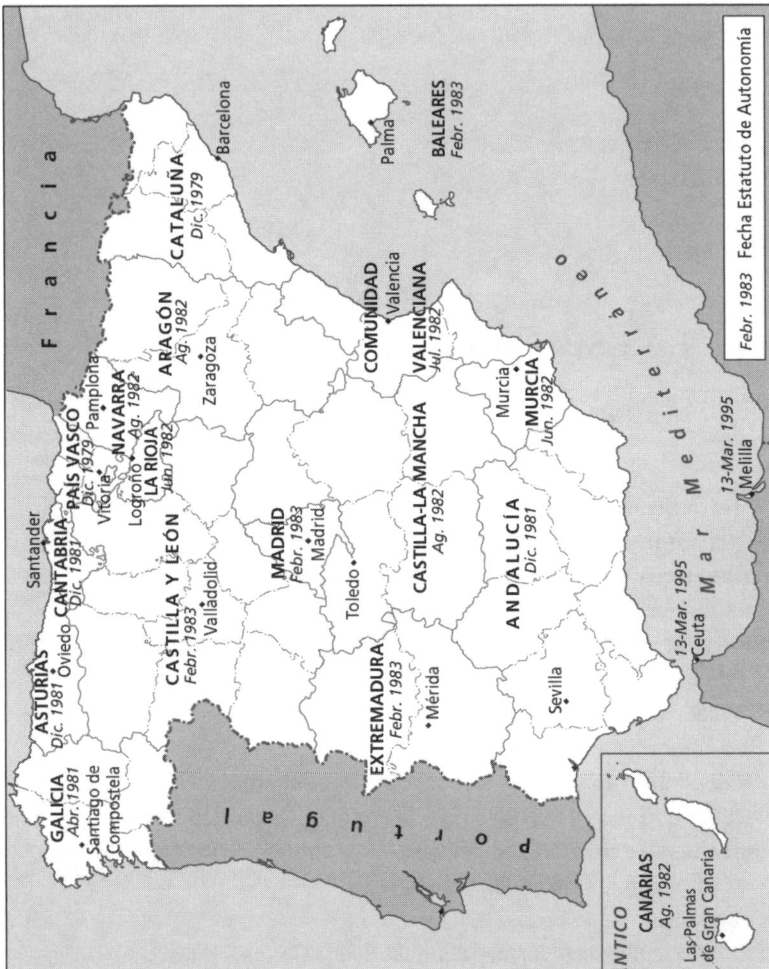
Francia
Portugal
OCÉANO ATLÁNTICO
Mar Mediterráneo
GALICIA
Abr. 1981
Santiago de Compostela
ASTURIAS
Dic. 1981
Oviedo
CANTABRIA
Dic. 1981
Santander
PAÍS VASCO
Dic. 1979
Vitoria
NAVARRA
Ag. 1982
Pamplona
LA RIOJA
Jun. 1982
Logroño
ARAGÓN
Ag. 1982
Zaragoza
CATALUÑA
Dic. 1979
Barcelona
BALEARES
Febr. 1983
Palma
CASTILLA Y LEÓN
Febr. 1983
Valladolid
MADRID
Febr. 1983
Madrid
Toledo
CASTILLA-LA MANCHA
Ag. 1982
COMUNIDAD VALENCIANA
Jul. 1982
Valencia
MURCIA
Jun. 1982
Murcia
EXTREMADURA
Febr. 1983
Mérida
ANDALUCÍA
Dic. 1981
Sevilla
13-Mar. 1995
Ceuta
13-Mar. 1995
Melilla
OCÉANO ATLÁNTICO
CANARIAS
Ag. 1982
Santa Cruz de Tenerife
Las Palmas de Gran Canaria
Febr. 1983 Fecha Estatuto de Autonomía

☞ 1983: aprobación de los Estatutos de Castilla y León, Extremadura, Islas Baleares y Comunidad de Madrid.
☞ 1992: el PSOE y el PP firman el Pacto Autonómico por el que se aceleran y amplían los traspasos de competencias a las comunidades de vía lenta.
☞ 1995: aprobación de los Estatutos de las Ciudades Autónomas de Ceuta y Melilla.

ANDALUCÍA

☞ Provincias: Almería, Cádiz, Córdoba, Granada, Huelva, Jaén, Málaga y Sevilla.
☞ Capital: Sevilla.
☞ Publicación del Estatuto de Autonomía: 11 de enero de 1982.
☞ Antecedentes autonómicos:
- ⇨ Coincide, a grandes rasgos, con el territorio ocupado por la provincia romana de la Bética, al-Ándalus a inicios del siglo XIII o los reinos conquistados por la Corona de Castilla entre 1212 y 1492.
- ⇨ Revolución gaditana de 1868.
- ⇨ Constitución de Antequera (1883), proyecto de federalismo cantonal.
- ⇨ Asamblea andalucista de Ronda (1918): primera petición formal de autonomía con bandera, himno e identidad.
- ⇨ Asambleas andalucista de Córdoba (1919 y 1933) y Sevilla (1932).
- ⇨ Junio de 1936: Blas Infante elegido presidente de la Junta Regional de Andalucía.
- ⇨ 4 de diciembre de 1977: manifestación multitudinaria en las capitales de provincia pidiendo la autonomía.

☞ Historia estatutaria.
- ⇨ 1978: se instituye la Junta de Andalucía.
- ⇨ 1979: el PSOE preside la Junta.
- ⇨ 28 de febrero de 1980: referéndum para acceder a la vía rápida (artículo 151).
- ⇨ 1981: acuerdos autonómicos aceptan la «historicidad» de la Autonomía.
- ⇨ 11 de enero de 1982: publicación del Estatuto de Autonomía.
- ⇨ 2007: tramitación de una reforma estatutaria.

ARAGÓN

☞ Provincias: Huesca, Teruel y Zaragoza.
☞ Capital: Zaragoza.
☞ Publicación del Estatuto de Autonomía: 16 de agosto de 1982.
☞ Antecedentes autonómicos:
- ⇨ El antiguo reino de Aragón.
- ⇨ 29 de junio de 1707: Decreto de Nueva Planta que recorta sus fueros y anula sus instituciones.
- ⇨ 1972: publicación del *Manifiesto para Aragón*.
- ⇨ 1976: nacimiento de los partidos regionalistas.
- ⇨ 1978: aprobación del régimen preautonómico aragonés.
- ⇨ 1979: constitución de la Comunidad Autónoma de Aragón.
- ⇨ Enero de 1980: la UCD y el PSOE pactan la autonomía por vía lenta.
- ⇨ Diciembre de 1980: redacción del proyecto de Estatuto.

☞ Historia estatutaria.
- ⇨ Julio de 1981: la Asamblea Mixta ratifica un proyecto de Estatuto definitivo.
- ⇨ 1982: la Comisión Constitucional del Congreso de los Diputados deciden no nombrar a Aragón como nacionalidad histórica.
- ⇨ 16 de agosto de 1982: publicación del Estatuto de Autonomía de Aragón.
- ⇨ 1992 y 1996: reformas parciales del Estatuto para ampliar competencias.
- ⇨ 2007: reforma global del Estatuto.

PRINCIPADO DE ASTURIAS

☞ Comunidad uniprovincial.
☞ Capital: Oviedo.
☞ Publicación del Estatuto de Autonomía: 30 de diciembre de 1981.
☞ Antecedentes autonómicos:
- ⇨ Tiene su origen en el antiguo reino de Asturias, convertido en Principado por el rey Juan II de Castilla.
- ⇨ 1 de junio de 1979: inicio del proceso autonómico por el artículo 143 de la Constitución.

  - ⇨ Diciembre de 1979: constitución de la provincia de Asturias en Comunidad Autónoma.
  - ⇨ Abril de 1980: la Diputación Provincial de Oviedo presenta el Proyecto de Estatuto en el Congreso.
- ☞ Historia estatutaria.
  - ⇨ 30 de diciembre de 1981: publicación del Estatuto.
  - ⇨ 1988-1989: primeras propuestas de reforma.
  - ⇨ 1991: reforma para sincronizar el calendario electoral con el del Congreso.
  - ⇨ 1994: segunda reforma para incorporar las competencias transferidas a las Comunidades Autónomas del artículo 143.
  - ⇨ 1999: tercera reforma que equipara sus competencias a las comunidades autónomas de vía rápida, y para tomar el nombre oficial de Principado de Asturias.

ISLAS BALEARES

- ☞ Nombre en catalán: Illes Balears.
- ☞ Cabildos insulares: Mallorca, Menorca e Ibiza *(cat.* Eivissa) y Formentera.
- ☞ Capital: Palma de Mallorca.
- ☞ Publicación del Estatuto de Autonomía: 22 de febrero de 1983.
- ☞ Antecedentes autonómicos:
  - ⇨ Sucede al antiguo reino de Mallorca.
  - ⇨ 28 de noviembre de 1715: Decreto de Nueva Planta que recorta sus fueros y anula sus instituciones.
  - ⇨ 4 de junio de 1977: el Pacto Autonómico compromete al gobierno a otorgar el derecho a la autonomía política de las islas.
  - ⇨ Mayo de 1977: Proyecto de Régimen Transitorio para la Autonomía de las Illes Balears.
  - ⇨ 13 de junio de 1978: comienza el régimen preautonómico.
    - → Institución de los Consejos Insulares de Mallorca, Menorca y Eivissa-Formentera y el Consejo General Interinsular.
  - ⇨ 1980: anteproyecto del Estatuto de Autonomía.
- ☞ Historia estatutaria.
  - ⇨ 22 de febrero de 1983: aprobación del Estatuto de Autonomía.

⇨ 1992 y 1999: reformas equiparar sus competencias a las comunidades autónomas de vía rápida.
⇨ 2007: trámites de reforma en el Parlamento de las Islas.

CANARIAS

☞ Cabildos insulares: Gran Canaria, Gomera, Fuerteventura, Hierro, La Palma, Lanzarote y Tenerife.
☞ Capital: Santa Cruz de Tenerife/Las Palmas de Gran Canaria.
☞ Publicación del Estatuto de Autonomía: 10 de agosto de 1982.
☞ Antecedentes autonómicos:
⇨ Corresponden al archipiélago atlántico incorporado por la Corona de Castilla en el siglo XV.
⇨ Siglo XVI: la Corona de Castilla concede a las islas privilegios comerciales y fiscales.
⇨ Las constituciones de 1873 y 1931 reconoce que los territorios insulares pueden acceder a un gobierno autónomo.
⇨ 1936: las Mancomunidades Provinciales de Las Palmas y Santa Cruz de Tenerife presentan una propuesta de Estatuto para Canarias.
⇨ 1977: inicio de la preautonomía canaria.
☞ Historia estatutaria.
⇨ 10 de agosto de 1982: publicación del Estatuto de Autonomía.
→ Se reconoce a Canarias como nacionalidad
⇨ 1991 y 1996: primeras reformas del Estatuto para ampliar el techo competencial.
⇨ 2007: es remitido un Estatuto reformado al Congreso.

CANTABRIA

☞ Comunidad uniprovincial.
☞ Capital: Santander.
☞ Publicación del Estatuto de Autonomía: 30 de diciembre de 1981.
☞ Antecedentes autonómicos:
⇨ Provincia de Santander, fachada marítima de Castilla.
⇨ 1936: proyecto estatutario uniprovincial y federalista.

- ⇨ 1978: propuestas para incorporarse Castilla y León.
- ⇨ 1980: proyecto de Estatuto es aprobado en Cantabria.

☞ Historia estatutaria.

- ⇨ 30 de diciembre de 1981: aprobación del Estatuto de Autonomía.
- ⇨ 1991, 1994, 1997 y 1998: reformas del Estatuto para ampliar el techo competencial.
  - → Cantabria se define como Comunidad Histórica.
- ⇨ 2002: reforma del régimen de financiación.

CASTILLA Y LEÓN

☞ Provincias: Ávila, Burgos, León, Palencia, Salamanca, Segovia, Soria, Valladolid y Zamora.

☞ Capital: Valladolid.

☞ Publicación del Estatuto de Autonomía: 25 de febrero de 1983.

☞ Antecedentes autonómicos:

- ⇨ Heredera de los antiguos reinos de Castilla y de León, y de la región natural de la submeseta norte.
- ⇨ 1936: proyecto estatutario.

☞ Historia estatutaria.

- ⇨ 25 de febrero de 1983: aprobación del Estatuto de Autonomía.
- ⇨ 21 de mayo de 1983: sesión constitutiva de las primeras Cortes de Castilla y León en Tordesillas.
- ⇨ 1988: reforma de sobre competencias legislativas y ejecutivas.
- ⇨ 1994, 1999 y 2007: reformas para aumentar las competencias autonómicas y las atribuciones del presidente de la Junta.

CASTILLA-LA MANCHA

☞ Provincias: Albacete, Ciudad Real, Cuenca, Guadalajara y Toledo.

☞ Capital: Toledo.

☞ Publicación del Estatuto de Autonomía: 10 de agosto de 1982.

☞ Antecedentes autonómicos:
- ⇨ Heredera del antiguo reino de Castilla La Nueva, o de la región natural de la submeseta sur.
- ⇨ 1980: las provincias de Guadalajara, Toledo, Cuenca, Ciudad Real y Albacete manifiestan su voluntad de constituirse como Comunidad
- ⇨ 1981: régimen preautonómico.

☞ Historia estatutaria
- ⇨ 10 de agosto de 1982: publicación del Estatuto de Autonomía.
- ⇨ 1991, 1994 y 1997: reformas del Estatuto para ampliar el techo competencial.

CATALUÑA

☞ Provincias: Barcelona, Gerona *(cat.* Girona), Lérida *(cat.* Lleida) y Tarragona.

☞ Capital: Barcelona.

☞ Publicación del Estatuto de Autonomía: 25 de octubre de 1979.

☞ Antecedentes autonómicos:
- ⇨ Principado de Cataluña, formado por los territorios asociados al conde de Barcelona.
- ⇨ 9 de octubre de 1715: Decreto de Nueva Planta que recorta sus fueros y anula sus instituciones.
- ⇨ Siglo XIX: tesis federalistas de Pi y Margall; la Renaixença catalana.
- ⇨ 1919: proyecto de Estatuto de Autonomía de Cataluña.
- ⇨ Abril de 1931: Esquerra Republicana de Cataluña consigue representación parlamentaria.
  - → Establecimiento de un gobierno provisional autónomo (Generalitat).
  - → Elaboración de un proyecto de Estatuto.
- ⇨ 15 de septiembre de 1932: el Estatuto entra en vigor.
- ⇨ Cataluña es la única región con autonomía antes de la guerra civil.
- ⇨ 1938: se deroga el Estatuto.
- ⇨ Presidencias en el exilio de Luís Companys (fusilado por Franco), Josep Irla y Josep Tarradellas.
- ⇨ 1977: se restablece la Generalitat.
  - → 11 de septiembre: manifestación en Barcelona reivindicando la autonomía.

→ 29 de septiembre: restablecimiento provisional de la Generalitat.
→ 23 de octubre: vuelve Josep Tarradellas del exilio.

☞ Historia estatutaria.
⇨ 25 de octubre de 1979: aprobado por referéndum el Estatuto de Autonomía de Cataluña.
⇨ 20 de marzo de 1980: primeras elecciones autonómicas.
⇨ 18 de junio de 2006: aprobado por referéndum un nuevo Estatuto de Autonomía de Cataluña.

EXTREMADURA

☞ Provincias: Badajoz y Cáceres.
☞ Capital: Mérida.
☞ Publicación del Estatuto de Autonomía: 25 de febrero de 1983.
☞ Antecedentes autonómicos:
⇨ Coincide con la antigua Extremadura leonesa, conquistada a los musulmanes por Alfonso IX.
⇨ No tiene antecedentes de nacionalismo y escasos movimientos regionalistas.
⇨ 1981: se establece el régimen preautonómico.
☞ Historia estatutaria.
⇨ 25 de febrero de 1983: aprobación del Estatuto de Autonomía de Extremadura por el Congreso de los Diputados.
⇨ 8 de mayo de 1983: primeras elecciones autonómicas.
⇨ 1991, 1994 y 1999: reformas del Estatuto para ampliar el techo competencial.

GALICIA

☞ Provincias: La Coruña *(gal.* A Coruña), Lugo, Orense *(gal.* Ourense) y Pontevedra.
☞ Capital: Santiago de Compostela.
☞ Publicación del Estatuto de Autonomía: 6 de abril de 1981.
☞ Antecedentes autonómicos:
⇨ Coincidente con el antiguo reino de Galicia, aproximadamente sobre el territorio de la provincia romana de Gallaecia.

- ⇨ 25 de julio de 1920: primera celebración del Día de la Patria Gallega.
- ⇨ 28 junio de 1936: referéndum que aprueba el primer Estatuto de Autonomía de Galicia.
- ⇨ 25 de junio de 1979: Proyecto de Estatuto de Autonomía de Galicia.
- ⇨ 21 de diciembre de 1980: referéndum fallido del Estatuto.
- ⇨ 18 de abril de 1978: constitución de la Xunta preautonómica en Santiago de Compostela.
- ⇨ 5 de mayo de 1979: aprobación del Estatuto de Autonomía por la asamblea gallega.
- ⇨ Septiembre de 1980: aprobación del Estatuto de Autonomía por el Congreso de los Diputados.

☞ Historia estatutaria.

- ⇨ 6 de abril de 1981: publicación del Estatuto de Autonomía.
- ⇨ El Estatuto no se ha modificado hasta ahora.

LA RIOJA

☞ Comunidad uniprovincial.

☞ Capital: Logroño.

☞ Publicación del Estatuto de Autonomía: 9 de junio de 1982.

☞ Antecedentes autonómicos:

- ⇨ Región de La Rioja, comarca limítrofe entre los antiguos reinos de Castilla y Navarra.
- ⇨ 1978: propuestas para incorporarse Castilla y León o a Navarra.
- ⇨ 1979: el Ayuntamiento de Logroño acuerda iniciar el proceso autonómico de La Rioja.
- ⇨ 1980: creación de la Asamblea de los 32.
- ⇨ 1981: aprobación provincial del Estatuto de San Millán.
- ⇨ Mayo de 1982: aprobación del Estatuto de Autonomía por el Congreso de los Diputados.

☞ Historia estatutaria.

- ⇨ 9 de junio de 1982: publicación del Estatuto de Autonomía.
- ⇨ 1992 y 1999: reformas del Estatuto de San Millán para ampliar el techo competencial.

COMUNIDAD DE MADRID

- ☞ Comunidad uniprovincial.
- ☞ Capital: Villa de Madrid.
- ☞ Publicación del Estatuto de Autonomía: 1 de marzo de 1983.
- ☞ Antecedentes autonómicos:
  - ⇨ La antigua provincia de Madrid, que incluye el área metropolitana de la capital de España y los principales Sitios Reales.
  - ⇨ 1979: los parlamentarios madrileños piden la inclusión de la provincia en Castilla-La Mancha, pero es rechazada tal proposición.
- ☞ Historia estatutaria:
  - ⇨ 25 de febrero de 1983: aprobación del Estatuto de Autonomía por el Congreso de los Diputados arguyendo «razones de interés nacional».
  - ⇨ 1 de marzo de 1983: publicación del Estatuto.
  - ⇨ 1 de mayo de 1983: entrada en vigor del Estatuto.
  - ⇨ 8 de mayo de 1983: primeras elecciones autonómicas.
  - ⇨ 1991: reforma para hacer coincidir las elecciones autonómicas con las municipales.
  - ⇨ 1994 y 1998: reformas del Estatuto para ampliar el techo competencial.

MURCIA

- ☞ Comunidad uniprovincial.
- ☞ Capital: Murcia/Cartagena.
- ☞ Publicación del Estatuto de Autonomía: 9 de junio de 1982.
- ☞ Antecedentes autonómicos: 9 de junio de 1982.
  - ⇨ Antiguo reino de Murcia.
  - ⇨ 29 de enero de 1978: pacto del hotel Conde de Floridablanca para crear una Asamblea de Parlamentarios.
  - ⇨ 10 de noviembre de 1978: creación del Consejo Regional de Murcia.
  - ⇨ 1980: redacción del anteproyecto de Estatuto de Autonomía.
  - ⇨ Marzo de 1981: enviado a las Cortes el proyecto de Estatuto.

☞ Historia estatutaria.
  ⇨ 9 de junio de 1982: aprobación del Estatuto de Autonomía por el Congreso de los Diputados.
  ⇨ Marzo de 1991: para hacer coincidir las elecciones autonómicas y municipales.
  ⇨ 1992 y 1998: reformas del Estatuto para ampliar el techo competencial.

COMUNIDAD FORAL DE NAVARRA

☞ Nombre en vascuence: Nafarroako Foru Komunitatea.
☞ Comunidad uniprovincial.
☞ Capital: Pamplona *(vas.* Iruña).
☞ Publicación del Amejoramiento del Fuero: 16 de agosto de 1982.
☞ Antecedentes autonómicos:
  ⇨ Antiguo reino de Navarra.
  ⇨ 1515: Navarra se incorpora a la Corona de Castilla.
    → No pierde el estatus de reino.
    → Conservando sus instituciones.
    → Es gobernado por el rey de Castilla representado por un virrey.
    → Se establece la Diputación del Reino.
  ⇨ 1833-1840: primera guerra carlista, Navarra pierde su condición de reino
  ⇨ 25 de octubre de 1839: se confirman los fueros de Navarra.
  ⇨ 16 de agosto de 1841: Ley Paccionada, origen del actual régimen foral
  ⇨ 1877, 1927, 1941 y 1969: convenios económicos con el Estado.
  ⇨ 1977: se plantea su incorporación al País Vasco.
  ⇨ 1978: la disposición adicional primera de la Constitución «ampara y respeta los derechos históricos de los territorios forales».
  ⇨ 1979: el Parlamento Foral elabora las bases de la Ley de Amejoramiento.
☞ Historia estatutaria
  ⇨ 16 de agosto 1982: publicación en el BOE de la Ley Orgánica de Reintegración y Amejoramiento del Fuero de Navarra (LORAFNA).
    → Establece un régimen tributario propio (art. 45.3).
  ⇨ 31 de julio de 1990: convenio económico con el Estado.
    → 1997 y 2003: modificaciones y actualizaciones del convenio.

PAÍS VASCO

☞ Nombre en vascuence: Euskadi.

☞ Provincias: Álava *(vas.* Araba), Guipúzcoa *(vas.* Guipuzkoa) y Vizcaya *(vas.* Bizcaia).

☞ Capital: Vitoria *(vas.* Gasteiz).

☞ Publicación del Estatuto de Autonomía: 18 de diciembre de 1979.

☞ Antecedentes autonómicos:

- ⇨ Las tres territorios o provincias vascongadas de Vizcaya, Álava y Guipúzcoa.
- ⇨ Finales del siglo XIX, supresión de los fueros tras las guerras carlistas.
- ⇨ 1931: Estatuto de Estella.
- ⇨ 1932: rechazo de Navarra al Estatuto de Estella.
- ⇨ 1933: redacción del Estatuto de Guernica.
  - → No incluye Navarra.
- ⇨ 1 de octubre de 1936: aprobación del Estatuto de Guernica.
- ⇨ 1936-1960: José Antonio Aguirre lehendakari en el exilio.
- ⇨ 1939-1975: prohibición del uso del vascuence. Reducción de las instituciones vascas
- ⇨ 1959: aparece la banda terrorista ETA.
- ⇨ Noviembre de 1975: implantación de un régimen administrativo especial en Vizcaya y Guipúzcoa.
- ⇨ 19 de junio de 1977: constitución de la Casa de Juntas de Guernica.
- ⇨ 4 de enero de 1978: creación del Consejo General del País Vasco.
- ⇨ 1979: Adolfo Suárez pacta con Carlos Garaikoetxea el Estatuto en la Moncloa.

☞ Historia estatutaria.

- ⇨ 29 de diciembre de 1978: aprobación del Estatuto de Guernica en las Cortes.
- ⇨ 25 de octubre de 1979: aprobación en referéndum del Estatuto.
- ⇨ 9 de marzo de 1980: primeras elecciones autonómicas.
- ⇨ 31 de marzo de 1980: primera sesión del Parlamento Vasco en la Casa de Juntas de Guernica.
- ⇨ 30 de diciembre de 2004: el Estatuto Político de la Comunidad de Euskadi (Plan Ibarretxe) aprobado en el Parlamento Vasco.
- ⇨ 1 de febrero de 2005: rechazo del Plan Ibarretxe por el Congreso de los Diputados.

COMUNIDAD VALENCIANA

☞ Nombre en valenciano: Comunitat Valènciana
☞ Provincias: Alicante *(val.* Alacant), Castellón *(val.* Castelló) y Valencia.
☞ Capital: Valencia.
☞ Aprobación del Estatuto de Autonomía: 1 de julio de 1982.
☞ Antecedentes autonómicos:
 ⇨ Antiguo reino de Valencia.
 ⇨ 29 de junio de 1707: Decreto de Nueva Planta que recorta sus fueros y anula sus instituciones.
 ⇨ 11 de marzo de 1978: aprobación del régimen preautonómico.
 ⇨ 1978: Estatuto de Morella.
 ⇨ 1981: la autonomía se comienza a tramitar por la vía lenta.
 ⇨ Abril de 1981: redacción del Estatuto de Benicassim.
 ⇨ 19 de junio de 1981: aprobación del Estatuto por las Cortes Valencianas en Peñíscola.
☞ Historia estatutaria.
 ⇨ 1 de julio de 1982: aprobación del Estatuto de Autonomía en el Congreso.
 ⇨ 1991: reforma para hacer coincidir las elecciones autonómicas y municipales.
 ⇨ 1994: reforma para ampliar el techo competencial.
 ⇨ 1 de julio de 2005: pacto en las Cortes Valencianas para la reforma del Estatuto.
 ⇨ 11 de abril de 2006: publicación del nuevo Estatuto valenciano en el BOE.

CEUTA

☞ Publicación del Estatuto de Ciudad Autónoma: 13 de marzo de 1995.
☞ Antecedentes autonómicos:
 ⇨ 21 de agosto de 1415: conquistada por Juan I de Portugal.
 ⇨ 1640: Ceuta se mantiene bajo soberanía de Felipe IV.
 ⇨ 1656: se concede a la ciudad Carta de Naturaleza.
 ⇨ 1668: Portugal reconoce la soberanía española sobre Ceuta.
 ⇨ 4 de agosto 1925: independencia de la provincia de Cádiz.

- ⇨ 1956: fin del protectorado de Marruecos.
- ⇨ 1978: la Constitución Española la reconoce como territorio componente de la nación española, con previsión de autonomía.

☞ Historia estatutaria.

- ⇨ 13 de marzo de 1995: se aprueba su Estatuto y queda configurada como Ciudad Autónoma.

MELILLA

☞ Publicación del Estatuto de Ciudad Autónoma: 13 de marzo de 1995.

☞ Antecedentes autonómicos:

- ⇨ 17 de septiembre de 1497: conquistada por la casa ducal de Medina-Sidonia.
- ⇨ 1509: en la Capitulación de Cintra Portugal reconoce el dominio de Castilla.
- ⇨ 7 de junio de 1556: la ciudad se integra en la Corona de Castilla.
- ⇨ 1775: sólo se permite la residencia en la ciudad de súbditos españoles.
- ⇨ 1860: Tratado de Wad-Ras con el sultán de Marruecos: se fijan las fronteras entre el territorio marroquí y la ciudad española.
- ⇨ 1978: la Constitución Española la reconoce como territorio componente de la nación española, con previsión de autonomía.

☞ Historia estatutaria.

- ⇨ 13 de marzo de 1995: se aprueba su Estatuto y queda configurada como Ciudad Autónoma.